坂口安吾
歴史小説コレクション
第三巻

真書太閤記

七北数人 編

春陽堂書店

坂口安吾
歴史小説コレクション

第三巻

真書　太閤記

目次

道鏡

日本史に女性時代ともいうべき一時期があった。この物語は、その特別な時代の性格から説きだすことが必要である。

女性時代といえば読者は主に平安朝を想像されるに相違ない。紫式部、清少納言、和泉式部などがその絢爛《けんらん》たる才気によって一世を風靡《ふうび》したあの時期だ。

けれども、これは特に女性時代というものではない。なぜなら、彼女等の叡智《えいち》や才気も、要するに男に愛せられるためのものであり、男に対して女の、本来差異のある感覚や叡智がその本来の姿に於て発揮せられたというだけのことだ。

つまり愛慾の世界に於て、女性的心情が歪《ゆが》められるところなく語られ、歌われ、行われ、今日あるが如き歪められた風習が女性に対して加えられていなかったというだけのことだ。とはいえ、今日に於ては、歪められているのは男とても同断であり、要するに男女の心情の本性が風習によって歪められている。

平安朝に於てはそれが歪められていなかった。男女の心情の交換や、愛憎が自由であり、愛慾がその本能から情操へ高められて遊ばれ、生活されていた。かかる愛慾の高まりに、女性の叡智や繊細な感覚が男性の趣味や感覚以上に働いたというだけのことで、古今を問わず、洋の東西を問わず、武力なき平和時代の様相は概《おおむ》ね此《かく》の如きものであり、強者、保護者としての男性の立場や作法まで女性の感覚や叡智によって要求せられるに至る。要求せられることが強者たる男性の特権でもあるのであって、要求する女性に支配的権力があるわけではない。いわば、男女各々その処を得て、自由な心情を述べ歌い得た時代であり、歪められるところなく、人間の本然の姿がもとめられ、開発せられ、生活せられていただけのことなのである。特に女性時代ということはできない。

★

皇室というものが実際に日本全土の支配者としてその実権を掌握するに至ったのは、大化改新に於てであった。

蘇我氏あるを知って天皇あるを知らずと云い、蘇我氏は住居を宮城、墓をミササギと称し、飛鳥なる帰化人の集団に支持せられて、その富も天皇家にまさるとも劣るものではなかった。畿内に於けるこの対立ほど明確ではなかったにしても、地方に於ける豪族は各々土地を私有して、独立した支配者として割拠しており、天皇家の日本支配は必ずしも甘受せられていなかった。

大化改新は、先《ま》ず蘇我一族を亡《ほろぼ》すことから始められたが、その主たる目的は、天皇家の日本支配の確立、君臣の分の確立ということだ。口分田とか租庸調の制度は、土地私有の厳禁、つまり天皇家の日本支配の結果であって、目的ではない。

蘇我氏を支持する帰化人の集団は飛鳥の人口の大半を占め、当時の文化の全て、手工業の技術と富力をもち、その勢力は強大であった。真向からこれを亡す手段がないので、天智天皇は皇居を近江に移してこの勢力の自然の消滅を狙ったが、この勢力の援助なしには新都の経営も自由ではない。その弟の後の天武天皇が兄の天皇の憎しみを怖れて吉野に逃げたのも、この勢力の支持を当《あて》にしてのことであった。

持統天皇は藤原遷都によってこの勢力との絶縁を志して果し得ず、奈良の遷都によって始めて絶縁に成功した。天皇家の日本支配がこのときに確立したので、古事記や書紀の編纂《へんさん》がこの時期に行われたのも、天皇家の日本支配を正統づける文献が必要であった為であり、その必然の修史事業の企てによっても、この時期に於ける天皇家の地盤の確立を推定し得るであろう。

爾来《じらい》、天平の盛時、諸国に国分寺がたち、聖武天皇が大仏の鋳造に勅して、天下の富をもつ者は朕《ちん》なり、天下の勢力をたもつ者も朕なり、と堂々宣言のある日まで、日本は主として女帝によって孜々《しし》として経営がつづけられていた。天皇家の日本支配は女帝によってその意志が持続せられた。聖武天皇はかかる女帝の経営の結実であり精霊であり、そして更にその結実は孝謙天皇の血液へ流れる。史家は当時をさして、仏教政治という。否、表に於ては、そうである。内実に於て、その支配者の血液の息吹に於て、まさしく、女性政治であった。

★

天智天皇は当然継承すべき帝位に即《つ》かず、皇極、孝徳、斉明《さいめい》、三帝のもとに皇太子として暗躍した。斉明は皇極の重祚《ちょうそ》であり、天智の生母、舒明の皇后であり、孝徳はその弟、天智の叔父に当る。

この時まで女帝ということは推古の外には例がない。然《しか》し、この時には女帝に意味があるのではなく、中大兄皇子《なかのおおえのおうじ》（天智天皇）が自らの意志によって皇太子であったところに意味があり、皇子は大改革、むしろ天下支配の野心のもとに、その活躍の便宜上、ロボットの天皇を立て、自らは皇太子でいたものだ。その腹心は鎌足《かまたり》であり、全ては二人の合議の上で行われたものであった。

自分自ら号令を発しても威令は却々《なかなか》行われるものではない。一つの神格的な天皇というものを自分の一段上に設定する。そして自分の号令を天皇の名に於て発令し、自分自身がその号令に服して見せる。そして、自分が服したことによって、同じ服従を庶民に強制するのである。この方法は平安朝の藤原氏が、武家時代の鎌倉政府が足利氏が、そして昭和の今日には軍閥政府が、行ったところである。天皇はロボットであった。その号令は天皇の意志ではなしに、藤原氏の、鎌倉幕府の、軍閥政府の意志であった。然し、彼等は天皇の名に於て自らの意志を行う。そして自ら真ッ先にそれに服従することによって、同じ服従を万民に強要するのである。これは利巧な方法であった。そして、この原形を発案したのは中大兄皇子であった。皇子は、皇極、孝徳、斉明三天皇を立て、自らは皇太子として、大改革に着手した。

従って皇極（斉明）という女帝は中大兄皇子のロボットであり、女帝自体に意味はなかった。女性時代ともいうべき女帝時代は持統天皇から始まる。

★

天武天皇崩御のとき皇太子（草壁皇子）がまだ若かったので（当時は幼帝を立てる例がなかった）皇太后が摂政した。三年の後、皇太子も亦薨《またこう》じ、その子珂瑠《かる》皇子は極めて幼少であったから、皇太后が即位した。持統天皇であった。

持統天皇の在位は皇孫珂瑠の保育にあったが、太政大臣に高市《たけちの》皇子を任じ、補佐するに葛野王《かどののおおきみ》あり、家族政府として極めて鞏固《きょうこ》な団結であった。持統天皇が強烈沈静の性格の持主であったことは、彼女が自らの遺言によって、天皇の火葬の始めであることによっても考えられる。

死後の世界は、今日科学によって死後の無を証明せられてすら、尚《なお》我々の知性に於てもその空想と恐怖から解放されてはいない。原形のまま地下に横《よこた》わり他日の再生を希《ねが》うことは人間本来の意志であるが、その仏教に対する信仰の結果とは云え、自ら意志して、肉体を焼き無に帰すことを求めるのは凡人の為し得るところではない。持統天皇は天智天皇の娘であるが、その夫大海人皇子《おおあまのおうじ》（天武）が天智天皇に厭われて吉野に流浪のときも従属しており、その強烈沈静な性格は知り得るであろう。

皇孫珂瑠は譲を受けて即位し文武《もんむ》天皇となる。このときの詔《みことのり》に「現御神《アキツミカミ》と大八島国所知《シラス》天皇が大命《おおみこと》らまと詔《の》りたまふ大命を集侍《うごなわ》れる皇子等王臣百官人等天下公民諸聞食《もろもろきこしめ》さへと詔る」(下略)と。

自らを現御神と名のり、大八島しらす天皇と名のる、この堂々の宣言を読者諸氏は何物と見られるであろうか。私はこれを女と見る。女の意志を見るのである。

私は一人の強烈沈静なる女の意志を考える。その女は一人の孫の成人を待っていた。その孫が大八島しらす天皇、現御神たる成人の日を夢みていた。その家づきの宿命の虫の如き執拗さをもって、夢み、祈り、そして、育てていたのだ。人はすべて子孫の繁栄を祈るものであるかも知れぬが、別して女は、別して強烈沈静なる女は、現実的、肉体的な繁栄や威風をもとめてやまないものである。北条政子と同じ意志がここにある。そして、政子の如く苦難に面していなかった。順風に追われていた。

我々がここに見出すのは、政府ではなく、家であり、そして、家の意志である。

★

文武天皇は二十五で夭折《ようせつ》した。皇子首《オビト》は幼少であったから、その生長をまつまで、文武天皇の母（草壁皇子の妃）が帝位についた。元明天皇である。天智天皇の娘であり、持統天皇の妹であった。

つづいて元正天皇に譲位した。首皇子が尚成人に至らなかったからである。元正天皇は元明天皇の長女であり、文武天皇の姉であり、首皇子の伯母であった。

こうして祖母と伯母二代の女帝によって現人神《あらひとがみ》としての成人を希《ねが》われ祈られ待たれた首皇子は後の聖武天皇であった。

女帝達の意志のうちに、日本の政治、日本の支配、いわば天皇家の勢力は遅滞なく進行していた。大宝、養老の律令がでた。風土記も、古事記も、書紀もあまれた。奈良の遷都も行われた。貨幣も鋳造された。

然し、女帝達の意志と気力と才気の裏に、更に一人の女性の力が最も強く働いていた。橘三千代《たちばなのみちよ》であった。天武以来、持統、文武、元明、元正、聖武、六代にわたって宮中に手腕をふるった女傑であった。

男の天皇に愛せられた女傑の例は少くない。然し、男の天皇にも、別して女の天皇により深く親しまれ愛されたという女傑の例はめったにない。

三千代は始め美努王《みぬのおおきみ》に嫁《か》して葛城王《かつらぎ》（後の橘諸兄《もろえ》）を生み、後に、藤原不比等に再嫁して光明皇后を生んだ。元明女帝の和銅元年、御宴に侍した三千代の杯に橘が落ちたのに因《ちな》んで橘宿禰《すくね》の姓を賜ったのである。

史家は推測して、三千代は文武天皇のウバの如きものではなかったか、又、首皇子に就ても同じような位置にあったのではないか、という。とまれ六朝に歴侍して宮中第一の勢力を持ち、男帝女帝二つながら親愛せられて、終生その勢力に消長がなかったという三千代の才気は、いささか我々の理解を絶するものがある。

然し、こういうことが云える。六朝に歴侍して終生その宮中第一の勢力に消長がなかったという三千代の当面の才気に就ては分らない。然し、三千代の地位と勢力に変りがなかった半《なかば》の理由は宮中自体の性格の中にも在るのだ、と。

天武天皇までの歴朝はお家騒動の歴史であった。天武天皇自体、兄天皇に憎まれ、逃走、流浪、戦乱の後に帝位に即いた人である。然し、つづいて持統より聖武に至るまで、持統の初期にお家騒動の多少のきざしが有っただけで未然に防がれ、それより後は「家」という足場自体に不安のきざしたことはない。たまたま男の継嗣《けいし》は長寿にめぐまれず、幼児を擁して女帝の摂政がつづいたとはいえ、その成人にあらゆる希願と夢を托して、一方に朝家の勢力、日本支配は着々と進み、すべては順調であった。六朝の意志に変化はなく、六朝の性格は一貫していた。

夫（天武）より妻（持統）へ。

祖母（持統）より孫（文武）へ。（まんなかの父（草壁太子）は夭折したのだ。然し、母は残り、これ又、次に天皇となる）

子（文武）より母（元明）へ。（この母は同時に持統の妹でもあった）
母（元明）より娘（元正）へ。（この娘は文武の姉に当っていた）
伯母（元正）より甥（聖武）へ。

文武を育てる持統の意志は、聖武を育てる元明、元正両帝の意志の原形であり、全く変りはなかった筈《はず》だ。元明は持統の妹だ。そして、元正は元明の娘であった。

二人の幼帝の成人を待つ三人の老いたる女は同じ血液と性格を伝承し、ひたすら家名の虫の如き執拗な意志を伝承していた。時代と人は変っても、その各々の血と意志に殆《ほとん》ど差異はなかったのだ。

家名をまもる彼女等の意志は、男の家長の場合よりも鞏固であった。なぜなら、彼女等の自由意志は幼帝を育てるという事柄のうちに没入し、彼女等の夢の全てがただ幼帝の成人に托されていたからである。女達がその自由意志、欲情を抑え、自ら一人の犠牲者に甘んじて一つの目的に没頭するとき、如何なる男も彼女等以上に周到な才気と公平な観察を発揮することはできないものだ。

史家は三千代を女傑という。意味にもよるが三千代はたぶん策師ではなかった筈だ。なぜなら私情を殺した女の支配者の沈静なる観察に堪えて最大の信任を博したのだから。彼女は貞淑であり、潔癖であり、忠実であったに相違ない。もとより、すぐれた才気はあったが、善良であったに相違ない。温和であったに相違ない。

沈静な女支配者の周到な才気と観察の周囲には男の策略もはびこる余地はなかった。大臣は温和であった。藤原不比等は正しかった。彼等は実直な番頭だった。すべての意志が、天皇家の家名のために捧げられ、一途《いちず》に目的を進んでいた。

★

これらの痛烈な意志を受けて、その精霊の如くに、首皇子《おびと》は成長した。聖武天皇であった。その皇后は三千代と不比等の間にできた長女の安宿《アスカ》であった。全身は光りかがやく如くであったから、光明子とよばれ、又、光明皇后ともよばれた。天皇と同じ年齢だった。まだ皇太子のころ、元明天皇が選んで与えたものだった。

そのときまで、皇后は内親王、王女に限るものとされ、臣下の女は夫人以上にはなり得ない定めであった。聖武天皇即位六年の後、五位以上、諸司の長官を内裏に集めて、光明皇后冊立《さくりつ》を勅せられたが、他に何人かの意志があったにしても、最も多く聖武天皇の意志であったに相違ない。なぜなら、光明皇后を何物にもまして熱愛していたからであった。

安宿は天下第一の女人の如くに教育された。それは三千代の悲願であった。不比等の女（三千代の腹ではない）宮子は入内《じゅだい》して文武天皇の夫人となった。文武天皇は妃も皇后もめとらず、宮子は実質上の皇后だったが、天皇は二十五で夭折した。首皇子即ち聖武天皇はその一粒種であった。

安宿は天性の麗質であり怜悧《れいり》であった。年齢も亦首皇子に相応し、生れながらにして、天皇の夫人たるべき宿命をあらわしていたけれども三千代は更に一つの慾念があった。それは彼女の一世一代の慾念だった。三千代はすでに年老いていた。その一生は誠心誠意、ただ忠誠を事として、不当の私慾をもとめたことはない。その長男、葛城王は臣籍に降下して橘諸兄となり、大臣となったがそれは自然の成行で、そして諸兄は温良忠誠な大臣だった。けれども三千代は年老いて、今、やみがたい一代の慾念をどうすることもできない。それは安宿を夫人でなしに、皇后にしたいということだった。

そして安宿はその母なる一代の才女によって、天下第一の女人の如くに教育された。当然首皇子の夫人であり、やがて、どうあろうとも皇后であらねばならぬ悲願をこめて育てられた。麗質は衣を通して光りかがやき、広大な気質と才気は俗をぬき、三千代の期待の大半は裏切られる何物も見出すことができなかった。

女支配者の沈静な心をこめ夢を托して育てあげられた首皇子は、その沈静な女たちの心情によって厭われるものを厭い、正しとするものを正しとする心情を与えられていた。その沈静な女たちの心情が厭うものは淫乱であり、正しとするものは信仰であった。

元明天皇が首皇子に安宿を与えるとき、特に言葉を添えて、これは朝家の柱石であり、無二の忠臣であり、主家のためには白髪となり、夜もねむらぬ人の娘なのだから、ただの女と思わずに大切にするように、という言葉があった。

然し、そのような言葉すらも不要であった。皇子の心はすべてに於て安宿によって満たされた。美貌と才気は言うまでもなかった。特にその魂の位に於て。天下第一の魂の位に於て。

まさしく二人は、そのように希われ、祈られ、夢みられて、その如くに育てあげられた無二の二人であった。首皇子を育てたものは、その祖母と伯母の外に、更により多く三千代であった。そして三千代は首皇子を念頭に常に安宿を育てていた。首皇子はその幼少に三千代にみたされて育った翳《かげ》を、より若く、より美しい安宿の現実の魅力の中で、思いだし、みたされていた。曽《かつ》て四囲の女人達に吹きこまれていた天下第一の身の貫禄を、安宿の自然の態度の中に見出して、その各々が、より高くみたされることが出来るのであった。

天平十八年、大仏の鋳造に当って「天下の富をたもつ者は朕なり。天下の勢をたもつ者も朕なり」と勅した天皇は、その鋳造を終って東大寺に行幸し、皇后と共に並んで北面の像に向い、凛々《りんりん》と大仏に相対し、橘諸兄に告げしめて「三宝の奴《やっこ》と仕え奉る」と、そして敬々《うやうや》しく礼拝した。人は実に自愛の果《はて》には、礼拝の中に身の優越を見出すものだ。

それは二人の宿命の遊びであった。五丈余の大仏と、それをつつむ善美華麗、天下の富をつくした建築、諸国には国分寺が立ち、国分尼寺が立ち、それは、まさしく天下の富を傾けつくしていたのである。

諡号《しごう》して聖武天皇という。武は内乱の鎮定であるが、聖は神武の聖徳をつぎ、それにも劣らぬ天下興隆の英主としての聖の字であった。その聖の字はただ宮中の内外の仏徒の口によるものであり、その聖徳も仏徒によってたたえられているものだった。宮中にすら国民の窮乏に思いをよせる人はいた。果して天下は興隆したか。然《しか》り、仏教は興隆した。奈良の都は栄えた。諸国に国分寺がたち、大仏がつくられ、東大寺は都の空に照り映えた。天皇は三宝の奴となった。

然し、その巨大なる費用のために、諸国は疲弊のどん底に落ち、庶民は貧窮に苦しんでいた。朝廷は怨嗟《えんさ》の的となり、重税をのがれるための浮浪逃亡が急速に各地に起り、おのずから荘園はふとり、国有地は衰え、平安朝の貴族の専権、ひいては武家の勃興、朝家の没落の種はこうしてまかれていたのである。

然し、二人の宿命の子は、そのようなことは振向きもしない。ただ常に天下第一の壮大華麗な遊びだけがあるだけだった。それは二人の意志のみではない。六朝をかけた家名の虫、女主人たちの意志だった。沈静なる女支配人たちの綿密な心をこめた霊気の精でもあったのである。

★

そして、宿命の二人に子供が生れた。娘であった。持統天皇がその強烈沈静な思いをこめてから六代、最後の精気が凝っていた。それが孝謙天皇であった。

三宝の奴と仕えまつると大仏に礼拝したその年の七月、聖武天皇は愛する娘に位を譲って上皇となった。新女帝はそのとき三十三だった。

この女帝ほど壮大な不具者はいなかった。なぜなら、彼女は天下第一の人格として、世に最も尊貴な、そして特別な現人神として育てられ、女としての心情が当然もとむべき男に就ては教えられていなかったからだ。結婚に就ては教えられもせず、予想もされていなかった。父母の天皇皇后はそのように彼女を育て、そして甚だ軽率に彼女の高貴な娘気質を盲信した。我々の娘だ。特別な娘だ。男などの必要の筈はない、と。

首皇子を育ててくれた祖母の元明天皇も、伯母の元正天皇も、未亡人で、独身だった。彼女等の身持は堅かった。そして聖武天皇は、当然孤独な性格をもつ女支配者の威厳に就て、見馴れるままに信じこみ、疑ってみたこともなかった。彼は全然知らなかった。祖母も伯母も、女としての自由意志が殺されていたことを。彼女等は自ら選んで犠牲者に甘んじていた。彼女等の慾情は首皇子を育てることの目的のために没入され、その目的の激しさに全てがみたされていた。彼女等は家名をまもる虫であり、真実自由な女主人ではなかったのだということを。

この二つの女主人の、根柢的な性格の差異を、聖武天皇はさとらなかった。

★

新女帝の治世の始めは、まだ存命の父母に見まもられて、危なげはなかった。政治はむつかしいものではなかった。ただ全国的な大きな田地を所有する地主であり、その毎年の費用のために税物を割当て、とりあげるのが政治であった。

上皇は剃髪《ていはつ》して法体《ほったい》となり、ひたすら信仰に凝っており、女帝は更に有閑婦人の本能によって、その与えられた大きな趣味、信仰という遊びの中で、伽藍《がらん》に金を投じ、儀式を愛し、梵《ぼん》唄《ばい》を愛し、荘厳を愛していた。

上皇が死んだ。つづいて母太后も死んだ。女帝は遂に我身の自由を見出した。女帝は急速に女になった。

孝謙天皇は即位の後に、皇后宮職を紫微中台《しびちゅうだい》と改め、その長官に大納言藤原仲麿《なかまろ》を登用していた。仲麿はもう五十をすぎていた。右大臣豊成の弟であった。兄は温厚な長者であったが、仲麿は自身の栄達の外には義理人情を考えられない男であった。

天皇は、恋愛の様式に就て、男を選ぶ美の標準も、年齢の標準も、気質に就ての標準も、あらゆるモデルを持たなかった。魂の気品の規格は最高であったが、その肉体の思考は、肉体自体にこもる心情は、山だしの女中よりも素朴であった。

天皇はその最も側近に侍《はべ》る仲麿が、最も親しい男であるというだけで、仲麿を見ると、それだけで、とろけるように愉《たの》しかった。四十に近い初恋だった。母太后の死ぬまでは、それでも自分を抑えていた。

彼女ほど独創的な美を見出した人はなかったであろう。彼女には仲麿の全てのものが可愛いかった。彼女はただ自らの好むものを好めばよい。標準もなくモデルもなかった。ただ仲麿に見出した全てのものが、可愛くて、いとしくて、仕方がなかっただけだった。

天皇は仲麿を見るたびに笑《え》ましくなるので、改名して、恵美押勝《えみのおしかつ》と名のらせた。押勝とは、暴を禁じ、強に勝ち、戈《ほこ》を止《とど》め、乱を静めたという勲《いさおし》の、雄々しい風格の表現だった。そして大保《たいほう》に任じ、あまつさえ、貨幣鋳造、税物の取り立てに、恵美家の私印を勝手に使用してよろしいという政治も恋も区別のない出鱈目《でたらめ》な許可を与えたのである。

★

孝謙天皇の皇太子は道祖《フナド》王で、天武天皇の孫に当り、他に子供のない聖武天皇は特にこの人を愛して、皇太子に選んだ。それは聖武の意志であり、政治に就て親まかせの孝謙天皇は、まだその頃は皇太子などはどうでもよくて、自身の選り好み、差出口はしなかった。

恵美押勝（まだその頃は藤原仲麿だったが、時間の前後による姓名の変化は以後拘泥《こうでい》しないことにする）はその長男が夭折した。そして寡婦が残された。そこで道祖皇太子の従兄弟《いとこ》に当る大《おお》炊《い》王を自邸に招じ、この寡婦と結婚させて養っていた。彼は女帝が皇太子に親しみを持たないことを知っていたので、それを廃して、大炊王を皇太子につけたいものだと考えていた。

死床についた上皇は、天下唯一人の女であらねばならぬ娘が、やっぱりただの肉体をもつ宿命の人の子であることに気付いていた。上皇はただ怖しかった。全てを見ずに、全てを知らずに、いたい気持がするのであった。然し、彼は、ともかく娘を信じたかった。なぜ肉体があるのだろうか。あの高貴な魂に。あの気品の高い心に。その肉体を与えたことが、自分の罪であるとしか思われない。そして彼は娘のその肉体にかりそめの訓戒をもらすだけの残酷さにも堪え得なかった。

彼は死床に押勝をよんだ。腕を延せば指先がふれるぐらい、すぐ膝近く、坐らせた。そして、顔をみつめた。私の死後はな、彼は相手の胸へ刻みこむように、一語ずつ、ゆっくり言った。安倍《あべ》内親王（孝謙帝）と道祖王が天下を治めることになっている。安倍内親王と、それに、道祖王がだよ。お前はこのことに異存はないか。はい、まことに結構なことと存じております。そうか。それならば、神酒を飲め。そして、誓いをたてるがよい。押勝は神酒を飲んで、誓った。上皇の目は光った。よろしいか。もしもお前がこの言葉に違《たが》うなら、天神地祇《ちぎ》の憎しみと怒りはお前の五体にかかるぞよ。たちどころに、お前の五体はさけてしまうぞ。上皇は押勝をはったと睨《にら》んで、叫んでいた。

上皇は崩御した。

押勝は上皇の病床に誓った言葉のことなぞは、気にかけていなかった。それにしても、機会の訪れは早すぎた。諒闇《りょうあん》中に、皇太子が侍女と私通した。女帝から訓戒を加えたけれども、その後も素行が修まらない。春宮《とうぐう》をぬけだして夜遊びして、一人で戻ってきたり、婦女子の言葉をまに受けて粗暴な行いが多く、機密が外へもれてしまう、それが罪状の全てであった。

諸臣をあつめて太子の廃否を諮問する。天皇の旨ならばそむかれませぬ、大臣以下諸臣の答えは、そうだった。即日太子を廃して、自宅へ帰してしまったのである。

改めて太子をたてる段となり、右大臣豊成と藤原永手は塩飽王を推した。文室珍努《ふんやのちぬ》と大伴《おおともの》古麿《こまろ》は池田王を推した。押勝のみは敢てその人を名指さず、臣を知る者は君に如《し》かず、子を知る者は親に如かず、天皇の選ぶところを奉ずるのがよかろう、と言う。口惜《くや》しいけれども、正論であつた。そこで聖断をもとめると、もとより天皇の言うところはきかぬ先から分っている。船王は閨房《けいぼう》修まらず、池田王は孝養に闕《か》けるところがあり、塩飽王は上皇がその無礼を憎まれており、ただ、大炊王だけは若年ながら過失をきいたことがないから、と、押勝の筋書通り、すでに押勝の意志するところが、女帝の意志に外ならなかった。聖旨ならばと云って、もとより諸臣はこれに反対を説《とな》えることはできなかった。

★

左大臣は橘諸兄、右大臣は藤原豊成であった。豊成は押勝の兄だった。

聖武上皇が死床に臥《ふ》しているとき、諸兄が酔ってふともらしたという言葉尻をとらえて、佐味宮守《さみのみやもり》という者が密告して、左大臣は然々《しかじか》の無礼な言があったから謀反《むほん》の異心があるかも知れぬ、と上申した。上皇は事の次第を糾問しようとしたが、太后が口をそえて、あの実直な諸兄にそのようなことがあり得る筈はありませぬ、と諫《いさ》めたので、上皇も追求しなかった。けれども諸兄は押勝の野心と企みを怖れた。

彼が信任を得ているのは上皇と太后であり、その亡きあとは、押勝の企みが万能でありうることを見抜いていた。彼は争いを好まなかった。彼は三千代の長子であり、光明太后の異父兄であり、その柄になく左大臣になったけれども、家族政府の実直な番頭という心あたたかな責務以上に、政治に対する抱負もなく、又は特別の才腕もなかった。人と争い、押しのけてまで、地位に執着しなければならないような、かたくなな思いは微塵《みじん》もなかった。彼はあっさり辞任した。みれんなく都の風をすて、山吹の咲く井出の里に閑居して、そして、翌年、永眠した。

残る邪魔者は、彼の実兄、右大臣豊成が一人であった。彼は兄の失脚の手掛りを探したが、温良大度、老成した長者の右大臣には直接難癖のつけようがなかった。

そのころ、押勝の専横を憎む若手の貴族に、暗殺の計画がすすめられているという噂があった。

あるとき、大伴古麿が小野東人《あずまびと》に向って、押勝を殺す企みの者があるときはお前は味方につくか、ときくので、東人は、つきますとも、と答えたという。するとこの話を伝えきいた右大臣の豊成が、弟は世間知らずなのだから、私からよく訓戒を与えておこう、早まってお前たちが殺したりはしてならぬ、と言ったという。

橘諸兄の子の奈良麿《ならまろ》は父に加えた押勝の讒言《ざんげん》を憎んでいた。そのうえ彼は当時の政治に反感と義憤をいだいていた。即ち彼は東大寺や国分寺の建立《こんりゅう》のために、全ての犠牲と苦しみが人民たちにかかっているのに堪えがたい不満をいだいていたのであった。彼は押勝と大炊王を暗殺して、正しい政治を欲している皇太子を立て、日本の政治を改革したいと考えていた。その相棒は大伴古麿で、クー・デタを計画し、兵器を備えているという噂があった。密告は重ねて光明太后の耳にとどいた。

然し、光明太后はそれらの密告をとりあげなかった。ただ、噂にのぼる人々を召し寄せて、私はそのようなことは信じたことはないけれども、然し、国法というものは私と別にあるのだから、皆々も家門の名誉というものを失わぬよう心掛けてくれるがよい。お前たちは私の親しい一族の者に外ならぬのだから、私の言葉は大切にきくがよい、と、さとされた。

けれども、やがて、山背《やましろ》王の密告は打消すことができなかった。廃太子道祖王、黄文《きぶみ》王、安宿《あすか》王、橘奈良麿、大伴古麿、小野東人らが皇太子と押勝暗殺のクー・デタを企んでいるというのであった。

押勝は自邸に警備をつけ、召捕の使者は即刻四方に派せられた。その隊長の一人は藤原永手であった。彼は押勝の命を受け、まるで腹心の手先のような赤誠を示して出掛けて行った。

主謀者達は、諸王も諸臣も召捕られた。然し白状したものは、小野東人だけだった。そして、東人に白状せしめた者も永手であった。

諸王達も諸臣達も、他の何人も白状しなかった。彼等はただ東人が誘いにきたので集ったので、集りの目的も知らないと言った。東人が礼拝しようと言いだしたので、何を礼拝するのかと訊くと、天地を拝すのだという、それで言われるままに礼拝したが、陰謀の誓約のために礼拝したのと意味が違う、それが彼等の答えであった。彼等の答えは全てがまったく同一だった。

そこで彼等は拷問《ごうもん》せられて、廃太子道祖王、黄文王は杖に打たれて悶死をとげ、古麿と東人も拷問に死んだ。生き残った人々は流刑に処された。東人が杖に打たれて死んだので、この真相はもはや誰にも分らなかった。

そして、このとき、豊成の子の乙縄《おとただ》も陰謀に加担していた。そこで父の右大臣は陰謀を知って奏することを怠ったという罪に問われて、太宰員外帥《だざいいんがいのそち》に左遷され、遠く九州へ追い落されてしまったのである。

あらゆる敵を一挙に亡したばかりでなく、目の上の瘤《こぶ》、兄大臣を退けることまでできた。押勝の満足は如何ばかり。

ところで、その同じ時刻に、顔を見合せてニヤリとしていた一味がいた。藤原永手、藤原百川《ももかわ》、その他藤原一門の若い貴族の面々だった。彼等こそ押勝の腹心だった。赤心を示し、忠誠を誓い、召捕に、又、拷問に、糾明に、率先当った人々であった。

然し、彼等は祝杯をあげていたのである。彼等は老いたる狐の如くに要心深い若者だった。祝杯の陰の言葉から、我々は如何なる秘密もききだすことはできない。その場にたとえば押勝がひそかに忍んで立聞きしても、陰謀の破滅と、平和の到来を祝う言葉をきき得ただけであったろう。

★

藤原不比等に四人の男の子があった。各々家をたて、武智麻呂《むちまろ》を南家、房前《ふささき》を北家、宇合《うまかい》を式家、麻呂を京家と称し、各々枢機に参じていた。安宿夫人は光明皇后となり、三千代の勢威は後宮に並ぶものなく、藤原氏にあらざれば人にあらざる有様だった。

筑紫に起った痘瘡《とうそう》が都まで流行してきた。天平九年のことであった。加茂川のほとり、城門の外は言うまでもなく、都大路も投げすてられた屍体によって臭かった。藤原の四兄弟も、一時に病没したのである。

藤原四家の子弟たちはまだ官歴が浅かったから、亡父の枢機につき得なかった。橘諸兄が大臣となり、吉備真備《きびのまきび》が重用せられたのも、そのためであった。安倍、石川、大伴、巨勢《こせ》ら往昔名門の子弟たちも然るべき地位にすすみ、さしもの藤原一門も一時朝政の枢機から離れざるを得なかった。のみならず、式家の長子広嗣《ひろつぐ》はその妻を元昉《げんぼう》に犯され、激怒のあまり反乱を起して誅《ちゅう》せられ、その一族に朝敵の汚名すらも蒙《こうむ》っていた。

もとより朝廷と藤原氏は鎌足以来光明皇后に至るまで特別の関係をもち、その勢力の恢復《かいふく》も時間の問題ではあった。

先ず豊成が右大臣となり、その弟の押勝が紫微中台の長官となった。彼等は四家のうち、長男武智麻呂の南家の出であり、その年齢も特に長じて、五十をすぎていた。豊成の栄達は自然であったが、押勝は破格であった。その栄達にあきたらず、寵《ちょう》をたのんで、諸兄を退け、皇太子の廃立を行い、陰謀によって敵を平げ、その兄すらも退けた。あとを襲って右大臣となり、二年の後に、太政大臣に累進した。

藤原若手の貴族達は一門の昔の夢を描きつつ、年毎にその当然の官位をすすめていたが、今は、当面の敵を倒さなければならなくなっていた。当面の敵は、押勝であった。なぜなら、押勝も同じ彼等の一族ではあったが、まるで彼等の首長のように専横すぎるからであった。

彼等のすべては個人主義者、利己主義者であった。彼等は一族の名に於て団結したが、それはただ共同の敵を倒すための便宜以外に意味はなかった。彼等はただ己れの利益と、己れの栄達を愛していた。そして、生れながらの陰謀癖と、我身の愛を知るのみの冷酷な血をもっていた。その老獪《ろうかい》な陰謀癖と冷めたさは鎌足以来の血液だった。

陰謀の主役は年長の永手よりも、むしろ若年の百川だった。永手は彼らの最長者であり、官職も中納言にすすんでいたが、百川はまだ二十五をまわったばかりで、取るにもたらぬ官職だった。然し、その老獪な策略と執拗な実行力はぬきんでていた。

彼等のすべてが押勝の腹心だった。押勝に媚び、すすんで忠勤をはげみ、その報酬に官位の昇進を受けていた。彼等は面従腹背を人の当然の行為であると信じていた。彼等はむしろ押勝よりも悪辣《あくらつ》であり老獪であり露骨であった。百川は道鏡をしりぞけてのち、自分の好む天皇をたてる陰謀に成功した。更にその後、皇太子の廃立に成功したが、彼のすすめる親王を天皇は好まなかった。その天皇を責めたてて、四十余日、夜もねむらず門前にがんばりつづけ、喚《わめ》きつづけて、天皇を根負けさせているのであった。

彼等はむしろ押勝以上に策師であり、智者であり、陰謀家であり、利己主義者であり、かつ、礼節も慎みもなかったから、押勝の専横に甘んじて、その下風に居すわる我慢がなかったのである。

彼等の共同の目的は、押勝の失脚だった。すると、そこへ、思いもうけぬ好都合の人物が登場してきた。それが弓削道鏡《ゆげのどうきょう》であった。

★

道鏡は天智天皇の子、施基《しき》皇子の子供であり、天智天皇の皇孫だった。

道鏡は幼時義淵《ぎえん》に就て仏学を学び、サンスクリットに通達していた。青年期には葛木山《かつらぎやま》に籠って修法《しゅほう》錬行し、如意輪法、宿曜秘法《すくようのひほう》等に達し、看病薬湯の霊効に名声があった。その法力と、仏道堅固な人格と、二つながら世評が高く、内裏の内道場に召されたのだ。

彼の魂は高邁《こうまい》だった。その学識は深遠であった。そして彼は俗界の狡智《こうち》に馴れなかった。小児の如くに単純だった。荒行にたえたその童貞の肉体は逞《たくま》しく、彼の唄う梵唄《ぼんばい》はその深山の修法の日毎夜毎の切なさを彷彿《ほうふつ》せしめる哀切と荘厳にみちていた。彼はすでに押勝に劣らぬ老齢だったが、その魂の、その識見の、その精進の厳しさによって、年齢のない水々しさが漂っていた。

天皇はいつ頃からか、道鏡に心を惹《ひ》かれていた。

天皇はすでに位を太子に譲り、上皇であった。然し、新帝の即位は名ばかりで、政務は上皇の手にあった。

六代の悲しい希いによって祈られてきた宿命の血、家の虫のあの精霊が、年老いた女帝の心に生れていた。その肉体は益々淫蕩《いんとう》であったけれども、その心には、家の虫の盲目的な宿命の目があたりを見廻し、見つめていた。

色々のことが分ってきた。見えてきたのだ。家の虫の盲目的な宿命の目によって。

新たな天皇と太政大臣押勝は一つのものであった。新帝は、彼女のものでもなく、国のものでもなく、押勝の天皇だった。そういうことが分るのは、押勝と彼女の間に距離が生れてきたからであり、そして彼女は距離をおいて眺める心も失っていた我身の拙さに気がついた。

上皇は家に就て考える。いや、家の虫が、我身に就て考えるのだ。彼女は押勝を考える。臣下と、つまり、ただの男と、どうしてこんな悲しいことになったのだろう。我身の拙さ、切なさに堪えがたかったが、その肉体のいじらしさ、わが慾念のいとしさに、たまぎる思いがするのであった。

彼女は押勝がいやらしかった。一時に興ざめた思いであった。我身のすべての汚らわしさも、押勝一人にかかって見えた。押勝はただ汚さが全てのように思われた。

上皇は道鏡に就て考える。静かな夜も、ひっそりと人気の死んだ昼ざかりにも。彼女は強《し》いて、その肉体は思いだすまいとするのであった。そして、実際、その肉体を思わずに、道鏡に就て考えていることがあった。その識見の深さに就て。その魂の高さに就て。その梵唄の哀切と荘厳に就て。その単純な心に就て。そういう時には、時々、深く息を吸い、そして大きく吐きだすような静かな澄んだ心があった。けれども思いは、ただそれだけでは終らなかった。そして最後に、上皇は身ぶるいがする。すると、もはや、暫《しばら》く何も分らなかった。

彼女は祈っていた。然し、より多く、決意していた。それは彼女の肉体の決意であった。あの人ならば。なぜなら、彼の魂は高く、すぐれていた。そして、識見は深遠で、俗なるものと離れていた。

だが、何よりも、彼は天智の皇孫だった。臣下ではなく、王だった。それを思うと、すでに神に許された如く、彼女の女の肉体はいつも身ぶるいするのであった。

★

宝字五年、光明太后の一周忌に当っていたので、八月に、上皇は天皇をつれて薬師寺に礼拝、押勝の婿の藤原御楯《みたて》の邸《やしき》に廻って、酒宴があった。

忌を終り、十月に、保良《ほら》宮に行幸した。天皇も同行し、道鏡も随行した。押勝は都に残った。

すでに上皇の肉体は決意によって、みたされていた。上皇の保良宮の滞在は、病気の臥床の滞在だった。道鏡のみが枕頭にあり、日夜を離れず、修法し、薬をねり、看病した。そして上皇は全快した。彼女の心はみたされたから。長い決意がみたされていたから。

上皇はわずかばかりの旅寝の日数のうちに、世の移り変りの激しさに驚くのだ。それは冬雲の走る空の姿でもなく、時雨《しぐれ》にぬれた山や野の姿でもなかった。それは人の心であった。そして、それが自分の心であるのに気付いて、上皇は驚くのだ。上皇は冬空を見、冬の冷めたい野山を見た。その気高さと、澄んだ気配に、みちたりていた。すでに彼女は道鏡に、身も心も、与えつくしていた。

天皇は上皇と道鏡の二人の仲を怖れた。押勝のために怖れたのだ。天皇は恋に就ては多くのことを知らなかった。彼は道鏡を見くびっていた。否、それよりも、上皇と押勝の過去の親密を過信し、盲信しすぎていた。

天皇は日頃にも似ず、上皇に対して直々諷諫《ふうかん》をこころみた。上皇の忿怒《ふんぬ》いかばかり。その日を期して、二人はまったく不和だった。

上皇は出家して、法基と号し、もはや全く道鏡と一心同体であった。道鏡を少僧都《しょうそうず》に任じ、常に侍らせ、押勝は遠ざけられた。彼はもはや上皇にとって、全く意味のない存在だった。

押勝は悶々の日を送り、道鏡に憤り、上皇を怨んだ。嫉妬に燃え、失脚に怖れ、彼の心は狂おしかった。自ら陰謀する者は、人の陰謀を更に怖れる。彼は失脚の恐怖に狂い、人の陰謀の影に狂って、自ら謀反を企んだ。

彼は太政官の官印を盗んで符《ふ》を下し、ひそかに兵数を増加した。

密告する者があって、罪状あらわれ、押勝は逃げて近江に走った。退路を断たれ、追捕《ついぶ》の軍は迫ってきた。押勝はやむなく我が子、辛加知《カラカチ》の任地越前に逃げ、塩焼王をたてて天皇と称し、党類に叙位して士気を煽《あお》り、その儚《はか》なさに哀れを覚えるいとまもなかった。追捕の軍は攻めこんできた。味方の勢は戦う先に逃げだしていた。秋だった。時雨が走り、山に枯葉がしきつめていた。彼は刀も手に持たず、敵に向ってフラフラうごいた。まるでわけが分らぬように相手の顔を見つめていた。刀は肩へ斬りこまれた。まるでびっくり飛び上るような異体《えたい》の知れない短い喚きが虚空へ消えた。斬られた肩を片手でおさえた。すると指をはねるように血のかたまりが吹きあげた。そして彼はごろりと転んで死んでいた。

塩焼王も殺され、押勝の妻子も斬られ、その姫は絶世の美貌をうたわれた少女であったが、千人の兵士に犯され、千一人目の兵士の土足の陰に、むくろとなって、冷えていた。

天皇の内裏も兵士によって囲まれた。使者の読みあげる宣命《せんみょう》に「天皇の器にあらず、仲麻呂と同心して我を傾ける計をこらし」と書かれていた。即坐に退位を命ぜられ、淡路の国へ流された。そして翌年、配所で死んだ。

★

上皇は法体《ほったい》のまま重祚して称徳天皇と云った。出家の天皇には出家の大臣がいてもよかろうと仰せがあって、道鏡は大臣禅師《ぜんじ》という新発明の官職を与えられた。

翌年、太政大臣禅師となり、二年の後に、法王となった。

それは女帝の意志だった。

女帝は道鏡が皇孫であり、ただの臣下ではないことを、そのしるしを、天下に明《あきらか》にしたかった。そして二人の愛情の関係自体も。皇孫だから。そして、愛人なのだから。女帝は法王という極めて的確な言葉に気付いて喜んだ。

法王の月料は天子の供御《くご》に準じ、服食も天子と同じものだった。宮門の出入には鸞輿《らんよ》に乗り、法王宮職が設けられ、政《まつりごと》は自ら決した。それはすべて女帝が与えた愛情のあかしであった。名にとらわれる女は、然し、更に実質の信者であった。名は、そして、人の口は、女帝はすでに意としなかった。事実はただ一つ。道鏡は良人《おっと》であった。

道鏡は堕落の悔いを抑えることができていた。女帝の女体は淫蕩だった。そして始めて女体を知った道鏡の肉慾も淫縦《いんじゅう》だった。二人は遊びに飽きなかった。けれども凜冽《りんれつ》な魂の気魄《きはく》と気品の高雅が、いつも道鏡をびっくりさせた。それは夜の閨房の女帝と、昼の女帝の、まったく二つのつながりのない別な姿が彼の目を打つ幻覚だった。夜の女帝は肉体だったが、昼の女帝は香気を放つ魂だった。

彼は夜の淫蕩を、昼の心で悔いることができなかった。なぜなら女帝の凜冽な魂の気魄が、夜の心を目の前ではっきりと断ち切ってしまうから。彼の魂は高められ、彼の畏敬はかきたてられた。それは女ではなかった。偉大にして可憐にして絶対なる一つの気品であり、そして、一つの存在だった。

そして夜の肉体は、又、あまりにも淫縦だった。あらゆる慎しみ、あらゆる品格、あらゆる悔いがなかった。すべては、ただあるがままに投げだされ、惜しみなく発散し、浪費し、行われ、つくされていた。それ自体として悔い得る何物もあり得なかった。惜しまれ、不足し、自由ならざる何物もなかった。涙もあった。溜息もあった。笑いもあった。歓声もあった。力もあった。放心もあった。悲哀もあった。虚脱もあった。怒りもし、すねもし、そして、愛し、愛された。

道鏡の堕落の思いは日毎にかすみ、失われた。そして彼はもはや一人の物思いに、夜の遊びを思いだすことがあっても、大空の下、あの葛木の山野の光のかがやきの下の、川のせせらぎと同じような、最も自然な、最も無邪気な豊かな景観を思うのだった。

彼は女帝を愛していた。尊く、高く、感じていた。

彼は内道場の持仏堂の仏前に端坐し、もはや仏罰を怖れなかった。否、仏罰を思わなかった。女帝と共に並んで坐り、敬々《うやうや》しく礼拝し、仏典を誦《ず》し、彼の心は卑下するところなく高められ、遍在し、その心は香気の如く無にも帰し、岩の如くにそびえもし、滝の如くに一途に祈りもするのであった。女帝の貴き冥福のために。

彼は自分を思わなかった。ただ、女帝のみ考えた。彼は女帝を愛していた。彼の心も、彼のからだも、女帝のすべてに没入していた。女帝は彼のすべてであった。彼の魂は幼児の如く、素直で、そして、純一だった。

★

藤原一門の陰謀児達は冷やかな目で全ての成行を見つめていた。

道鏡という思いもうけぬ登場によって、彼等自身細工を施すこともなく、恵美押勝は自滅した。道鏡は押勝よりも単純だった。そして、彼等に仇《あだ》をする憂いはなかった。彼等はただ機会を冷静に待てばよかった。あせる必要はなかったから。

彼等は法王道鏡を天子の如く礼拝し、ひれふし、敬うた。陰口一つ叩かなかった。法王たることが道鏡の当然な宿命であることを、彼等が知っているようだった。

然し、法王という意外きわまる人爵の出現に、百川の策は天啓の暗示を受けた。それは道鏡に天皇をのぞむ野望を起させ、そのとき、それを叩きつぶすことによって、一挙に彼を失脚せしめる芝居であった。

折から彼等の腹心の中臣習宜阿曽麻呂《スゲノアソマロ》が大宰府の主神《カンヅカサ》となって九州へ赴任することになった。主神は大宰府管内の諸祭祀を掌《つかさど》る長官で、宇佐八幡一社のカンヌシの如き小役ではなかった。

百川は彼に旨をふくめた。

赴任した阿曽麻呂は一年の後、上京した。彼は宇佐八幡の神教なるものを捧持《ほうじ》していた。それに曰《いわ》く「道鏡をして皇位に即かしめば、天下太平ならん」と。

道鏡は半信半疑であった。天皇を望む野心を、夢みたことすら、彼はなかった。望む必要がなかったのだ。天皇は、すでに、いた。彼の最も愛する人が。彼のすべてである人が。

然し、藤原一門の陰謀児たちは執拗だった。彼等は先ず神教によって祝福された道鏡の宿命と徳をたたえた。そして道鏡は皇孫だから、当然天皇になりうる筈だと異口同音に断言した。甘言はいかなる心をもほころばし得るものである。それをたとえば道鏡がむしろ迷惑に思うにしても、それを喜ばぬ筈もない。

然し、と彼等の一人が言った。事は邦家の天皇という問題だから、阿曽麻呂の捧持した神教だけで事を決することはできぬ。然るべき勅使をつかわして、神教の真否をただささねばならぬ、と。

もとよりそれは何人をも首肯《しゅこう》せしめる当然の結論だった。もし道鏡がその神教を握りつぶして不問に附する場合をのぞけば。

道鏡は迷った。然し、彼は単純だった。まことにそれが神教ならば、と彼は思った。

そして、彼が勅使の差遣に賛成の場合、彼は天皇になりたい意志だという結論になることを断定されても仕方がないということに、気付かなかった。

勅使差遣の断案は道鏡自身が下さなければならないのだ。彼は諾した。

★

道鏡をこの世の宝に熱愛し、その愛情を限りなく誇りに思う女帝であったが、道鏡を天皇に、という一事ばかりは夢にも思っていなかった。天皇は自分であった。その事実は、疑られ、内省されたことがない。

女帝は彼に法王を与えた。天子と同じ月料と、天子と同じ食服と、鸞輿を与え、法王宮職をつくって与えた。すでに実質の天皇だった。すくなくとも、彼女が男帝ならば、道鏡は皇后だった。

女帝は気がついた。家をまもる陰鬱な虫の盲目の希いが、天皇は自分であるということを、てんから不動盤石《ばんじゃく》に、疑らせもしなかったのだ、と。

女帝は道鏡が気の毒だった。いたわしかった。そして、いとしくて、切なかった。どこの家でも、女は男につき従っているではないか。なぜ、自分だけ。なぜ道鏡が天皇であってはいけないのか。

女帝は決意した。宇佐八幡の神教が事実なら、そして、勅使がその神教を復奏したなら、甘んじて彼に天皇を譲ろう、と。なぜなら、彼は皇孫だから。諸臣もそれを認めている。のみならず、天智天皇の孫ではないか。

女帝はその決意によって、幸福であった。愛する男を正しい男の位置におき、そして自分も、始めて正しい女の姿になることができるのだ、と考えた。

まだ女帝には皇太子が定められていなかった。可愛いい男は今は彼女の皇太子でもあったのだ！　上皇という女房の亭主が天皇とは珍らしい。天皇から皇后になることはできないのかな、と、女帝の空想はたのしかった。道鏡が天皇になったら、うんと駄々をこねて、こまらしてやりたい。うんとすねたり、うんと甘えたり、手のつけられないお天気屋になってやりたい。そして道鏡の勘の鈍い、取り澄した、困った顔を考えて、ふきだしてしまうのだ。

★

和気清麻呂《わけのきよまろ》は戻ってきた。

彼のもたらした神教は意外な人間の語気にあふれ、奇妙な結語で結ばれていた。無道の者は早くとりのぞくべし、というのだ。

道鏡は激怒した。なぜなら、彼は、ただ神教の真否をもとめただけだった。天皇になりたいなどとは言わない筈だ。むしろ、心の片隅ですら、それを望んだ覚えがなかった。

清麻呂の復奏は、ただ道鏡を刺殺する刃物の如く、彼のみに向け、冷やかに、又、高く、憎しみと怒りと正義をこめて、述べられていた。

その不思議さに、いち早く気付いた人は女帝であった。道鏡の立場は何物であるか。彼はただ、贋神教に告げられた一人の作中人物にすぎない。咎《とが》めらるべき第一のものは、贋神教であらねばならぬ。神教はそれに就いてはふれてはおらぬ。清麻呂の語気も態度も、阿曽麻呂に向けた批難のきざしが微塵もなかった。

清麻呂の態度は明らかに、阿曽麻呂は道鏡の旨をうけて贋神教をもたらした傀儡であると断じている。清麻呂の神教自体の語るところが、そうでなければ意味をなさぬ。女帝は道鏡を知っていた。彼にはあらゆる策がなかった。かりに己が主観はとりのぞき、真実阿曽麻呂が道鏡の傀儡だったと仮定せよ。和気清麻呂とは何者か。彼はただ神教の真否をただす使者ではないか。ありのままの神の言葉を取次ぐだけの使者ではないか。私情のあるべきいわれはない。語気のあるべきいわれはない。言葉と意味があるだけでなければならぬ。

清麻呂の語気は刃物となって道鏡を斬り、怒りと憎しみと正義によって、高ぶり、狂っているではないか。即ち、そこにあるものは、神教ではなく、彼自身の胸の言葉でなければならぬ。

すべてがすでに明白だった。阿曽麻呂も清麻呂も、ぐるなのだ。道鏡をおとすワナだった。

道鏡は激怒にふるえていた。面色は青ざめはてて、その息ごとに、その鼻から、その目から、忿怒の火焰《かえん》の噴きでぬことが不思議であった。

女帝はかかる傷ましい道鏡の顔を見たことはなかった。女帝の胸は苦痛にしびれた。一時に怒りがこみあげてきた。この単純な魂を、この高貴な魂を、なぜそなたらは、あざむき、辱しめ、苦しめるのか。女帝の顔はにわかに変った。清麻呂をはったと睨みすくめていた。

すでに清麻呂は面を伏せて控えていたので、女帝の怒りの眼差《まなざし》は気付かなかった。然し、百川はそれを見た。彼の胸に顚倒した叫びが起った。シマッタ！　と。

然し、そのとき天皇はすっくと立って、すでに姿が消えていた。

★

清麻呂は芝居をやりすぎた。あまり正直に生の感情をむきだしたことによって。あまりに嘘がなかったために。彼は正直でありすぎた。すでにカラクリの骨組は女帝に看破せられたことを百川は悟らずにいられなかった。

寸刻の猶予もできなかった。ただちに清麻呂に因果をふくめ、神教偽作のカラクリ全部を一身に負う手筈をきめる。直ちに百川は上奏して、清麻呂はすでに神教偽作の罪状を告白したと告げた。さもなければ、カラクリの全部がばれるから。

清麻呂は官をとかれ、別部穢麻呂《わけべのきたなまろ》と改められて、大隅《おおすみ》国へ流された。

百川の秘策は完全な失敗だった。この事件により、女帝の道鏡によせる寵愛と信任は至高のものに深まった。道鏡は唯一無二のものだった。それは、然し、すでに昔から、そうだった。女帝は堅く決意した。道鏡はわが後継者、皇太子、次代の天子、ということだ。世の思惑は物の数ではなかった。祖宗の神霊も怖れなかった。

のみならず、世上の風説も、この事件の結末から、道鏡は天皇でありうるという結論になり、やがて、次代の天皇は道鏡だという取沙汰があった。未だに立太子の行われぬことが、この風説を疑われぬものに思わせた。そして、人々は確信した。やがて道鏡は天皇である、と。

百川は再び啓示をつかんでいた。女帝のこの絶対の信任のある限り、女帝の存命中は道鏡を失脚せしめる見込みはなかった。女帝の死後。それあるのみ。

百川は、道鏡天皇説の流行を逆用する手段を見出していた。道鏡は愚直であり、信じ易い性癖だった。道鏡天皇説を益々流行せしめるのだ。庶民達がそれを真に受けて疑ることがないぐらい。そして、道鏡に思いこませてしまうのだ。必ず天皇になりうる、と。殿上人《てんじょうびと》も地下《じげ》も庶民も、全てがそれを希《のぞ》んでいる、と。そして彼は安心しきっている。信じきっている。人々の総意により自然に天皇になってしまう、されてしまう、と。その安心の油断のみが、百川の最後に乗じうる隙だった。

百川は道鏡にとりいった。全ての藤原貴族達も、おもねった。否、あらゆる人々がそうだった。

道鏡の故郷は河内の弓削《ゆげ》だった。百川はことさら道鏡に懇願して、その栄誉ある法王の生国河内の国守に任命してもらった。

道鏡は天皇にすすめ、生地の弓削に由義宮《ユゲノミヤ》を起し、西京とした。河内国は昇格し、河内職をおかれた。百川もこれに伴うて昇格し、河内職の太夫になった。

女帝も由義宮へ行幸した。歌垣《うたがき》が催された。するとこの地の長官たる百川は、それが彼の最大の義務であるように、自ら進んで倭舞《やまとまい》を披露した。舞の手はさして巧くはなかったが、その神妙さ。一手ごとに真心をこめ、全心の注意をあつめ、せめてはその至情によって高貴なる人々の興趣にいくらかでも添いたいという赤心が溢れて見えるのであった。

道鏡は満足した。そして百川の赤心を信じこんで疑ることを知らなかった。

★

女帝は崩御した。宝算五十三。

道鏡の悲歎は無慙《むざん》であった。葛木山中の岩窟に苦業をむすんだ修練の翳《かげ》もあらばこそ。外《げ》道《どう》の如き慟哭《どうこく》だった。一生の希望が終ったようだった。何ものに取りすがって彼は泣けばよいのだか、取りすがるべき何ものもなかった。無とは何か。失うことか。彼はすべてを失った。

人々が彼の即位をもとめることを、彼は信じて疑わなかった。この偉大なる人、高雅なる人、可憐なる人、凜冽たる魂の気品の人の姿がなしに、内裏の虚空に坐したところで、何ものであろうか。彼の心は天皇の虚器を微塵ももとめていなかった。彼は内裏に戻らなかった。政朝に坐らなかった。人々の顔も見たくはなかった。彼等の言葉のはしくれも、耳に入れるに堪え得なかった。

彼は女帝の陵下に庵をむすび、雨の日も、嵐の夜も、日夜坐して去らず、女帝の冥福を祈りつづけた。

百川の待ちのぞんだ機会はきた。然し、はりあい抜けがした。あまりだらしがなく、馬鹿げきっているからだ。当の目当の人物は陵下に庵を結び、浮世を忘れて日ねもす夜もすがら読経に明け暮れているからだ。

然し、百川は暗躍した。彼は暗躍することのみが生き甲斐だった。

右大臣吉備真備は天武天皇の孫、大納言文屋浄三《ふんやのきよみ》を立てようとした。然し浄三はすでに臣籍に下った故にと固辞するので、その弟の大市《おおち》をたて、宣命も作られ、輿論《よろん》も概ね決していた。

然し、百川は動かなかった。彼は自ら筋書を書くのでなければ承服し得ない人間だった。彼は白壁王《しらかべ》を立て、左大臣永手、兄の参議良継と謀議して、宣命使をかたらい、大市を立てる宣命に代えて、白壁王を立てる旨を宣《の》らせ、先帝の御遺詔であると勝手な文句をつけたさせた。

そして白壁王が即位した。時に新帝の宝算六十二。百川は、時にようやく、三十九。浮世の風、すべてこれらのイキサツを、道鏡はわれ関せず、庵の中で日ねもす夜もすがら、彼はまったく知らなかった。

そして彼の耳もとに吹きつけてきた浮世の風の一の知らせは、彼が天皇に即くことではなく、死一等を減じ、造下野薬師寺《みやつこしもつけ》別当に貶《へん》せられ、即日発遣せしめる、という通告だった。

下野薬師寺は奈良の東大寺、筑紫の観音寺と共に天下の三戒壇、鑑真《がんじん》の開基で、日本有数の名刹だった。この名刹の別当は、流刑というには当らない。彼は多分、煙たがられていたにしても、さして憎まれてはいなかったのだ。ただ枢機から遠ざけたいということだけが、人々の同じ思いであったのだろう。

陵下を離れる思いのほかに、彼を苦しめる思いはなかった。すべては、すでに、終っていた。棄《す》つべきものは何もなかった。雲を見れば雲が、山を仰げば山が、胸にしみた。

然し、彼は、凜冽たる一つの気品を胸にいだいて放さなかった。それは如何なる仏像よりも、何物よりも、尊かった。それをいだいて、彼は命の終る日を、無為に待てば、それでよかった。

道鏡童子

国史上「威風高き女性」をもとめると数は多いが、私は高野《たかの》天皇の威風が好きである。高野天皇は孝謙天皇のこと。孝謙天皇は重祚《ちょうそ》して称徳天皇とも申し、道鏡との関係は称徳天皇と称して後のことであるが、一人の天皇を孝謙とよび称徳とよぶのはわずらわしいからオクリ名の高野天皇を用いることに致します。

男装して朝鮮へ攻めこんだという神功皇后は威風リンリンの最たるものかも知れないが、この御方の威風は女教祖的で、私は親しみがもてない。

高野天皇の威風はあくまで女性そのもので、人間そのものである。しかも彼女の置かれた位置や四囲の事情というものは、女関白淀君と比べても、格調の高さがケタがちごう。歴代の天皇中でも、自然に占めた位置が「生きた神様」であった点、その父の聖武天皇とともに屈指の神格的存在であった。しかも、おのずから神格の位置におかれながら、人間そのものの足跡のみとどめているので、その威風には実にしたわしい可憐さがこもっているのである。

天智天皇の歿後、皇太子と皇弟が戦って、皇弟が勝った。天武天皇である。天武帝の歿後、皇孫カル太子が幼少だったので、皇后が即位した。持統天皇である。次にカル太子の生母が即位して元明天皇。持統元明は姉妹で、天智天皇の娘である。

相反する勢力を後楯《うしろだて》にして兄系と弟が争い、弟が勝ったが、勝てる弟側が兄の娘を二代にわたって皇后にしたのは、背後の相反する勢力を統一するに役立ったようである。もっともうちつづいた三名の女帝が卓抜な才女であったせいもあろう。

日本に中央政府と称するに足るものがつくられたのは、姉、妹、娘、とつづく三代の女帝のリレーによってであった。こうして、奈良の都ができたのである。今に伝わる皇室の国史もこのときできた。系図が作られたということはそのとき自家の礎《いしずえ》が定まったことを意味するものであろう。

姉、妹、その娘と三名も女だけでリレーしなければならなかったのは、皇孫カル太子が幼少だったのと、ようやく生長して即位したカル太子が若くして忽《たちま》ち死に、したがって、その皇子はまたしても幼少であった。再び幼少から皇太子を育てあげなければならないので、ここに姉妹娘という三代の女帝のリレーが必要であった。

女は「家」をまもる動物的な本能をもつものであるが、また家名とか、家にそなわる威風とかを甚しく希求する動物でもある。

三代の才女のリレーによって、多くの男の土豪政治家、豪傑策師の果し得なかった中央政府が次第にハッキリと形づくられ定まってきた。

こうして家も国もほぼ定まったとき、三代の才女のリレーの果《はて》に育てあげられたのが聖武天皇であった。三代の女帝がこの幼太子に何をのぞみ何を祈って育てあげたか、それはすでに云うまでもない。曰《いわ》く、天下唯一の別格の子、太陽の子、そして地上の全ての主人、生きた神様、である。三代の女帝の必死の作業は、中央政府の確立とともに、生きた太陽の子をつくることにもそそがれた。そして作りなされた太陽の子が聖武天皇であった。

三代の女帝にこの上もなく信任された一人の才女があった。女同志は同類に気を許さぬものであるが、三代の才女に絶大の信任を博したのだから、これもよほどの才女であろう。橘《たちばな》の三千代夫人という。死後に正一位大夫人をもらった。この才女が藤原不比等に再嫁して生んだのが安宿媛《アスカヒメ》。衣の外に光が発するほど美しい娘であった。

三代の才女が太陽の子を育てているとき、正一位三千代大夫人はこれもせッせと太陽の娘を育てていた。彼女が娘に祈ったことは天下第一の女、太陽の御子と並ぶに足る唯一の女であったろう。

そして三千代の希《ねが》いのように、安宿《アスカ》は太陽の子にお嫁入りした。これが光明皇后である。元正女帝は育てあげた太陽の子、聖武天皇に安宿媛を与えるに当って、これは当家の柱石、無二の忠臣、当家のために白髪となり夜もねむらなかった人の娘だから、ただの女と思わずに大切にするようにという特別な言葉を添えた。

太陽の子は即位して、大仏を造った。そして大仏をつくるとき、天下の富と勢いを保つのは朕《ちん》だ、と叫んだ。まさに女帝三代の合言葉はそれであったし、その合言葉を生れながらの精気として孕《はら》んで育ったのが彼でもあった。

その大仏は完成した。日本古今随一の、また類を絶し、国の富を傾けた善美結構であった。太陽の子と太陽の娘は、もう老人になっていた。先代の女帝から志し、何十年もかかった大仏だ。年老いた太陽の子と太陽の娘は仲よく並んで大仏に向い立ち、相ともにたずさえ、

「三宝の奴《やっこ》と仕えまつる」

と感きわまって礼拝した。自惚《うぬぼれ》がきわまるとき、人は礼拝の中に優越を見出すものである。太陽の子たる夫妻は国の富を傾けて大仏を造りあげたが、まったくそれと同じように、全能の光と勢いをつぐ一人の生きた女神を育てあげていた。それが高野天皇です。太陽の子でしかないように、そして、その太陽の子のお嫁でしかないようにと育てられた二人の仲に長女と生れ、二人の全能の光と勢いの全てを継ぐ唯一の神の子として育てられた宿命の女神が、この女帝である。

大仏も完成した。老いたる太陽夫婦は三宝の奴となって礼拝し、満足して顔を見合わせる。彼らと同じように、いま大仏と向い合って、二人のすぐ横に、二人の全能と光と勢いの全てをついだ天下唯一の神の子たる娘が生きて立っている。二人の精気はそこに一ツに合して高まっているのだ。老いたる太陽の夫婦は、自分たちよりも、また大仏よりも気高く秀でた女神の光と勢いの張りの鋭さを見出して満足する。二人の仕事は完成したのだ。三代の女帝の必死の祈りはつつがなく果された。

大仏完成の大式典を終ると、老いたる太陽夫妻は全能の娘に皇位を授けた。父母の光と勢いの全てを名実ともに彼女はついだのである。生れながらに、そう定められ、そう育てられていただけのことだから。

道鏡と恋をした女帝は、歴代の天皇中でも、こういう特別な人であった。即位したとき三十三。地上唯一の太陽たる女神に、人間の良人《おっと》はあるべきではない。女神は当然の如くに独身であったが、老いたる太陽夫妻にとっては、自分らが特別な二人であることも、娘が特別な一人であることも同じように当然で、それ以外は考える必要がなかったのかも知れない。神の国の心理や算術では、二と一が同一であってもフシギではないのだ。人間の心理や算術でも、そうなり易いものである。

★

この女帝は日本の古今に随一の人造乙女と称すべき女帝で、祖先の三代の女帝の才気も父母の光と勢いもまさしく身にこもっていたような、決して出来の悪くはない作品だったと私は思う。

彼女は太陽父母の遺産をそっくり身につけたが、この遺産の半分はマイナスであった。父母たる太陽夫妻はあまりにも全能でありすぎたのだ。その全能を現実に行い、大仏をつくったために、国の富を傾けてしまった。彼の叫んだ如くに、国の富を保つ者はまさしく彼であったが、その富の傾きを保つのも彼、もしくは彼の子孫の宿命であることを、幸福な太陽の子は全然さとらぬうちに成仏した。

マイナスの遺産までうけついだ女帝の生涯には容易ならぬ困難が横たわり待ち設けていた

が、父母たる幸福な太陽夫妻はそんなことは夢にすら思わなかったし、そのツモリで育てられた女帝にそれに対する訓練用意がある筈《はず》はない。

先帝が国の富を傾けた結果がどうなったかと云うと、三人の女帝の必死の努力と作業によってほぼ成功しかけていた中央政府の地盤がぐらつきだしたのである。

背後に控える相反する二大勢力を、女帝三代の才気と、婚姻の手段によって一つにひきつけ、どうやら中央政府として安定しかけていた。それも女帝三代の要心深くて細《こまか》く気のついた善政のタマモノであったろう。全国に散在する部落勢力もだんだん音を鎮めて帰一の方向にむきはじめていたが、国の富を傾けて現実的に全能ぶりを実行されては、蜂の巣をつついたようになっているのは当然だった。

国史以前に、コクリ、クダラ、シラギ等の三韓や大陸南洋方面から絶え間なく氏族的な移住が行われ、すでに奥州の辺土や伊豆七島に至るまで土着を見、まだ日本という国名も統一もない時だから、何国人でもなくただの部落民もしくは氏族として多くの種族が入りまじって生存していたろうと思う。そのうちに彼らの中から有力な豪族が現れたり、海外から有力な氏族の来着があったりして、次第に中央政権が争わるるに至ったと思うが、特に目と鼻の三韓からの移住土着者が豪族を代表する主要なものであったに相違なく、彼らはコクリ、クダラ、シラギ等の母国と結んだり、または母国の政争の影響をうけて日本に政変があったりしたこともあったであろう。

結局、個々に海外の母国と結ぶ限りは、日本という新天地の統一は考えられない。海外の各自の母国以上に有力な、すべての系統の氏族たちに母胎的な大国から直接に文物をとりいれ、それによって個々の母国の誇りやツナガリを失わないと日本という統一は不可能だ。

こう考えて実行した最初の大政治家は聖徳太子であった。太子はコクリ系の人であったらしく、コクリと交通して文物をとりいれてはいるが、更により多く支那に使者を送って、支那の法律や諸般の文化を直接とりいれることに目標をおいた。日本統一の第一の気運はこれであったと思う。太子は死に、子孫も亡び、そしてたぶん太子の王朝もそのとき亡びたであろうが、太子の志は生きていた。この設計図をついで中央政府をほぼ完成したのは三人の女帝と彼女らの育てた太陽の子たちであったが、聖徳太子の設計図は正しかったし、図面通りの作業を行う三人の女帝の細心な手腕も狂いが少なかった。こうして大陸の文化の香り高い奈良の都ができて、三女帝リレーの合作によって彼女らの家系の中央政権が確立しつつあったと云える。

聖武天皇が全能を行うために国の富を傾けてしまったので、諸国に不平不信が起り、その娘たる女帝の身辺に於ても反乱のキザシは一時にひろがり、奈良の都は陰謀によってとざされるかに至ったのである。

だが、それらの陰謀の多くは失敗に終った。一ツを残して全ては失敗に終り、女帝の威風は終生くずれなかったのだから、私はこの女帝には代々の才気と威風がたしかに不足なく備わっていたと信じてよいと思うのである。陰謀というものは王様がやろうと大臣がやろうと最も俗で下根なものに極っている。ところが、およそ俗と下根なところのない現実の幸福と満足でいっぱいだった父母の太陽夫妻によって、全然生きた神様の教育だけ受けたこの女帝が、身辺をめぐる多くの陰謀のザワメキを処理して殆《ほとん》ど誤っていないのだから、その生得の叡智《えいち》と威風は然《しか》るべきものであったに相違ないと信じうるのである。

たった一ツ道鏡の件で失敗した如くに見える。けだし、道鏡の件でのみは失敗した如くだが、道鏡にだまされたのではなく、威風を落しもしなかった。この女帝の生きているうちは、誰の陰謀も一応成功しなかったと云える。

道鏡の件といえども、要するに失敗ではなかったのだ。彼女がこの件に至った原因の最も大きく主要なものは「この女神に子供が生れなかった」という自然現象の類いによるのである。彼女に自分自身の太陽の子が生れていたなら、彼女は傾いた国の富を再興して、太陽の子に伝えたであろう。多くの陰謀の寄りつくスキもなかったろうと思う。

★

この女帝の家系は、父系に天武天皇を、母系に天智天皇をもってはじまり、女帝三代のリレーのうちに、天武でも天智でもない独自な一ツに発展し、そのように父系母系を超えてしまったところにも、中央政府として安定しうる性格を具えていたようである。女帝たちの巧みなリードであったと云える。

ところが、この女帝に至って子供がなく、せっかく旧来のツナガリを超え中央の安定勢力むきに出来かかった有力な新家系に正系がなくなってしまった。

女帝は即位したときに三十三。やがて子供の生れない老年になったが、後嗣《あとつぎ》をめぐる陰謀はその年齢に至らぬうちから起ってもいる。むろん、先帝が国の富を傾けた反映でもあるが、それがこの以前の政変のようにいきなり武力闘争となって現れずに、あくまで後嗣問題をめぐってネチネチと終始一貫しているところを見ると、ここにも謎の一ツがあると云える。

だから、こう思うことができるのである。この女帝には子供の生れないことが初めから定まり分っていたのだ、と。

この女帝は後世の俗史に至ってミダラ千万に描かれているが、正史はそれに関して極めてかすかに暗示的なものがあるにすぎない。ところが、この正史は押勝《おしかつ》や道鏡を倒して天下をとった反対派の筆になるもので、自分たちの陰謀はタナに上げているし、道鏡の出生その他についても多くの筆を偽っている。その筆法で、全てを道鏡自身の陰謀の如くに作為するとすれば、女帝と道鏡を結ぶヒモがない。そのヒモは正史を作為した自分たちの仕業によるのだ。そこで女帝と道鏡にヒモをつけるとすれば男女の道、恋愛というのが誰しも思いつき易くて自然なのは当然だが、事実に反してあからさまにそうも書けないので、極めてかすかに暗示的に、そのように解釈すればそうもあろうという程度に筆を弄したのではなかろうか。

後世の俗書にあるように、恵美《えみ》の押勝とどうしたとか、道鏡とどうだとか、そのようにミダラ千万な女帝なら、いくらでも乗ずべきスキがあったろう。第一、民意に捨てられて、多くの陰謀が数々重なり現れているのだから、一ツぐらい成就しない筈はなかろう。

しかるに陰謀は常に部分的で、一部分の暗躍にとどまり、決して民衆を動かしていない。さすれば、先帝が国の富を傾けた不平不満があってすらも、民意は女帝を捨てていないのである。

実に女帝はその生ある限りというもの、彼女の威風を落したことがない。同様に、ミダラの相手たる道鏡も、殆ど死に至るまで威風を落しておらず、民意に於ては同情されている傾きを見ることができるのである。

私は俗書と全くアベコベに、この女帝は終生童貞ではなかったかと近ごろ思うようになった。

それは私の単なる推測で根のないことではあるが、私がこの時代と時代の人々とをどのように解しているか、他の人や事についての理解を知っていただけば、史料上に的確な実はなくとも、そのために全然根がないことにもならない、という文学的な真実を認めていただけるかも知れない。

★

父帝の死んだときから、すでに後嗣のゴタゴタが起った。父帝は女帝に位をゆずったとき、皇太子を選んで定めておいた。それは天武の皇孫、道祖王《ふなど》である。

父帝が皇太子を定めてやった、ということも、女帝が彼に教育され規定された一生の定めを語っているように思うのである。これが他の女帝の場合なら、某先帝の顔を立てるというような立太子のやり方は不自然ではないが、太陽の子たる聖武天皇と、そのまた太陽の娘たる女帝の場合、太陽は常に自らの血の中から唯一の子孫を定めもし育てもするのが当然であろう。自らを唯一の太陽と信じ、すべての富と勢いは朕にありと信じる人が、太陽の孫を他から借りて定めるとはナゼであろう。理由は恐らくただ一ツではなかろうか。太陽たる女帝は地上に唯一絶対で、同列の男があるべきでないことを彼は知っていた。否、それをテンから信じており、法規に定めるまでもなく思いこんでいた父母たちではなかったろうか。

父帝が死ぬと、女帝はたちまち皇太子を廃してしまった。その理由は、先帝の諒闇中《りょうあんちゅう》にも拘《かかわ》らずミダラな振舞いがあった、という甚だ女主人の潔癖を表すようなものであった。

そのミダラな事実についてセンサクすることは重要でないように思う。それは単に一ツのキッカケたるものにすぎず、この太陽女神は自分だけのカンで真実を見分ける特別なものがあったようだ。私はそれを叡智と見、また、童貞の身に具わり易いものと解するのである。

この時以来、皇位を狙うゴタゴタがみだれ起った。塩焼王《しおやき》やその子をかつぐ者、大市《おおち》をかつぐ者、三原王をいただいてムホンをはかる者等々、陰謀は頻《しき》りであるが、すべては事前に発覚して事もない。

やがて他の候補者を排して、女帝は天武の皇孫大炊王《おおい》を皇太子に選んだ。この方を皇太子に押したのが恵美の押勝で、新太子の夫人は彼の娘であった。

恵美の押勝は藤原南家の生れだが、他の藤原一門をおとしいれて己れのみ特に信任を博し、女帝の威をかりて専横をほしいままにしたのである。特に彼が敵にまわして専横をほしいままにしたのは、己れの同族たる藤原一族に対してであった。なぜなら、自分の一族ほど天皇の信任を博し易いものはなかったからである。

そこで彼は同族の藤原貴族を一丸として敵に廻すに至ったが、彼が己れの実兄や一族をおとしいれた陰謀といっても、決して手のこんだものではなく、むしろ無策でガムシャラで、ただもう威張りたい一方の頭の良くないお人よしの田舎育ちの大臣の策という泥くさ手段が多いのである。

しかるに彼が敵に廻した藤原貴族は如何《いかん》？　その陰謀は細心周到をきわめてよほどでないと一滴の水もこぼさぬという怖るべき策師たちであった。

私はここにも女帝の叡智を見るのである。童貞童女の鋭いカンを見るのである。

恵美の押勝は女帝の寵《ちょう》に威をかりる威張り屋で、自分の安泰のために兄や一族をおとしいれても、とにかく他の藤原一族にくらべると、お人よしで、どこか間がぬけたところがあった。策師ぞろいの一門中では、一番人のよい存在であったかも知れない。

彼はどのようにして他の藤原貴族に復讐されたか。その藤原貴族はどのように道鏡を利用したか。その陰険にして細心きわまりない陰謀の手段を見ると、人生について無智な女帝が、まず相談相手に押勝を選んだことは、彼女の身辺に一番近い臣下たちが主としてこれらの藤原一族であり、そこから選ぶとすれば押勝。より大なる過ちをおのずから避けている童女の無難なカンであったと云えよう。

藤原一族は押勝や他の共同の敵を倒すためには一丸となったが、その一人が押勝に代る立場に立つと地位を利用して何を策謀するか見当がつかない怖しさがあったようである。

さて押勝専横の極に至ったとき、押勝の敵手として登場したのが道鏡であった。意外や、藤原一門に非ず、道鏡であった。

ところで、道鏡の登場には、彼自身に何ら陰謀的なものが見られない。彼はマジメな禅行で世にきこえ、その高徳と学識で世間の信頼を博していた行い正しい僧で、それまでの修業の歴史にインチキな足跡はなく、たしかに世の信仰をうけるにたる高僧であった。

道鏡は高徳と学識の故に女帝に召されて内道場の禅師《ぜんじ》となった。もとより召されてなったことで、有徳によって召されるほどの者が自己スイセンすることはない。また太陽の御子たる女帝が見も知らぬ僧を自発的に選んだり召したりする筈はなかろう。そこには深いタクラミをもって彼をスイセンした策師があった筈である。それが藤原一門であった。彼らは押勝を倒すために、計画的に道鏡をスイセンしたものと思われるのである。

なぜ道鏡が押勝を倒しうる唯一の人だということを、策略的な貴族たちが見ぬいたのであろうか。

童貞童女、生れながらの女神たる帝は、行い正しい高徳者がお好きだ。たまたま身辺にその人がないので押勝などが寵を得ているが、道鏡は禅行の深く正しい学識深遠な有徳者で、おまけに世捨人のお人好しときている。しかも、たちまち押勝以上に信任をうけるであろうと信じうる大きな理由があった。道鏡と押勝は身分が違うのだ。道鏡は天智天皇の孫であった。

彼の敵手の手になった正史には道鏡を天智の孫と書いてないのは当然だが、他の史料によると天智の孫たることは疑えないようである。しかし正史には大臣《おおおみ》の子孫とある。

彼の生地、河内の弓削《ゆげ》はたしかに物部《もののべ》氏の領地であった。物部氏は正史には大連《おおむらじ》とあり、大臣は蘇我氏に限るが、この蘇我氏の中には、物部氏滅亡後その遺産をそっくりもらって物部大臣と称した蘇我氏の一人が実在しているのである。つまり蘇我と物部という最高の二氏族のアイノコの物部大臣である。

物部大連の遺産はそっくり物部大臣の物となった筈だから、物部の子孫が大臣の子孫でもフシギはない。この物部大臣の娘の一人が、天智天皇の御子施基《しき》皇子に嫁して、道鏡が生れたのだろうというのは喜田《きた》博士の説であるが、私もそのへんが手ごろの説だろうと思う。父系から云うと天智の孫だが、母系で云うと大臣の子孫で、どっちの史料も正しいという都合のよい結果になる。千何年昔の謎のことだ。どうせトコトンの真実など分りやしない。道鏡は岡寺の義淵《ぎえん》について修業したが、義淵は天智天皇の信仰厚い高僧で、岡寺は義淵のため天智帝が造営されたものであった。

藤原一族の予想した通り、道鏡という人格の現れは女帝の眼界を一挙にぬりかえ、女帝の生き方を変えてしまった。かかる高い人格と深い学識が神ならぬ「人間ども」にも具《そなわ》っているということは、生きている唯一の神として育てられた女帝には考えられなかったことで、身辺の「人間ども」からはそのカゲだにも知りがたかった驚くべき事実であった。女帝の人生観は一大衝撃をうけ、やがて生き方が一変するに至った。

即ち女帝は位を皇太子にゆずり、自分は仏門にはいった。それは仏法の修業によって到り得た道鏡の人格に驚き、また、敬服したからであったろう。

こうなれば、身辺の臣下の中ではとにかくお人好しが取柄という恵美の押勝の存在などは全く問題ではなくなったであろう。人生万般のこと、政治も臣下との接触も、学識深い高徳の人格に相談すれば足りるのだ。真に信頼しうる師友は、道鏡の人格一ツで足りる。

女帝の態度が一変して寵が失せたから、お人好しで頭のわるい威張り屋の押勝は人生の大事と慌てた。女帝の寵あるによって彼の人生の栄光が存在し得たのだから、それが失せたとなれば、彼が逆上して無謀をなすのはフシギではない。

押勝は天武天皇の子孫を擁してムホンを起した。てんで計画性のすくない、一場の思いつきのような心乱れたムホンであるから、皇居に向って前進するどころか、逃げまわるばかりで、殺されてしまった。こういうところにも、他の一門とちがって無策きわまる彼の性格が現れている。絶世の美少女ときこえた彼の娘は、千人の兵隊に強姦されて息絶えた。

こうして深謀遠慮の藤原一族の筋書通りに、彼らは一度も表に立たずに、道鏡を女帝に近づけただけで第一の陰謀を成就した。

次には、彼らの道具としての役割をすました道鏡を片づけなければならない。

★

しかし藤氏《とうし》の策師たちの全部が同じ心ではない。彼等にとっては、まだ道鏡が必要な者もあった。なぜなら、押勝が立てた淳仁天皇をしりぞけて、自分に都合のよい後嗣を持ってこなければならないからで、またある人々にとっては、もしも道鏡が自分に都合のよい天皇になる見込みがあるなら、道鏡でもよい意味もあった。

なぜなら、道鏡はたしかに天皇となる資格があったのである。押勝が亡びるまでに陰謀のタネにかつがれたのは全部天武の子孫で、すでに次々と陰謀ムホンに使いきってほとんど全滅という状態であったし、天智は女帝にとって母系の祖に当り、天武は父系の祖とはいえ、天智は天武の兄で嫡流であった。天智の孫が皇統をつぐ資格に於て天武の孫に劣るところはない。

ただ問題は、ようやく統一しかけた背後の勢力が、これによって再び二分することで、そのとき、どっちの勢力につく方が有利となるかという判断であろう。そして藤氏一族の陰謀がついに道鏡をしりぞけた後に、彼らがかついで帝位につけたのは、道鏡と同じく施基皇子の長子で、道鏡とは兄弟に当るすでに年老いて白髪の老王子であった。

老王子は人皇四十九代光仁天皇。その御子が桓武天皇である。背後の勢力は天智天武の昔にもどって二分したから、藤原一門は桓武帝を擁し、己れ方の勢力を背景にした地に新しい都を定めるために、奈良の都をすてなければならなかった。

以上は後々の話であるが、道鏡をしりぞけるには次に説くような精巧な手段を用いた。

★

道鏡をしりぞける陰謀以前に、淳仁帝が廃せられて淡路へ流され、法体《ほったい》の女帝が重祚した。淳仁帝が廃されたのは、女帝に向って道鏡を信任なきような言葉をもらしたので、不和になったのだという。俗書では、天皇が女帝と道鏡の肉体的な関係を諫《いさ》めて女帝の怒りをかったとあるが、そんなことが考えられるであろうか。女帝は自分を選んで帝位に即《つ》けてくれた生れながらの現人神《あらひとがみ》である。落語の中の八さん熊さんにしても、なア、おッかア、あのナマグサ坊主とイチャつくのは、やめてくれねえかなア、と諫めた話はあんまり聞かないが、特に長幼の序が人生の万事を律している特殊な社会で、しかも生れながらに唯一絶対の現人神たる上皇に向って、礼なき言葉が発せられるとは思われない。全ての勢いは女神のものなのである。

ここではただ天皇が道鏡を怖れた事実を知れば足りよう。つまり、この事実の裏側に知りうることは、藤氏一族が道鏡を女帝に近づけたとき、有徳の高僧としてだけではなく、天智天皇の皇孫たる特別の人としてでもあったに相違ないからであろう。押勝と道鏡とは比較すべからざる別個のものだ。道鏡はその現れた時から、天皇にとっての最大の強敵であった。

そしてそれ以上廃帝の原因を探す必要はない。ただ天皇の怖れが事実となって現れただけのことである。果して上皇の意志であろうか。藤氏一門の手になった正史の語るところでは、女帝が道鏡を法王とするために天皇をしりぞける必要はありうるであろう。しかし、藤氏一門が自分に都合のよい天皇をたてるとすれば、己れの仇敵だった押勝のたてた天皇をしりぞけるのは道鏡排斥以前の作業でなければならない。

現天皇をしりぞける工夫はいかに？　といえば、確実な方法は一ツあるのみである。つまり、女帝に対して、次のように進言し、女帝の心をうごかし、定めることである。即ち、

「道鏡禅師は天智天皇の御孫で、その皇胤《こういん》たる資格に於ては、天武天皇の御孫たる現天皇と同格以下のものではございません。のみならず、その高徳と学識は万民の師表と仰がるべき尊い御方で、生れながらに女神たる唯一絶対の上皇につづいては、禅師が人臣最高の御方、この御方ほど女神の皇太子にふさわしく、次の天皇に適格な御方はありますまい」

これに類するササヤキは折にふれて女神の耳に達し、女神の心をうごかすように謀られ計算されていた筈であろう。

そのササヤキをきく前に、事実に於て、それが女帝の偽らぬ心でもあった。道鏡こそは、唯一絶対の現人神たる己れにつづいて、人臣最高の徳と学をそなえ、神と人との中間にも位置すべき天地第二の格あるものだ。自分がともに天地のマツリゴトをはかるべき者は、彼のみで足り、彼こそは己れについで皇位につくべき生れながらの定めを具えた人であろう。

次第に女帝の心は定まり、心定まれば生れながらに全ての勢いを保つ唯一の女神であるし、道鏡の高徳と学識に傾倒して驚きと敬《うやまい》にうたれた女神の心は顧みてケガレなく雑念のないものであったろう。淳仁帝を廃して淡路一国の王様にしてしまったのは、女帝の信念の業であったろうと思う。

そこで藤氏一族の陰謀はその仕上げにかかるのである。藤氏の密令をうけた九州の神司《かんづかさ》の習宜《すげ》のアソマロという者が、宇佐八幡の神託と称し、道鏡を天皇の位に即けたなら天下平らならん、と奏上した。

こうして女帝や道鏡の心を誘っておいて、次に和気《わけの》清麻呂と法均《ほうきん》の姉弟を宇佐八幡へ伺いにたてて日本は昔から君神の位が定まっている。道鏡のような無道な者は亡すべし、という予定の神託を復奏した。

実に精妙な、手のこんだ筋書であったにも拘《かかわ》らず、童貞童心の女帝の叡智の閃《ひらめ》きは正しい実相を感じ当て、この陰謀はまったく成功しなかった。

女帝は法均と清麻呂姉弟を妄語の罪によって神流《かみなが》しにされた。正史はその詔《みことのり》を記載しているが、実に痛烈無類、骨をさすようだ。

「臣下は天皇に仕えるに清らかな心でなければならないのに、清麻呂と法均は偽りの神託を復奏した。そのときの顔の色と表情と発す音声とを見聞すれば、一目で偽りは明かだ。（中略）清麻呂らと事を謀っている同類の存在も分っているが、天皇のマツリゴトは慈《いつくしみ》をもって行うべきものだから、愍《あわ》れみを加えて差許《さしゆる》してやる」

こういう意味の、実に鋭い語気を張りみなぎらせて、正義を愛する一個の人間の魂が、感情が、全的に躍動している明快きわまる断罪のミコトノリを発した。実に、一個の正しい人間の魂の全的な躍動が全文章を貫いている。実に人間の至高な魂そのものであり、感情であって、まったく神のものではない。

「その顔の色と表情を見て発する音声をきけば一目で偽りは明かだ」

とは、童貞童心の魂の底から一途《いちず》に発したなんという清らかなまた確信にみちた断言ではないか。その確信の清らかさは女神の物というよりも、むしろ「本当に正しいものを愛することのみしか知らなかった珍しい人間の魂の物」と云うべきではなかろうか。

　このミコトノリのどこかに一片でも暗いカゲがあるでしょうか。否、否、否。なんとまア正しい位置におかれた心の発した確信にみちた断言であろうか。その断言はさらに堂々と確信にみちて進みます。そして、

「清麻呂と事を謀っている同類も分っているが、天皇のマツリゴトは慈をもって行うものであるから、愍れみによって差許す」

　とは、何たる豪快、凄絶なほど美しいゴータではないか。

　心の正しい位置から発する女帝の童心の叡智は、その同類すらも見抜いていたが、天皇のマツリゴトは慈をもって行うものである故、というすさまじい確信によって差許した。

　そしてその正しい位置をしめている魂は、己れの位置の正しさを明確に知る故に、強いて臣下の策謀に対抗して事を構える必要を認めなかったのであろう。

　女帝は道鏡に帝位を与えなかったが、彼の生地にユゲの宮をつくって太夫《たゆう》職をおき、実質的にはまったく天皇と変りのない扱いであったのである。

　藤原一門中の最大の策師と見られる百川《ももかわ》は道鏡の生地の太夫職をつとめ、女帝と道鏡のために舞いをまい、心からの番頭のようであった。史家はそれをも道鏡をあざむく百川の策と見る人があるが、私はそれを信じない。

百川はすぐれた策師の故に、物の実体を見ぬく力も人一番であったろう。彼は道鏡の高い為人《ひととなり》を見ぬいたので、自分が彼を利用しうるなら、自分が道鏡をかつぐ先鋒《せんぽう》となろうと考えていたように私は解する。自分がかつぐに足る人格を見たのかも知れぬ。

しかし、道鏡の心の位置も女帝のそれの如くにあまりに正しく純心で、とうてい百川の俗心と交って共にはかる余地がなかった。恐らく百川はそう見たろうと思う。しかし百川が、まったく道鏡を断念したのは、女帝の死後、道鏡に代るにその兄で己れの利用しうべき白髪の老王子を見出してからであったろうと思われる。

しかも道鏡は女帝の死後に至っても、甚しく純心無垢で、まさに死せる女帝の正しい心とことごとく相和すべき童心の主であったことを一貫して示している如くである。即ち藤氏の策師たちが己れに有利な天皇たるべき皇胤を血眼で探しまわっているとき、彼のみはただ死せる女帝の生々しい墓前に庵をむすんで坐りつづけ、夜も昼もかわりなく、女帝の霊を見まもっていた。正しい位置にある心から一途に発する敬愛のマゴコロのみが全てであったと私は信ずる。

百川は自分の天皇を探し当てた。そして道鏡は不用になり、下野《しもつけ》の国、薬師寺の別当として都を追われた。

俗書や俗説は道鏡の心理を作為して皇位をねらったと云うが、史料の語る事実に於て彼が自発的に皇位を狙ったと目すべきものは一ツもない。藤氏の手先たる習宜のアソマロが、道鏡を天皇にたてると天下が平らになろうと計画的な神託を奏上し、同じ一味の清麻呂がそれをくつがえして、すみやかに道鏡をのぞくべし、という筋書通りの芝居を運んだだけである。道鏡はそれを見ていただけのことだ。

史料の語る正しい言葉からは、女帝と道鏡の恋愛の事実すらも出てこないように私は思う。

★

最後に蛇足ながら、秘められた国史のカギの一ツが、この複雑な陰謀の中に現れて何かを暗示しているようだ。

それは百川らの陰謀が、道鏡を皇位につけると天下が平になろう、とニセの神託を奏上させたが、その神託を発した神が、国撰史では皇室の祖神であり、かかる神託を発する唯一の神と見て然るべき伊勢大神宮が発せられずに、九州の宇佐八幡から発せられ、それが何の疑いもなく、女帝にもその時代にも当然の権威ある神託として通用していることである。これはナゼであろうか？　女帝や道鏡のいずれかにとって、そのように権威ある神託を発するに足る祖神が宇佐八幡であろうか？

また、道鏡を天皇にすると、天下が平になろう、と云う。天下は「まだ」平ではなかった意味を現しているかも知れん。遠い時間の彼方にある謎である。

柿本人麿

どうやら身支度はできた。しかし、それからの足ごしらえに人麿の手は益々すくんで不器用になった。まるで五ツの子供の手のようにしか動かない。

それをヘタな芝居だというように（たしかに、それもあるが）女房の奴はみんな見ぬいてイライラしてるに相違ない。たまりかねた女房が、やにわにコン棒を握って、

「このウソつきめ！」

いきなりうしろから脳天をどやされた気がした。ゾッとした瞬間に、彼はどうやら足のヒモを結びおえていた。ヒモを結ぶことに問題があるわけではない。これから、いよいよ女房に「サヨナラ」を云わねばならぬダンドリが、まことに苦しいのである。

「都に落ちついたら、きっと迎えをよこすからな」

思いきって云った。女房の顔をチラとしか見る勇気はなかったが、先日から噴火している彼女の目玉に変りのあろう筈《はず》はない。まだ何か言いたい気持にキリをつけて、彼はいそいで自宅の門口からとびだした。

外はまだ暗かった。ようやく東の空に薄明りがさした程度である。誰にも知られぬうちに村を出てしまわねばならない。アゼ道を突きさり、山にかかって、ようやくホッとした。そして気持に落付きが戻ると、別離の悲しさや愛情がこみあげてきた。

「女房の奴、ゆうべから一言も口をきかなかったな。そして、今朝だって、とうとうキャッとも言いやしない。しかし、怒るのも、もっともだ」

高角山《タカツヌ》の頂に近づいたころ、夜が明け放れた。木の間に立って見下すと、自分らのイオリも見えた。女房の奴、泣いてるか、ふて寝したか。石見《イワミ》の国の山々よ。荒海よ。その荒海にもモヤが立ちこめ、今朝は波が静かであった。

石見は彼の生れた土地ではなかったが、彼らの祖先の国だった。

彼らの氏族を物部《モノノベ》氏という。このあたりから起って、畿内に進み、最初に日本の中原《ちゅうげん》を定めたのは、彼ら、否、その祖先であった。そして彼らの祖先が中原を定めて後、当分は泰平がうちつづき、衣食住はまずしくとも、人々の日々の生活は平和で、たのしさや、よろこびのこもり溢《あふ》れたものであったと云われていた。中原を定めた彼らの祖先の王様は大国主《おおくにぬし》の命《ミコト》であった。この王様は、民に働くよろこびと、お酒をのむよろこびと、男女が会合して唄ったり踊ったりするよろこびを教えてくれた。この王様自身がよく人々の面倒を見、よくお酒をのみ、よく愛し、よく眠った。当然の結果として、彼はよくふとっていた。そして誰からも愛された。この王様の好まないのは、ケンカや戦争だった。そして彼も彼の民もケンカや戦争を忘れていた。なぜなら、そのころは敵がなかったからである。彼の直属の民は、主としてクダラから来た者どもであった。人麿の先祖も、そうだった。

ノンビリしていたこの国にも、だんだん争いが起るようになった。なぜなら、だんだん暮しにくくなってきたからである。

この未開の島国が気候もよく物資も豊かで暮しよいときいて、特に目と鼻の朝鮮半島からは一家や一族をまとめて移り住む者が日も夜もキリがなくつづいていた。そして、五十年、百年とたつうちに、この島の南から北の果まで、山奥にも津々浦々にも、彼らが住みつき、次第に暮しにくくなったのである。そこで新しく割りこんだり、自分の耕地をひろげるために、争いが起るようになった。

こういう争いが真剣になると、一家族や、一部落の力では自分の安住の保障がしきれないから、次第に大きな団結を結ぶ必要が起ってくる。そのような団結の最後のものとして形をとるのは、この島国へ移住前の国籍にたよることである。手前勝手に移住してテンデンバラバラに安住の地をもとめていた連中が、改めて移住前の国籍で団結する必要が起ったのである。

その結果として、各団結ごとに強力な首領も必要となった。そして各々の首領は中央政権を争うために、各々の地方の部分的な団結を一丸とする必要があったし、本国の勢力と結ぶ必要もあった。

朝鮮半島にはコクリ、クダラ、シラギという三ツの国が対立して争っていた。その半島から未開の日本へ移住した人々は、本国の戦争や暮しにくさを避けて安住の地をもとめるのが移住の目的であったのに、未開の日本がひらけて次第に暮しにくくなると、結局元のモクアミとなって、本国を背景にし、本国の政争をこの地へうつして争っている自分を見出さざるを得なかった。仕方のない成行でもあった。

ゴタゴタと長い暗躍暗闘や政争のつづいたあげく、ついにコマの団結が次の中央制覇に成功し、大国主の氏孫たる物部氏を中央から追いだしてしまった。物部一族は諸国へ散った。彼らの発祥の地、出雲や石見へ戻ったのもあるが、必ずしもそこへ戻る必要はなかった。彼らの長長い平和な統治の間に、諸国のもっと豊かな地方に彼らの地盤ができていたので、多くの者はむしろ気候がよくて豊かな中国、四国、九州等へ散ったが、最も強力な一群は美濃と信濃の国境の大坂ノ峠を越え、ウスイ峠を降り、上野《こうずけ》の国から四方へ散った。

また、それを知って、海路から東国の主力に合流した者も少くなかった。彼らは伊豆や相《さが》模《み》や房総から上陸して、主力に合流したり、周辺の諸方に土着したりした。ただし、この主力とは家柄の主力でなくて、軍事力の主力であった。

物部氏の最後の王様は守屋《モリヤ》という人であった。彼とその一族を追いだして代って中央政権を握ったコマ系政府は、聖徳太子系や、蘇我氏系や、現天皇家の系統など、強力な氏族の聯《れん》合《ごう》で、それらは後日対立したから、せっかく中原を定めながら、同族内部で勢力を争い、首長を争うゴタゴタが絶えなかった。

ついに蘇我氏と聖徳太子の系統を倒して、中央政府を内部的に統一したのは天智天皇であった。

そのときコマ系の政権は聖徳太子と蘇我系にあったし、コマ系の民心もそれについていたので、天智天皇は物部系の力をかりた。天智天皇のフトコロ刀となって革命を成功させたのは藤原鎌足であった。彼は物部氏族中の一応の家柄ではあったが、主流たる大国主命の子孫ではなかった。彼が物部主流の子孫であったなら、日本の中央政権争いは益々フンキュウしたであろうが、彼の家柄は低かったので、彼や彼の子孫が天皇位をのぞんでも民意がそれを許す見込みがなかったし、彼が総理大臣になることすらも民意をシゲキし、その統治にそむかせる怖れがあった。そこで藤原氏の新しい系図を作ったり、祖神の大神社をおこして次第に威をはる手段を講じ、時間をかけてホンモノの貴族になるまで——三代貴族という言葉が巧《たく》まずして有る通り、藤原氏の場合も、一祖鎌足二祖不比等までは表向きその実力にふさわしい高官につくことができなかった。鎌足と不比等の辛抱強さや一時を忍びつつ内々の努力経営の逞《たくま》しさは驚くべきであるが、それと同時に、当時のヨロンがいかに家柄を重んじたか、を知らねばならない。家柄の低いものが臣下としての高官についても民意にそむかれる怖れがあった、というような特殊な時代感情の把握なしに歴史の動きは理解できないものだ。そして、時代感情が現実を支配するということに於ては、歴史も現代も区別がない。史書からそれを知り得るのではなく、もっと生々しく、また強烈に、現代と自分との結びつきやその内省によって省察しうる事柄であろう。私が歴史に興味をもったのもそのためで、ここから出発する歴史は、現代と区別のないものでもあるし、人間そのものの動きということにほかならない。

　鎌足の招請に応じ、天智天皇のもとに馳せ参じて革命を成功させた軍事上の主力は、物部氏の兵隊、先に追われて東国へ落ちた軍勢であった。彼らは都を追われて逃げた時の順路を逆に、常陸《ひたち》を発し、ウスイ峠から信濃をすぎアルプスを大坂峠で越えて都へ馳せつけた。この物部の軍勢の中に若い人麿もまじっていた。彼は年は若かったが、兵隊の中では年若い詩の天才として一同にその才能を認められていた。(これは私の想像である。しかし、常陸へいったん落ちのびていた物部氏の兵力が天智革命の主力であったことは史実と見てほぼマチガイなかろう。そして、春日神社はじめ、藤原氏の祖先を祀《まつ》り、また彼ら一族の崇敬する神社の多くが、彼らの祖神たる天ノコヤネノ命と一しょに香取鹿島の神を祀り、その方がむしろ主たる神様のようなオモムキもあるところを見ると、藤原氏自身が東国へ落ちのびていた物部兵士に属していたのかも知れない。そして柿本氏は、物部系の中でも特に藤原氏と同祖の支族であった。)

天智天皇は革命に成功したが、同族を敵にまわして、物部氏の力をかりたために、革命後は特に都の統治に苦労しなければならなかった。

困ったことには、天智七年という年に、朝鮮ではコマが亡びてシラギの天下となった。それは海の此方に最も敏感に影響して、日本の中央ではシラギ系の潜勢力が次第に増大する。天皇は大和の地に見切りをつけ、近江の大津に新しい都をつくった。天智天皇が他のコマ系の豪族を倒すために他氏族の力をかりたというような行きがかりよりも、今や朝鮮の戦争の結末としてのコマとシラギの民族的な対立というものが時の主たる流れを支配するに至ったようである。

そのとき天智天皇が死んだ。大和古都の勢力は天智の弟天武天皇を擁して、天智の子弘文天皇と戦う。大津新京はコマ族を背景とし、大和古京は主としてシラギの勢力を背景としたかも知れないが、両者がこれぞ勝敗の岐《わか》れ目として自分の手中におさめるために努力したのは、物部氏の兵力であった。

したがって、物部氏の兵力も分裂したし、中臣氏の一族も分裂したが、いずれにせよ両軍の主力は物部氏族の兵力で、その結果は大和古京側が制覇した。人麿は、その生れつき、どうも戦争がキライであった。物部氏の兵士に所属する家柄に生れた因果には、都の革命に応じて攻めのぼって都の風を味ったまではよかったが、天皇家が兄方と弟方に分れて戦いそうになり、自分たちの一族まで二ツに分裂して血で血を洗う始末になりそうなので、都の風がイヤになった。

彼は戦争がはじまる前にさッさと都を逃げだした。藤原氏は代々祖先のお祭を司る神官道士のような家柄であるが、その支族の柿本家はつまり神官道士の配下であり、よそのお祭りによばれると、そこの祖先の徳をたたえる歌をよみあげておフセにあずかるような代々の商売であった。戦争があれば戦勝を祈る儀式に列して神霊の助力を乞う歌をよみあげ、全軍をはげます歌をよみあげるなどラッパ卒のような商売でもあった。

「アイツの歌は大ゲサだなア。しかし、調子は天下一品だなア」

と、子供のころから詩才をほめられたものであった。彼は日本のどこへ行っても、そこに物部氏族の聚落《しゅうらく》があれば、その日の生活に困ることはなかったのである。村々を門《かど》づけし、村長の家へのりこみ、一家一門や、村の祖先の霊を慰め、また徳をたたえ、行末ながい村の繁栄を寿《ことほ》いだりの大ゲサな歌をよみあげて、

「大ゲサな歌をよみよるなア。しかし、いい調子だ。とにかくオメデタイ歌だなア」

と云って、よろこばれ、大いにモテナシをうけ、そこに意味ありげな娘の視線を見出せば、たちまち大ゲサな悲しい歌をよみそえてホロリとさせ、やがて彼女の熱い血潮を全身に感じる夜をむかえる。行く先々で困ることがなかったのである。

彼がこうしてノドカナ遊歴の年月を送るうちに、戦争はとッくにすんでいた。しかし戦後の政治もミヤコの経営も多難また多難であった。

そのアゲク妙な必要が起ったものだ。ミヤコではこの大ゲサな歌ヨミが必要になったのである。つまりミヤコでは、新しい主権者の威風を民衆の魂に力強く訴えるために日本一の歌ヨミが必要になったのだ。庶民の感動をゆりおこす詩人が必要であった。

兵隊も百姓も徴用工も船頭も、また彼らの女房や恋人も異口同音にこう云い合った。

「それはお前、日本一の歌ヨミは門づけの人麿の野郎だな。あの野郎の歌は大ゲサだが、調子の良さ。一句千両だなア」

そこで持統天皇は人麿をさがした。彼は門づけの長い遍歴のあげく、石見の国で可愛い娘と家をもって暮していた。

使者はそこを訪れた。そして人麿は女房と別れ、石見の山々や荒海にも別れて、ミヤコへ旅立つことになったのである。

★

女房というものは怖いものだと人麿は思った。彼の今までの半生は、しがない雑兵《ぞうひょう》であり、宿なしの門づけであった。

「大ゲサな歌をよむ野郎だなア。しかし、日本一の調子だなア」

と小さい時からほめられたが、雑兵や百姓や漁師の生活の中では、上手な歌をよむということは、その人間の偉さに関係のないことであった。けれども日本一の調子だとほめられると悪い気持はしなかったし、彼はほめられることにも狎《な》れていた。

ところが、女房というものは怖しいもので、男を観察するにかけて、こんなに夢のない賢い鬼はないものだ。人々は「大ゲサだが……」と含みをのこしてくれるのに、女房は「大ボラフキだ」と断定しただけで、全然感動がなかった。その断定には、実生活のヌキサシならぬ裏づけがあった。彼は実生活では、まったく怠け者で、弱虫で、無能力者であった。門づけというロクでなしの仕業のほかには、子供の半分も実生活上の仕事の能力がなかった。その無能さは「ホラフキ」という性格以外の何物でもない。それは本人と女房にだけ身にしみて分ることだ。

「女房はイヤなものだなア」

彼はそう思ったが、そこまで腹の底を知り合う親しさは、また格別でもあった。

上京をもとめるミヤコの使者に会うと、彼は二ツ返事で承諾した。ミヤコで役につけば、うまい物も食える。人々の賞讃にとりまかれる。——そして、イヤな女房とも別れることができる。

だが、半生をふりかえると、彼はいったん定着すると四囲の嘲りをうけるばかりで、香《かんば》しいことはいつもなかったようだ。そして、嘲り罵られる代償に大げさな歌だがとほめられていたようなものであった。

女房は「このホラフキめ」と腹の底できめこんでいるばかりで、代償に歌をほめるような甘さはなかったが、腹の底から知り合うということは、まるで百姓と土の関係のように、夢がなくて、苦しい汗の毎日があるだけのくせに、胸の底をしめつけるような別れがたいフルサトのキズナがあった。

「どこへ行っても泣きベソをかくだけだ」

女房の怒りの目はそう語っていた。まったく、その通りだろう、と彼も思ったのである。

とはいえ、その女房に別離してミヤコへ立たずにいられなかった。

高角山の中腹から明け方のモヤをすかしていま別れてきた女房の家を見下すと、もう女房のイヤらしさを忘れて、彼の切なさは無限であった。彼はさッそく妻に別れる悲しさを歌によんだ。

「……道をまがるたび一万べんもふりかえりふりかえり、里をはなれ山を越えてきたが、いとしい妻の里がもういっぺん見たい。この山も、靡《なび》け」

この山が靡かなくても、目の下に女房の里が見えた。一本の草、一枚の葉をむしるまでもなく、まる見えだった。いとしいようだが、イヤな女房でもあった。

「オレが木の間から袖をふるのを、女房よ、見てるだろうか」

そんな意味の反歌も作った。しかし彼は袖などはふらずにふりむいて再びミヤコへ歩きはじめていた。彼にとっては、はじめての、なんとなく悲しい旅であった。

彼の足は自然に天智天皇の近江の廃都の跡をさした。彼の感傷は無限であった。さらに彼は山を分け、山を下りて宇治川へでた。そのあたりで、大津軍と大和軍との激戦があったと人の話にきいていた。両軍が戦うといえ、真に血を流して戦う者は、主として自分たち同族同志の兵隊ではないか。

物部氏の祖先がこの島国へ移住したとき、八十の氏族をひき従えてきたと伝えられていた。その同族が敵味方に分れて人のために戦い、勝った者といえどもよその人の勢力をかためたのみである。

彼の感傷はきりもなかった。門づけの遍歴時代には覚えのなかった悲哀であった。そして、彼は歌った。

「もののふの八十氏河《ヤソウジカワ》の網代木《アジロギ》にいざよふ波の行方知らずも」

どうして、こう切ないのだろう？　どうも、うかつに女房などというものをもって、魔につかれたらしい。オレがただのホラフキだと分ったり、そしてホラフキが卑しいことだと思うようになったのがイケないようだ。昔のように、ただ大ゲサで調子のよい門ヅケになりきらなければいけないな。ミヤコへついたら、昔のオレに生れ返らなくッちゃアな、と彼は道々思案にふけった。もう、ミヤコは近かった。

★

天皇家の御用詩人の生活がはじめられた。彼は門づけの大ゲサな調子をとりもどしていた。門づけの詩人は元々職業詩人である。そして、本来の御用詩人でもあった。何様の御用詩人と定まってはいないが、彼がたたずんだ門ごとに、その門に住む人の御用詩人なのであった。依頼するあらゆる人の祖先の霊をなぐさめ、子孫の繁栄を祈るために、大ゲサだが日本一の調子を張りあげるのが彼の天来の才能であった。

彼の調子は天皇家の御用をつとめるに至って大いに精彩を放った。なぜなら、彼がどんなに大ゲサなことを歌っても、日本一を信じ、神を称する天皇家に大ゲサすぎることはなかったからである。

それにしても、現実的にどうしても割りきれないような大ゲサなところは残っていた。

「オオギミは神にしませば天雲のイカヅチの上に廬《イオリ》せるかも」

「オオギミは神にしませば雲かくるイカヅチ山に宮敷《みやし》きいます」

天皇がイカズチの丘に遊んだとき人麿が歌ったものである。飛鳥《アスカ》の雷《イカズチ》の丘というと、いかにも壮大な山のようである。私も実物を見ないうちはそう思っていた。イカズチの丘はまた三諸山《ミモロヤマ》だのカンナビ山などとも云い、蘇我のエミシがその山上に、その山下には息子の入鹿《イルカ》が宮城を造ったと称されるところでもある。飛鳥川のほとり、蘇我氏のアスカに於ける本拠たる山田の対岸である。

ところが実物のイカズチの丘は高さ十米《メートル》も怪しいような小さな丘で、近方の古墳の方にどれぐらい壮大なのがあるか分らぬようなチッポケなもの。特に何々の丘と名づけて呼ぶのが面映《おもは》ゆいようなものである。

「天雲の」や「雲かくる」は単に「雷《イカズチ》」の枕言葉で、それ自身には意味がないと云えばそれで済むかも知れないが、しかしながら、一首の歌全体の大ゲサさはそれで済まされないものである。そして歌一首の大ゲサな表現に比べて、雷の丘の現実の小ささは、いささか距《へだた》りが大きすぎる。現代人の神経には、現実的にひッかかるところがある。

もしも現代のヤミ成金が飛鳥のイカズチの丘を買ってその上に新築したとき、御用詩人、

たとえば坂口アンゴというようなのが拝スウして、

「あなたは神であるから天雲のイカズチの上にイオリせるかも」

「雲かくるイカズチの上に宮敷きいます」

と芸術的な表現をして新築をほめた場合に、成金氏がカンジと笑って嘉納《かのう》するかどうか怪しいな。

「皮肉な歌をよむなよ」

と云って怒るかも知れない。現代の神経では、そうだ。これは詩の芸術的な表現という問題よりも、イカズチの丘の実物のあまりの小ささの問題なのである。実物を知らなければ文句はない。実物を知ると問題で、詩として味うことよりも現実的な問題だ。つまり、よまれたその時には表現されたものと実物とが神経のハカリではかられることをまぬかれないという現実的に生々しい問題がある筈である。

これは人麿の歌ではないが、飛鳥川をよんで「昨日の淵は今日は瀬となる」と天地自然の変化の激しさを飛鳥川の流れの変化にたとえた有名な歌がある。この古歌が飛鳥川の実物をはなれ、単に詩として人々に愛誦《あいしょう》されていることに文句はないが、これも飛鳥川の実物を見ると現実的に割りきれないものが残るようだ。

なるほど飛鳥川というものは飛鳥古京の中央を流れ、この川のあの岸この岸にいくつかのミヤコが移り変ったのであるが、川そのものは幅が二間か三間ぐらいのただの野原の小川にすぎない。

「流れの岸のべにスミレやタンポポの花ざかり」

など小学校の唱歌の文句に用いてみるには適当かも知れんが、天地自然の変化や世の移り変りの激しさをなぞらえるには、決して適当なものではない。現代の神経では、そうだ。詩の表現の技法としてでなく、その実物からくる神経の問題だ。

しかし、当時の神経には全然ひッかからなかったと見なければならない。なぜなら天皇が人麿のイカズチの歌をきいて怒ったという話がないからである。そして、それもムリではない。記紀の諸方にみる大ゲサな表現を見れば、イカズチの丘が長屋の防空壕ぐらいの一山の土塊にすぎなくとも大ゲサすぎることはなかろう。皇室を美化するためにはどんな大ゲサな表現も大きすぎることがないという、なんでもかんでも大ゲサな表現がむさぼるように要求されていたという、文章の表現上における奇怪な一時代であった。記紀の作者に比べれば、人麿の表現は大そう控え目かも知れない。

とにかく、人麿が大ゲサな表現をたたみあげるように積み重ねて行く荘重な歌いぶりは、時の皇室にとって得がたいものであった。彼の門づけの才能は処を得て花咲きあふれ、その役割を十二分に果したが、彼は相変らず無位無冠で、武家時代で云えば足軽のような、下におろう、と東海道の松並木を叫んで通るようなハダシの従士にすぎなかった。

彼は十四五年ミヤコづとめをして、皇子や皇女が死ぬたびに死を悲しむ長歌をささげ、行幸や遊びのお供をしては歌をささげた。高市皇子《たけちのみこ》の死を悲しむ歌では、皇子の武功をたたえ、その戦争は一夏ですんだのに、山に雪ふる冬の戦の勇ましい奮戦の御有様もよみこんだ。ひとたび彼の門づけの詩魂が溢れたてば、いかなる現実もそれをふせぎ止めることはできなかった。霊感と感動と表現の陶酔と調子の高まりがあるだけだ。己れを虚《むなしゅ》うす、というのは彼の詩魂が溢れた場合、まさしくそれであった。

人麿は仕事のヒマヒマに飛鳥の里の娘とネンゴロになって通ったり、天皇のお供をして旅にでれば土地の娘とアイビキし、その毎日は概《おおむ》ねノドカで風流なものであった。彼はミヤコで結婚し、その女が死んだりした。すると彼は門づけの詩魂によって女房の死を悲しむ長い歌もよんだ。すこしも渋滞のないものであった。自分の女房の死でも、皇子様や皇女様の死でも、高らかに感動して、感きわまって高らかに歌いあげるのは彼の天性の仕事なのだった。女房の死を悲しむ現実的な気持はとるに足らないことだ。大ゲサによみあげる感動と陶酔は、小さな現実と交るべきものではなかったのである。

しかし、彼は時々、石見で別れてきた女房を思いだした。全然甘いところのないイヤな目玉を思いだすのだ。百姓がふむ里の畑の土のように味もウルオイもなくて、そのくせ変に自分の体温を感じさせるような、そのナレナレしさが不快でもあるし懐しくもあるような切実な目玉であった。その目玉は彼が一首よんで深く陶酔するたびに、

「ホラフキ」

と呟《つぶや》くのであった。ふと気がつくと、その呟きが彼の胸を深くさし、くいこんでいるのに気がついた。

彼はミヤコを逃げだして石見の国へ戻る決心をした。ミヤコの生活に不満があるわけではなかった。石見の女が恋しいわけでもなかった。門づけの詩魂がたくましく湧き立たなくなったのである。否、その気持になりさえすれば、門づけの詩魂はいくらでも溢れてくる天性の仕掛に狂いのある筈はないが、その感動に打ちこもうとすると、

「ホラフキ」

という呟きが深く胸にくいこんできて、打ちこむ根気がくずれるのだった。そして、なんの不満もないが、ミヤコの生活になんの魅力もなくなったのも疑えなかった。

「石見へ帰ろう」

彼は決心した。そして、まったくなんの雑念もなく、石見へ「帰ろう」と思いこんでいた。まるで石見で生れたかのように。

気がついて熟考してみても、門づけの詩魂のほかに一生のフルサトのようなものは考えられなかった。ただ、なんとなく石見を思う。百姓がその踏みなれた無味カンソウな土を思うように。

彼は石見へ旅立った。今度は瀬戸内海の海路を下った。石見からくる時と同じように、今度も妙な、なんとなく悲しく仕様がない旅であった。道で時々死人を見た。それが無性に悲

しいのだ。門づけの詩魂の悲しみでなく、じかな悲しさであった。

彼は溺死体を見て、感動のあまり長い歌をよんだ。感動はじかなものであったのに、歌いあげてみればやっぱり門づけの歌であった。変にいつまでも感動がのこっていたが、ちッとも面白くなかった。

ミヤコにいたころも、皇子や皇女の死をいたむ歌などを作るのが商売ではあったが、誰の葬式を見ても変に感動するタチでもあった。これも門づけの根性かも知れない、と彼は思った。誰だか名も知らぬ人の葬式を見て感動のあまり歌うようなことも多かったが、そのころはそれで充ち足りていた。ところがこんな悲しい旅のさなかに溺死者を見て感動のあまり歌をよんでいるというのに、そして、その感動が生々しくいつまでも尾をひいているのに、歌ったことも、その歌も、まるで紙をかんだように味もなく面白くもなかった。

「とにかく、石見へかえろうや。そうすれば……」

石見にどういう当てがあるのか自分の心を捉えがたい思いでもあったが、とにかく帰心矢の如しであり、泣きたいような傷心でもあった。

とうとう石見の国へ戻ってきた。しかし女は死んでいた。

石見からよそへ動く根気もないので、いくらか気に入った里をさがして住んだ。この地は祖神発祥のころまず開けたような平凡な里であった。

「ここで死のう」

と彼は思った。すると、いまにも死ぬような感動にとらわれた。無性に悲しく切ない現実的な感動であった。そして彼は自分が死に臨んでよんだ歌をつくるのに没入していた。歌はできた。

「鴨山《カモヤマ》の磐根《イワネ》しまける吾をかも知らにと妹が待ちつつあらむ」

彼の帰るのを待っている女房などはいないのだ。けれども、そんなことは、どうでもよかった。この歌の中に実在する生活や生命の問題だ。けれども、自分自身が死に臨んで、という切実な歌も、要するに門づけの歌であった。つまり門づけをしていた自分も、よそのウチの神ダナの中の紙に書いた名にすぎなかったようなものだ。鴨山というのは住居の裏のイカズチの丘と同じような小さい丘のことだ。磐根《イワネ》しまく、は大ゲサすぎるが、まア小さなムカデの寝床としてなら現実的に磐根しまいても通用しよう。それも問題ではないのだ。大切なのは、感動だ。陶酔だ。

しかし、現実的な感動は涯《はて》しなく切ないのに、できた歌は感動を塡《う》め充《みた》してくれなかった。そこで彼は彼の死目に会えなかった女房の歌というのを二首つくって、つけくわえた。

「今日今日と吾が待つ君は石川の貝に交りて在りといはずやも」

「直《タダ》に逢はば逢ひかつましじ石川に雲立ち渡れ見つつ偲《しの》はむ」

物足りない気持は残った。しかし、もう歌の出来栄えも問題ではない。すべてが慟哭《どうこく》したいのだ。一生の全てが。

ミヤコから人が訪ねてきたとき、彼は死に臨んでよめる歌と女房が彼の死に際してよめる歌をミヤコの人々に托した。

ミヤコでそれを読んだ丹比真人《たじひのまひと》が、死んだ人麿の代りに女房に答える歌をつくって、つけたした。

「荒浪に寄りくる玉を枕に置き吾ここにありと誰か告げけむ」

出来のわるい歌だ。しかし、それも人麿にとっては、もはやどうでもよいことだった。門づけの詩魂溢るる一生は、実はつまらない一生だった。思えば悲しい一生でもあった。

土をふむ百姓の一生は、ただ一日のようなものだ。しかし門づけの一生は、とうてい土をふむ一日には及ばない。

無能な人麿は小さな畑を不器用に耕しながら、いつとはなく息をひきとった。村の邪魔物のような風来坊の老いぼれが死んだので、村の人々はどこかの片隅へ葬った。本当の死にのぞんで、彼はすでに歌わない人麿であった。そして片隅へ葬られた名無しの老いぼれが、歌を忘れた代りに、虫のようにシミジミと一生を一日のように生きおわせたのを、勿論、誰も問題にしなかった。

源頼朝

「顔大短身《がんだいたんしん》」と唱えると呪文のように語呂がよろしいが、頼朝がこう呼ばれているのである。顔が大きくて身体《からだ》がその割に小さかったという。子供のころは大きな顔をもてあましてヨチヨチ歩いていたかも知れぬ。

源氏の大将義朝は平治の乱に負けて、長男悪源太、次男朝長、三男頼朝をつれて京都から逃れた。ほかに鎌田《かまだ》政清ら四人の従者がついてきただけ。合計八人の落武者であった。頼朝はそのとき十三だ。当寺の寺宝頼朝公十三歳のサレコウベでござい、という笑い話のイワレインネンであろう。

頼朝は途中雪のために道に迷い父の一行にはぐれてしまったが、源氏にユカリの者に助けられてお寺の天井裏へかくまってもらった。納所坊主《なっしょぼうず》が毎日見張りをしてくれたそうだ。翌年の春、青墓《あおはか》の長者の家へ送りこまれた。この長者の娘は遊女で、父義朝のメカケであった。青墓の長者などと云うと物々しいが、遊女屋であろう。亭主はグレン隊の顔役かも知れん。頼朝はそのまた主筋《しゅすじ》の大ボスの若君だからこの遊女屋ではいとも鄭重《ていちょう》に扱われ、お寺の天井裏からだしぬけに下界の花園へ吸いこまれてきたような妖しい潜伏生活をつづけた。

かようなイキサツによって彼の十三歳のサレコウベは尚も発育をいとなみ、顔大短軀《たんく》の骨組を固めつづけることとなった。なぜなら、彼とはぐれた父の一行はそのころ非業の最期をとげていたからである。

悪源太と朝長は単身地方の源氏をかたらって再挙をはかることを命じられ、それぞれ途中から父に別れて出発したが、まだ十六の朝長は指定された行先がどッちの方向やらそれすらも分らぬところへ、戦争で重傷を負うていたから、とても使命は果たせないと観念して、戻ってきて、父の手にかかって殺してもらった。

長兄の悪源太は都へ潜入して清盛をつけ狙っていたが、捕えられて六条河原で殺された。

一方、父義朝は鎌田政清と金王丸《こんのうまる》と玄光という三人の豪傑をしたがえて、政清の女房の里へたよって行った。政清の女房の父長田忠致《おさだただむね》は倅《せがれ》の景致《かげむね》と相談して、義朝が風呂へはいっているとき家来の者に襲撃させて殺した。無二の忠臣政清も己れの女房の里で憤死したのである。金王丸と玄光は散々に敵を斬りちらしたあげく、敵の馬を盗んで逃げた。金王丸は当り前に乗ったが玄光は馬の首の方へ背を向けて乗った。手前が逃げるようではなくて敵が勝手に遠ざかるように見えてなんとなく溜飲の下《さが》るようなグアイであったかも知れんな。昔のグレン隊は捨てゼリフのタシナミについて幽玄の域に達していたのかも知れん。ムヤミに人の馬を盗んで逃げたがる西部劇の豪傑の手口にも見かけたことのない捨てゼリフの一趣向であるが、昔の日本の豪傑もマンザラ捨てたものではないではないか。物語作者の着想ならば、現代、つまりその一断片たる拙者自らの衰弱ザンキにたえざる次第です。

父と長男と次男が死んで、三男の頼朝が自然に源氏の正系となったが、悪源太と朝長は頼朝と同じ腹の兄弟ではない。

頼朝の母は熱田大神宮の大宮司の娘で、義朝のいくたりかの女房のうちでは一番家柄がよい。義朝は特に頼朝に目をかけていたが、それは頼朝の才能や将器を愛したせいで、決して母の家柄のせいではなかった。もともと女房の家柄などというものは、父親にとっては子の愛と関係のないものだ。特に、源氏という大きなそして悲運な氏族の長者となって多くの支流を統《す》べしたがえ、傾いた屋台骨の再興をはかる任務を負うた後継者を定める段となれば、その任務に堪えうる器量が第一で、特別の好きな女の生んだ子だからとか、母の家柄がよいからなどと目先の感情では決しられない。

しかし器量が第一にはきまっているが、氏の長者ということは形式的に貫禄を要するものでもあるから、その次には母の家柄というようなものが末流末端の善男善女を納得させる要素としては重要なものでもあったろう。

それらの点で、頼朝は生れた順は三男坊だが氏の長者の後継者としては一応善男善女の支持を受け易い有利な立場にあった。病気だ地震だ泥棒だと何事につけても一心不乱に仏像を拝んで伺いをたてるような時代だから、顔大短身などという異形《いぎょう》もニラミをきかせる御利益《ごりやく》の方が多かったかも知れない。

父も頼朝こそはわが後継者と見込んでいた。若年の長男次男に単身地方の源氏をかたらって挙兵をはかれと命じるなどは乱暴な話で、お前らは野たれ死んでしまえと突き放しているようなものだ。まだ十六の次男は行先の方向も分らぬ上に身に重傷すら負うているのだから、父の命令を果すのはとてもダメだと観念して父の手にかかって死ぬ方を選んだ。若年ながら天下にきこえた暴れん坊の長男にとっても、顔見知りもない他境で味方をかたらって挙兵などとは出来ない相談だ。生れつきケンカの術に心得があるから、出来ない相談を見分ける分別は達者だ。知らぬ他国へ単身のりこんで味方をかたらうなんてとうてい見込みなしと見切りをつけたから、単身都へ潜入して清盛をつけ狙った。これもチンピラ相手のケンカのようにははかどらず、逆に捕えられて殺されてしまった。義朝はそのへんの結末を見越した上で、長男と次男を突き放したのであろう。しかし、まさか自分が味方とたのむ者にはかられて暗殺されるとは考えていなかったに相違ない。東国の源氏をかたらって挙兵し、われ一代で平家を倒すことができない時は頼朝に心をつがせてと落武者の暗い物思いにも希望の設計はあったのだ。

遊女屋にかくまわれていた頼朝は平家の侍にかぎつけられて捕えられた。六波羅《ろくはら》へ送られて死罪になることになったが、そのとき頼朝を捕えた宗清という侍が、

「イノチが助かりたいと思わないか」

ときくと、十四の頼朝はこう答えた。

「戦に負けて父も兄弟もみんな死んだから、オレはイノチが助かりたい。坊主になって死んだ父の後世《ごせ》を弔いたい」

なんとなく約束の違ったような理窟がおもしろい。戦に負けた父も兄弟もみんな死んだから――と云いだしたから、オレも死にたいとテッキリ云うだろうと思うと、オレはイノチが

助かりたい、坊主になって父の後世を弔いたい、と云う。十四の小僧のくせにヒネクレた考え方をする奴さね。

考え方というよりも、言い方、表現というべきであろう。

「戦に負けて親兄弟みんな死んだから、なんのタノシミがあってこの世に生き永らえて候うべき」

と一息にまくしたててしまえば当り前の言い廻しだ。だいたい人間はふだんは考え深い人でも急場へくると当り前の言い廻しで自己表現するのが関の山のものである。至ってジミで事務家肌の浜口ライオン首相の如きですら東京駅頭でピストルに射たれたときに「男子の本懐」と口走ったという。だいたいその程度のものだ。急場にのぞんで、そう変ったことが口走れるものではない。

特に慣用というものには実体がなくて立板を流れる水のように習性があるだけのものであるから、

「戦に負けて父も兄弟もみんな死んでしまったから……」

と言いかければ、あとは立板に水で、

「なんの望みがあってオレだけ一人この世に生き永らえていたいことがあるものか」

と云ってしまう。こういう急場で慣用の文句を思いついて云いかければ、あとは人間もオートムのようなものさ。

ところが頼朝はオームにはならなかった。とにかく彼は非常に生きていたかったのだ。しかし、万人が彼と同じ分量だけ生きていたいのだ。もっとも、なんの望みあって生き永らえて候うべき、と叫んだ瞬間に全く生きていたくない自分の心を自覚した人もたくさん有るであろうが、それは本当に生きていたくないのではない。その時だけカッとして生きたい願いを忘れていたにすぎない。ところが頼朝は、

「戦に負けて父も兄弟もみんな死んでしまったから――」

と言いかけたが、生き永らえたいという本心を忘れるどころか、思いだしてしまった。つまり彼は甚しく素直なのかも知れん。そこで彼は慣用の立板に水の文句はそこまでで打ちきりにして、その次の句は改めて自分がかねて思っていた通りのことを言った。つまり、「私はイノチが助かりたい。そして父の後世を弔いたい」

これを顔大短軀の表現と云うのかも知れんな。あるいは非常に運動神経の発達した言い廻しで、変に応じて虚々実々に自己を正しく表現しうる天才があるのかも知れない。十四の小僧にしては物悲しいほどマセてヒネコビているようだ。東京駅頭でピストルに射たれても、この小僧ばかりは「男子の本懐」などと口走ることがなさそうだ。

もっともこの小僧はその後すくすくと顔大短軀に成長して、ピストルには射たれなかったが、五十三の年に馬から落ちたのが元で死んだ。馬から落ちたときなんと口走ったかは物の本にしるされていないのが残念だ。大方シカメッ面をしただけだろう。

★

六波羅へ引ッたてられた頼朝は十四を一期《いちご》に河原に首をさらす順になっていたが、頼朝があんまりシオラシク私はイノチが助かりたいと云ったものだから、彼を捕えた宗清がフビンがって、清盛の継母で池の尼という権勢ある貴婦人の袖にすがって頼朝の助命をたのんでくれた。そこで池の尼が手をつくして清盛にたのんでくれて、蛭《ひる》ヶ小島へ流刑にまけてもらってくれた。蛭ヶ小島は海の中の島ではなくて、伊豆の韮山《にらやま》近辺の変哲もない里である。

伊豆へ流されるとき、池の尼は頼朝にさとして、

「フシギなイノチが助かったことを思い知り、私の言葉の末にも違《たが》わぬようにして下さい。弓矢や、太刀や、狩漁などは耳に聞き入れてもいけません。人は口サガないから、つまらぬことから無実の噂がたって再び私をわずらわすことのないように。毎年の春と秋とに二度衣《い》裳《しょう》をあげます。私を母と思い、私が死んだら後世を弔って下さいね」

と言った。

ところが蛭ヶ小島へ流された頼朝はそれからのまる二十年間というもの、ちょッと恋などということもしたが主として念仏三昧《ざんまい》に日を暮した。二十年間一日も欠かさずに一日に千百ぺんずつ念仏を唱えていた。千百ぺんというのは変な勘定のようだが、千べんのは父祖のため、百ぺんは鎌田政清のためだ。勘定の理窟は通っている。おまけに二十年目に忙しくなっ

て念仏を唱えるヒマがなくなると伊豆山の法音尼《ほうおんに》という女聖にたのんで、代りに念仏を唱えてもらった。

日常の習慣的な瑣事《さじ》に至るまで、多忙にかまけて忘れるようなことがないらしく見える。つまり忙しくなると忘れてしまうようなこと、しても、しなくとも良いようなことは一切しない人のようだ。日に千百ぺんの念仏なんぞは信心のない者にはどうだってかまわぬようなものだが、彼自身にとっては多忙にかまけても忘れられない性質のものなのである。

彼が二十年間念仏三昧の殊勝な生活にひたっていたのは、池の尼の訓戒が身にしみたせいではない。心底からのものなのだ。彼が宗清に向って、

「私はイノチが助かりたい。そして父祖のボダイを弔いたい」

と云ったのは本心からで、六波羅に捕われて死刑を待つ日々にも、父母の卒塔婆《そとば》をつくるために檜《ひのき》と小刀の差入れをたのんだのだ。そして百本の小さな卒塔婆に仏名を書き、坊主をよんでもらって、所持金がないから着ていた小袖をぬいでお布施に差出して父母の供養をたのんだ。

天下の平家を敵にまわして一手にひきうける源氏の嫡男の威風なぞはどこにも見当らない。イノチを助けてもらって父祖のボダイを弔いたいというだけのミミッチくて、メソメソと、しかしシンから思いつめたマッコウ臭い十四の小僧にすぎないのだ。虎が猫に化けているわけではなくて、元々タダの猫にすぎないのである。特にメソメソしたセンチな仔猫なのだ。

全然何物にも化けていない。化けるどころか、イノチを助けてもらって父祖のボダイを弔いたいと精一パイのことを告白に及んで裏も表もないという化け方一ツ知らずに泣きベソばかりかいている仔猫にすぎなかったのだ。

伊豆へ流されてからの二十年はまさしく化け方一ツ知らぬ泣きベソ猫の素直な延長であり、田吾作の倅の二十年間と甲乙のない平穏無事な成人ぶりであった。一ツだけ違っていることは、無為な二十年であったが、魂のこもった二十年であったことは確かであるという一事だ。

つまり「男子の本懐」なぞと立板に水の文句を口走ることができないという一事だ。イノチを助けてもらって父祖のボダイを弔いたいと告白したが、それが精一パイの本心だったし、毎日千百ぺんずつ念仏を唱えたが、それはどんなに多忙になっても何かの手段に訴えてあくまで継続の必要にせまられているギリギリの大事でもあった。しても、しなくてもすむようなことは天性的にしないタチの珍らしい人間だったのだ。人の念仏は概《おおむ》ねカラ念仏にきまっているが、彼はカラ念仏の唱えられない天性で、したがって日々の千百ぺんもカラ念仏ではなかったし、さすれば「戦に負けて父や兄弟がみんな死んだから、私だけはイノチが助かりたい。そして父祖の後世を弔いたい」というネチネチした言い廻しが泣きベソのように精一パイであると同時に、ひとたび器をもれる機縁にめぐりあえば無限にひろがる水のエネルギーと同じような無際限の力をもつものであることを知りうるであろう。百姓の子の二十年と同じように平穏無為の二十年ではあったが、日々の千百ぺんの念仏がカラ念仏でなかったように、他の毎日のつまらぬ日常の行事にもいつも充実したエネルギーが満々と張りわたってい た。しなくてもすむ性質のものを行うことができない仕掛につくられたムダのない機械のよ うなものであった。誰かがバネを押して出口と方向を与えれば、そのエネルギーは低きに向っ てひろがる水と同じように無限にひろがる力がこもっていたのだ。

無為の二十年の終りの方で、彼は恋愛というイキなことをした。相手は伊東祐親《すけちか》の娘の八重子である。

祐親は河津三郎の父である。河津三郎は曽我五郎十郎の父だ。祐親の兄は一児をのこして早世したが、死際に祐親をよんで遺児が成人するまでの後見をたのみ一切の証文類を託した。ところが祐親は兄の死後、兄の荘園を分捕ってしまい、遺児が成人しても土地財産一切横領して返さなかった。財産一切をまきあげられた兄の遺児が工藤祐経《すけつね》なのである。祐経が怒りにたえかねて人に命じ祐親の長男河津三郎を殺させたから、河津の子の五郎十郎が祐経を殺して仇討ちした。曽我の仇討の元はと云えば祐親が兄の荘園を横領したからだ。八重子はこういう物騒なオヤジの娘であった。

伊東祐親は元来源氏の家来であったが、平家が天下を握ってからは平家について、頼朝が伊豆に流されると、その監視役を命ぜられていた。

ところが祐親が上洛中に頼朝と八重子は恋仲になった。千鶴という児まで生れて三つになった。つまり怪物オヤジの目をぬすんだ恋がまる三年ほどつづいたワケで、つまりその期間中怪物オヤジは六波羅につとめて領地の伊東を留守にしていたワケだ。

恋愛中の頼朝はどうやら伊東に住んでいたようである。日暮しの森にひそんで時を待ち、夜になると音無しの森で密会したという。音無しの森はいま松川河畔の音無神社のところだそうだが、なるほど祐親の館から降りてくると、地理的にも風光的にも、そのへんがアイビキに最適の場所だ。今でも伊東温泉の絶好のアイビキ場所なのである。

念仏三昧にかまけて恋にオクテの頼朝にとって、これが初恋であったかも知れない。顔大短身の念仏青年がたぎる血を押え、はやる心を押えて日暮しの森の中にジッとうずくまっている様を考えると珍である。日暮しの森が今はどのあたりだか私は知らないが、直径四五寸もある大きなクモとムカデは伊東の木蔭の名物だ。彼の大きな顔の内部では、恋人のほかにクモやムカデについても多少の意識が騒いだり絡んだりすることはあったろう。不足分の念仏を森の中で間に合せていたかも知れん。アイビキの手びきは八重子の侍女がしてくれたようだが、森の中にひそんで女中の合図や日暮れをボンヤリと待っている顔大短身の三十男に数年後のサッソウたる源氏の大将の武者振りを想像することは不可能だ。とにかく彼の初恋の手口に於てはズブの素人のダラシなさが目立つだけで、その神妙な取り乱し様はなかなか愛嬌があるのである。

怪物オヤジが都から戻ってみると、おとなしい娘が三ツの子供を抱いてる上に、その子の父が主家の怨敵、自分が見張り役を命じられている頼朝だと分ったから、大そう怒った。三ツの子供を簀巻《すま》きにして松川の淵へ投げこんで殺してしまった。子供を殺しただけでは気がすまなくて、頼朝の館を襲って殺そうとした。

「娘の男が商人や修業者ならまだよかろうが、源氏の流人をムコにとったときこえては平家の咎《とが》めをうけても申開きが立たない」

というのが、頼朝襲撃に当って祐親のもらした言葉だそうだが、その心配もあってフシギはない。頼朝にとって非常に忠義な乳母《めのと》の娘が祐親の次男におヨメ入りしていたから、その次男から襲撃の計をひそかに頼朝に通報した。頼朝はこれをきくと、

「よく教えてくれた。年来の芳心かたじけない。（というワケは八重子との仲を手びきしてもらった芳心なども含まれているのであろう）あの入道に思いかけられては遁《のが》れようもない。さればと云って身は潔白でありながら自殺するのも理に合わないから、運を天にまかせて逃げてみよう」

どうも、このあたりまでの頼朝は、なすこと、言うこと、哀れである。時に頼朝は三十を一ツ越したぐらいの分別盛りであった。

頼朝は家臣に命じて、

「お前たちがここに居ると人はオレがまだここに居ると思うだろう」

と計略をたて、大鹿毛《おおかげ》という馬にのり、従者をたった一人だけつれて、真夜中に逃げだした。

網代《あじろ》をこえて熱海から伊豆山へ逃げたという説と、亀石峠をこえて北条（今の韮山。当時は北条時政の居館の地である）へ逃げたという説と二ツあるが、いったん伊豆山へ逃げたにしても、やがては北条に向ったろう。北条時政は伊東祐親とともに平氏の命によって頼朝の監視役であった。時政も祐親同様元来は源氏の家来だが、平氏が天下をとってからその家来になった。しかし、祐親のように苛酷な監視者ではなくて、頼朝に同情的であった。蛭ヶ小島は北条の近郊だから、時政が同情的だということは頼朝の日常生活の自由を相当に保障してくれている意味がある。頼朝が伊東にも居をかまえ、入道の留守に娘と恋をたのしんでいられたのも時政が黙認してくれればこそであったろう。

両々相対する監視者、北条のフトコロへ逃げこめばなんとかなろうというわけで、まっすぐ北条へか、いったん伊豆山へでて十国峠を越えて北条へか、どっちにしても山また山、断崖また断崖、幽谷、岩山、密林の連続だ。真夜中に馬にのって景気よく逃げることができるような街道とは話がちがうのである。拙者もさる事情があって二十世紀のこの路を自動車にのり泡をくらッて突ッ走った思い出があるが、ドライヴウェイのつもりでつくられたらしい二十世紀の道路ですらも、泡を喰らった勢いでむやみにぶッとばすことのできない難路なのである。真夜中にアカリもなく、心せくままに馬を急がせても、岩や木の根につまずくだけの話であろう。だから、このとき頼朝が身をひそめたという岩や穴ボコなどの存在が誰が見ていたわけでもあるまいに、伊東の山中に伝えられているのである。

伊東を逃げての頼朝はしばらくヤブレカブレの心境だったかも知れない。北条の娘に恋文を送った打算的なところなどは、彼が将軍となって行った経綸《けいりん》の堂々と正道を行く策やカケヒキにくらべると、いかにもミジメな窮余の策で、後日の彼の真骨頂たる風格とは遠いものがある。

★

窮すれば誰しもミジメになるもので、それは見てやらぬ方がよい。盛運順風の時に何を行ったかが大切で、第一、人が窮した時に行うことなどは天下の大事に及ぶ筈《はず》はないのであるから、とるにも足らぬことだ。

北条時政に二人の娘があったが、姉は美人だがママコであり、妹は正室の娘だが不美人であった。

頼朝は北条氏と婚姻して自分の力に頼もうと思い至ったが、ママコと結婚しては親が親身に力となってはくれまいと考え、ママコでない醜女《しこめ》の妹へ恋文をやった。

ところが文使《ふみつか》いの家来が道々己れの一存で思うには、だいたい人間というものは醜女と結婚して行末永く円満に行く筈はない。イヤ気ざして捨ててしまえば北条が敵にまわってしまうのだから、どうもオレの主人はヤキがまわったのか考えることがオボツカない。美人と一しょならたいがい行末めでたく行くのが世の習いだから、かまうことはない。この手紙は美人の姉さんの方へ届けてやれ。こう考え、自分の一存で、勝手に美人の政子のところへ恋文をとどけてしまった。

ところが政子は恋人の宛先が違って届いたのを承知の上で、平気で頼朝と仲良しになった。政子に限らず、たいがいの美人はこういう時には満々と自信があるらしくて怒らぬものだ。却《かえ》って男の窮余の秘策を面白がったり憐れんだりして、良ろしい気分になってくれるのである。こうなれば、元来がヤブレカブレの窮策だから、アベコベになっても、むしろ頼朝はマンザラではない。ミジメな窮策通りに醜女との結婚に成功した方が彼の心境を救いのないものにしたであろう。

時政が政子と頼朝の仲をたぶん承知の上で山木判官《はんがん》へおヨメ入りさせたこと。政子は知らぬ顔でいったん山木判官へおヨメ入りして、サッさと逃げてきて頼朝と一しょに伊豆山へこもったこと。政子の行動は闊達《かったつ》自在をきわめ、また甚だ機にかなっていた。それはミジメに、ヤブレカブレにヒネコビてしまった頼朝の心を解き放す力となったであろう。源氏の嫡流たる矜持《きょうじ》は今やまったく失われて家門を売り物にする乞食貴族の心境になりきってしまいそうなところで、政子が転機の力となってくれたようなものであった。

父祖のボダイを弔う一心だけで念仏三昧にひたっていた時には他に欲念がなかった代りに、むしろ源氏の嫡流たるの矜持は磐石《ばんじゃく》の根をその心底に下していたであろうが、文覚《もんがく》という坊主と会っておだてられてから、平家との対抗、挙兵、仇討というような源氏の嫡流の俗ッぽい任務を考えるようになり、あべこべに源氏の嫡流たる静かな本当の矜持を失いだしたのであろう。

　そして、その時から、乳母の妹の子の三善康信《みよしやすのぶ》から一月に三度ずつ都の様子の通信を受け取り、他日に備えるような考えを起した。

　このように、いつとも知れぬ時の用意に最も基礎的なことから研究に掛り備えを立てておくというのは彼の本来の性格で、このように万事にケレンなく正道を行くのが彼の大きな長所であった。むろん天下の経綸や政治に策はつきものであるが、彼の策はいつも本通りを歩いていて、枝葉にわたる策を弄しない。

　文覚におだてられて挙兵のことなどを考えると、まず都の様子を月に三度通信させることを思いついて実行したのはサスガであるが、挙兵、平家覆滅という源氏の嫡流たる任務を意識するにしたがって、身は一介の流人にすぎず、手兵もなければ財産も領地もなく、昔の源氏の家来の多くは平家について、頼朝が挙兵して平家退治をするなどとは狂気の沙汰だと概ねきめこんでおり、むしろ源氏の再興こそ笑うべき空想、こういう見方が昔の源氏のユカリの者にすら信じられている。そのように己れに不利で、よるべなく、世の信望を得ることも考えられぬ現実がきびしくヒシヒシとせまってくるのは当然のことだ。源氏の嫡流たる者の任務を考え、その意識が深かまるにつれて、およそ嫡流の矜持を裏切るだけのミジメなよるべない現実を発見し、まったく実質の裏づけを失っている矜持の空虚な正体を見出して、その自信が喪失する一方であったのは当然すぎることであろう。

十三歳の頼朝は父の一行にはぐれてただ一騎夜道を歩いているとき、曲者《くせもの》どもにとりまかれて馬のクツワを押えられ脅迫されると、怯《おび》えもタメライも見せず曲者を一刀両断にした。

三十の頼朝は恋人のオヤジの入道が自分を殺しにくるときいて、あの入道に見こまれてはもはや逃げるスベもない。さりとて身は潔白でありながら自殺するのも理に合わないから、運を天にまかせて逃げてみよう、なぞと真夜中に馬にまたがり泡を喰らって逃げだすような哀れさである。矜持の喪失も甚しいと云うべきではないか。

ママコでない方をヨメにもらった方が余計に力になってもらえるだろうというので、わざと醜女に当てて恋文を書くに至っては、まさに家名を売る乞食貴族のアガキにすぎないが、幸いにも文使いの通俗な胸算用と、政子の奔放な行動が機にかなって、頼朝は乞食になりきる一歩手前で足をとめ、立ち直る機会を与えられた。

そして政子の奔放な行動のアゲクとして二人が伊豆山に愛の巣をいとなんだところへ、平家誅滅《ちゅうめつ》の以仁王《もちひと》の令旨《りょうじ》がとどいた。

頼朝は感泣してこれをうけ、まったくこの時には、ために死するも男子の本懐と口走ったかも知れないほどの東京駅頭的な感傷の暴風裡にうッとりと身を任せているような状態であったらしいが、ようやく乞食の一歩手前で足を止めたばかりの時であるから、男子の本懐なぞと口走ることの虚しさに気がつく分別もなかったのは仕方がない。

本当に人の心をゆりうごかす感動は、顔の表情の逆上的なユガミだの、涙だの、叫びだのを伴う必要のないものだ。それは本来最も静かなものである。なぜなら、本当の感動とは、その人の一生をかけたジミな不断の計算や設計の中にしかないからだ。本当の感動とは本当の生活ということであり、つまり一番当り前のタダの生活、着実をきわめたタダの生活ということでもある。

だから彼が感動に逆上亢奮《こうふん》して挙兵した当初というものは、まるでもう足が地を踏んでいないようなダラシなさであった。

平家血祭りの手はじめに政子が一度形ばかりのおヨメ入りをした山木判官を選んだのは、政子のことが根にあってのせいだけでないのは確かであるが、この初陣《ういじん》に当っての頼朝の亢奮というものは甚だ大人気ないものであった。

たのみの佐々木定綱が約束の日時に来ないので頼朝が心配したのにフシギはないが、居ても立ってもおれぬぐらい取り乱しすぎているのはあさましい。定綱は洪水のために一日半もおくれてしまったのだが、その到着を見ると頼朝はハラハラと感涙を催してしまったそうだが、これもダラシがない。また、このたびの戦争はオレの一生の運命を卜《ぼく》するものだからなぞとこの同類のことを機を見ては云いたがり、その皮相な気負いに引きずり廻されているようなのも見ていられないような青臭さだ。

それでも初陣のこの一戦は敵が弱少のことではあり、先方は何も知らずに備えを忘れているところへ奇襲をしかけるのだから、成功しなければ天下のフシギのようなものだ。そういう安全率や成功率が多くて赤子の手をひねるようなナグリコミに大ゲサに亢奮してウワずッているのだから精神的に落ちぶれて常軌を逸している証拠であろう。まさに乞食貴族にあと半歩という至らざる心境にアクセクしていることを物語っているものであろう。

第二戦が石橋山の合戦で、彼はここで手ひどく敗北した。この敗北が非常に薬になったようだ。数日間生死の関頭《かんとう》をさまよいつづけ、薄氷を踏む思いに追いたてられて箱根山中を逃げまわったのだが、実のない虚しさをさとるには何よりのイノチガケの数日間の悪戦苦闘によって、十三歳の頼朝がすでに磐石の如くに身につけていた源氏の長者の矜持を彼は再び己れの物とするエニシをつかむことができたようだ。その矜持とは実に無理をして発見し会得する必要のない身についた自然の状態を指しているにすぎないのだ。

石橋山に陣をしいたとき、頼朝にしたがう味方の全員はたった三百騎にすぎなかった。つまり頼朝の実力、そして要するに源氏の嫡流の矜持に値するところの実力は、その日までに於てはこの三百騎がギリギリの全部であったのだ。この貧しい現実をハッキリと認めることが、再び元の正しい矜持に至る唯一の道であったろう。

三百騎の源氏勢に相対して山下に陣をかまえた大庭三郎は三千騎の手兵をしたがえていた。また頼朝の背後の山には、谷を一ツ距てて伊東祐親が三百余騎をひきつれて陣し、隙を見て襲いかかる体勢であった。両面に敵をうけ、しかも数に於てすでに問題にならない。日暮れに及んで暴風雨になったとき、敵の攻撃がはじまったが、源氏の豪傑がいかに奮戦しても数に於てとうてい問題にならないヒラキがあっては仕方がない。夜中に椙山《すぎやま》へ逃れ、翌日は後の峰へのがれ、さらに頼朝は山上へ山上へと岩をよじて逃げ登った。北条父子その他多くの味方はすでに山上へよじ登る体力も失ったから、まだ体力のある者を山上へやって頼朝の様子を見にやると、頼朝は倒れた木の上にションボリ立っておって、傍には土肥実平《どひさねひら》が一人居るのみであった。

一同は無事を喜び合い、改めて頼朝についてお供をしたいと申出たが、土肥実平がこれを制して言うには、

「頼朝公一人ならば十日や一月でもかくまう計はあるが、大勢が一しょにいては発覚しやすいから、皆さんは一応散っていただきたい」

けれども一同の中にはたッてお供をしたいと言い張る者もあり、頼朝はそのたのもしさに力を得てか、すぐにもお供についてくることを許可したい様子がアリアリ見てとれるから、実平は重ねて一同を制して、

「別離が一時的に悲しいのは当然だが、後日の大功を考えて、ともかく今は一同の生命を完《まっと》うする計をはかるのが何よりである。イノチあってこそ後日の雪辱ができるのだから」

と理をつくして説いたから、一同も納得して、山中でチリヂリに別れて退去した。

石橋山は土肥実平の領地に近く、あたりの山々は自分の領地のつづきだから実平はその山

中の様子にくわしく通じている。そこで彼は頼朝をまもって敵の目をさけ数日の間箱根山中を彼方此方と逃げて歩いた。一時は敵の梶原景時に所在を見破られたこともあるが、彼の情けによって見逃してもらッたようなこともある。ついに頼朝もここを死場所と覚悟をきめたらしく、頭のマゲの中から小さな観音の像をとりだして山中の石窟の中へ安置しているから、

「どうしてそんなことをなさるんですか」

と実平がきくと、

「やがてオレの首は敵にとられるだろうが、マゲの中から観音サマが現れたなぞと世に聞えては源氏の大将にふさわしからぬ女々しさと後指をさされて世人の物笑いになるかも知れないと怖れるからさ。この仏像はオレが三ツのときウバが清水寺に三七二十一日の参籠をしてオレの将来を祈願してくれたが、その折に夢のお告げがあって忽然と手に入れたという仏像だよ」

なぞと語った。

実平の姓の土肥は彼の所領の土地の名だが、伊豆西海岸の土肥温泉のことではなくて、今の湯河原や吉浜のことだ。だから実平は箱根山中の地理にくわしく、頼朝を彼方此方とひきまわして敵の目をくぐり数日間山中に隠れていたが、それでも発見されそうだから、ついに吉浜へでて、真鶴《まなづる》岬から舟にのっていったん房州へ落ちのびた。

合戦開始から房州到着まで、ちょうど一週間であった。

この徹底的な敗戦以来、頼朝は別人のようになった。房州でも頼朝の懸命の募兵は全部で三百騎がギリギリだったが、そこへかねて手兵をひきいて参会せよともとめておいた上総《かずさ》権介《ごんのすけ》広常という者が二万という大軍をひきつれて頼朝の軍門に馳せ参じた。ところが頼朝は何日間も懸命にフレを廻して掻き集めたのがようやく三百騎にすぎないという相変らず昔の縁者にも見すてられた貧しい人気であるのに、二万というケタの違う大軍の参着に喜ぶどころか、

「なぜ、こんなに、おくれたか――」

とイキナリ一喝。

「キサマのような奴はオレの家来にしてやることができないから、さッさと帰れ」

ハッタと睨《にら》んで呶鳴《どな》りつけて、詫びを入れてもにわかには聞きいれそうな気色《けしき》がないほどすさまじい気色であったという。広常は実は頼朝をひやかしにわざと大軍をしたがえて来たもので、次第によっては頼朝の首を叩き落して平家へ献じてやろうかぐらいの気持もいだいていたのだが、頼朝のすさまじい気力に押されて一気に心服してしまった。彼のひきつれた二万の大軍は労せずして頼朝のものとなったのである。

はじめて兵をつのり、初陣に山木判官を血祭にあげるときめたとき、頼朝は佐々木定綱の遅参を案じて居ても立ってもおられぬほど気をもみ、洪水に道をはばまれて一日半おくれて参着した総勢たッた四名の佐々木兄弟を見ただけでハラハラと感涙を催したという。それは

わずかに一ケ月前のことだった。あまりにも急速な、そして大きな変り様であるが、生死の瀬戸際のギリギリのところを一週間もさまよった石橋山の大敗北が彼に再び源氏の嫡流たるの矜持を与える大きなヨスガとなったのであろう。

それからの頼朝は本来の堂々たる大将軍であり大政治家であった。幕府を鎌倉に定め、政治向きのことでは常に人を介してのみ朝廷と折衝し、直接朝廷と接触することを徹底的に避けた。儀礼上の用向きで上洛したことはあったが、政治向きの用ではコンリンザイ鎌倉の地から動いたことがない。

以上は当時のガンたる院政の正体を洞察した上での深い思慮からでていることで、院政につきものの気まぐれ政治や陰謀政治を抑え、また、それらの気まぐれや陰謀の渦から常に自分の身を離しておくには、こうすることが唯一の手筋であったかも知れない。三善康信から月に三度都の様子の報告を受けていた用意がこういうところに生きて現れているのかも知れない。

彼の施策は悪に対して厳格であったが、民の生活へのイタワリ、また彼らの安穏な生活を保証することをもって政治の当然な義務の一ツと見てそれに副《そ》う施策に絶えず意を用いていたことも、その根柢に別に思想というほどのものもないのだが、その代り大地から生えたような安定感がある。それは彼自身の生活や生き方などを心棒に編みだされたものだからであろう。つまり、彼の私生活は自分の政治を裏切ることがなかった。

鎌倉幕府の諸政策は概ね独創的で、またそれからの何百年かの武家政治の御手本となったものだが、その独創性はかりにそれを着想したブレントラストが他にあったにしても、同時に彼自身の物であったことも否めはしない。

私は判官《ほうがん》ビイキにも反対ではないが、義経には民を治める特別の識見も才能もありやしない。その点になると月とスッポンぐらいの差があるから、判官ビイキの観点だけで二人の人物を比較するのは全然お話にならないのである。

真書　太閤記

その一　猿の誕生

秀吉は正直だ。腹に物がためておけないのだ。彼の生年は天文五年正月一日。日輪が胎内に入るとみて母がみごもったと伝えられている。云いだしべいは彼自身であったかも知れない。彼はまたホラや大言壮語も天才的であった。氏も素姓もない彼はいろいろと手製の新作系図にハクをつけたい気持が旺盛だったが、しかしウソもつききれない。彼は右筆《ゆうひつ》の大村由《ゆう》己《こ》に向って、オレの本当の生年月日は天文六年二月六日だと白状した。

日吉丸《ひよしまる》という幼名も事実無根である。太陽が母の胎内に入るとみてみごもったから日吉丸だという人もあるし、サルの年の生れで猿から日吉《ひえ》神社の日吉へはたらいて日吉丸だという人もあるが、ともかく偉人の幼名らしい大そうな名だが、完全なる事実無根。父は彼に名前なぞはつけてやらなかった。そして、ただ、猿、とよんだ。一見しても熟視しても猿そのものであるから、この適切な呼び方のほかに方法がなかった。云うまでもなく人々も彼を猿とよんだ。猿だけでは名前にならないので、名前の必要なときには、猿之助と称したのである。

サルの年の生れだから猿とよばれただけで顔が猿に似ていた事実はないなぞと太閤ビイキは云うけれども、実は生年も翌年トリの年の二月六日生れであるし、彼が猿に瓜二ツだということは、信用できる史書もできない史書もそろって書き忘れていないのだから仕様がない。そして小男であった。人に猿々と云われつけると当人もその気になるらしく、動作も猿そっくりだったそうである。

父は弥右衛門といって織田信秀（信長の父）の足軽であったが、戦争に手傷を負うて不具者になった。向《むこ》う脛《ずね》の傷でビッコになったというのが巷説である。そこで足軽奉公ができなくなったから尾張の愛智郡中々村へひッこんで百姓になり、御器所《ごきそ》村のお仲という女をめとって二人の子供を生んだ。頭が姉で、弟が猿である。

猿の幼いうちに弥右衛門は死んだが、たまたま彼の同輩で信秀の足軽だった竹阿弥というのが病気になって中々村へひっこんだので、お仲は彼と再婚した。竹阿弥の子も二人生れた。猿は四人兄弟だ。

猿は義父竹阿弥と仲がわるかった。家の手伝いは全然やらない。朝から晩まで遊びまわって泥だらけになって戻ってくる。手のつけようがないのでお寺へ小僧にやった。このお寺で彼がはたらいた主たる悪事の数々がみんな食事に関係しているのだから、猿はよほど腹をすかしていたのであろう。

和尚のところへ食事をはこぶのが猿の仕事の一ツであった。猿は途中でそのオカズを適当に味ってから和尚の前へ持って行く。これが和尚に分ったから、

「お前、途中で膳の物をつまんでくるようだな」

「これが礼儀でございます。侍屋敷なぞでは毒見と申しまして、この礼儀が大そうやかましくとり行われておりますもので、私も和尚さまの身を案じて礼儀をかかしたことがございま

せん」

「それは奇特の志だが、以後は礼儀に及ばぬぞ」

「ヘイ」

食べる物もろくにくれないでコキ使われるのがシャクで仕方がなくなった。経文を覚えろ、字を習え。云うことが一々気にいらない。もっとも猿は経文も字もほとんど覚えなかったし、近所のガキどもを集めて本堂であたけまわるヒマヒマにコキ使われただけのことだ。寺の本堂は暴れ心地がよかった。小僧なみに経文の勉強でもしているだけならこうまで腹もすかなかったかも知れないが、散々腹をすかさせられたあげくに、なんとも手に負えませんからあの猿めを追いだしましょうなぞという坊主どもの相談が耳にはいるに及んで、猿の怒り、心頭に発した。

本尊の阿弥陀如来に御飯を供えるのも猿の仕事の一ツであったが、彼はその朝本堂へお供えを運んで行くと、本尊をハッタと睨《にら》みつけて、

「キサマは人の苦患《くげん》を救う本願があるときくが、さぞ疲れもし腹もすいているだろう。オレの運んだメシを早く食ってみせろ！」

お寺中に鳴りとどろく大音声《おんじょう》。秀吉は小男だが、声だけは生れつき人の何倍も大きかった。

「なぜ食べないか！　オレがせっかく毎日御飯をすすめているのに、奇怪千万な奴め！」

猿はかたえの棒をとりよせて、

「飯を食わなければ、これでもくらえ！」

本尊の脳天をなぐりつけたから、如来の首がころがり落ちてしまった。こうして万事セイセイしてから寺を追いだされた。これが十二の時である。

それからは諸々方々へ奉公にだされた。どこへ奉公しても十日とつづかない。三十八回奉公にでてみんな追いだされたが、三十九度目に奉公したのが瀬戸物をつくる店だ。これが奇妙に長くつづいた。瀬戸物づくりという業が猿の性に合っていたのである。性に合えばマメマメしくやる。天性利発であるから覚えもよい。主人も大そう目をかけて、

「お前は身の丈は短小、見れば見るほど猿に生き写しで人の姿には見えないが、えてして化け物じみた奇怪なのから名人上手が生れるものだと云われているから、見どころがあるぞ。せっかく勉強せえ」

こう云われて猿も一時は気をよくしたが、つらつら考えると、淋しくなった。三十八回も職を変え、追いだされてはイヤな思いを重ねてきたのは、この職業にめぐりあうためではない。この職業が身にかなった天職というなら、まことに情けない次第だ。

職場を追われて家に戻れば竹阿弥というイヤな奴がいて、白い目玉をむく。うつ、なぐる、けることもあるし、棒を手にとって追っかけてくることもある。母は心配と竹阿弥への気兼ねでオロオロするばかり。とても居たたまらないわが家であった。職場を追われればその居たたまらないわが家へ戻らなければならないと分りきっていて三十八回も追いだされたのは、

もとより追いだされるように仕向けた気持が自分にあるからで、やむにやまれぬその矛盾はせつない限りである。

——オレももう十五になった。……

と猿は考えた。瀬戸物づくりの名人とうたわれる身になったとしても、自分の気持がおさまるようには思われない。なりたいのは、侍だ。できれば大将になりたいが、大きいのは地声ばかりで、人並みはずれて短小だから、大将はちと無理かも知れん。馬の首よりも低いところからバカ声で号令かける大将の図はかんばしくないようだ。大将の見込みはなさそうだが、侍にはなりたい。それが本音であるけれども、自信がなかった。

——どうも瀬戸物の大将にほめられてみると気色がわるくて居たたまらなくなったな。侍になれるかどうか見当がつかないが、東海一の大将は今川だというし、その向うには北条という大きな大将もいる。武田という名将もいる。そのへんをブラブラしていると侍の奉公口が一ツぐらいぶつからないとも限らない。一か八か、やってやれ。

こういう気持になった。そこで急に商売を怠けはじめて、遊んで歩く。主人に叱られると、ふてくされて瀬戸物をわる始末で、せっかく目をかけてくれた主人もたまりかねて追いだしてしまった。

猿は堪えがたいわが家へ帰ってきた。竹阿弥が怒鳴る、打つ、蹴る、母がオロオロする、それをジッとこらえていたのは一ツの目当てがあったからだ。母が竹阿弥にも秘密にし、良《おっ》人《と》の知らぬ場所にひそかに所蔵しているものがあった。先夫弥右衛門の遺物、永楽銭一貫文である。まことに雀の涙のような遺物であるが、チンバの水呑み百姓がわが子に遺したものとしては恰好《かっこう》なものだ。もっともわが子のために遺したものとは限らないが、猿はこれを自分の物と考えてありがたくチョウダイしようという所存なのだ。小さくて敏活だから泥棒には適していて、首尾よく一貫文を盗みだして逃げだした。

清洲《きよす》の町で一貫文をはたいて木綿布子をぬう大きな針を買った。これを路銀にして道中しようという考えだ。お寺を数に入れると四十度も他家のメシをくってきた猿は少年ながらも世間の表裏に通じている。一貫文の現金は一貫文にしか使えないが、ある土地では一貫文の品物がよその土地では倍にも三倍にも珍重されるものだ。つまり当時は現代の戦時と同じように物資も交通も不足不自由であるから、猿はヤミを心得ていたのである。

木綿針をメシにかえて野宿を重ね、遠州浜松へ到着した。その町外れの曳馬川《ひくま》のほとりで日向《ひなた》ボッコをしていると、そこへ通りかかった侍がある。今川の臣で松下加兵衛之綱《ゆきつな》という人物だ。久能《くのう》城の小さい城主だ。同輩の浜松城主、飯尾豊前《いいおぶぜん》を訪ねる途中であった。

「ハテ。あれは着物をきているが、猿ではないか？」

松下は馬をとめて呟《つぶや》いた。どうもハッキリしないので、わざわざ馬をめぐらしてその物の前に立った。白木綿の短い着物をきているが、それが垢で黒光りしている。猿かと見れば人だ。人かと見れば猿のようである。フシギそうに松下を見上げている顔も様も猿そっくりで、あまりにも異形《いぎょう》であるから、松下は大いに不審した。

「コレ。その方はいずこの者だ。人語を解するかの？」

「尾張の国から参りました」

「名は何と申すか」

「猿と申します」

「アッハッハ。よくぞ申した。案にたがわず名も猿とはおもしろい。して、どこへ何用で参るのだ」

「どこという当てはありませんが、御武家様の邸《やしき》に奉公して武功をたてゆくゆくは侍にとりたてていただきたいと思いまして、木綿針を路銀にしてここまで辿りつきましたが、針もつきかけて困っております」

「針を路銀にな」

「ヘイ。よろこんでムスビに代えてくれる農家なぞが多いものです」

「発明な奴だ。侍になりたいとは面体《めんてい》に似合わぬ殊勝の心がけ。まことにおもしろい。どうだな。余の家来にならぬか」

見れば然《しか》るべき供まわりをひきつれた立派な侍であるから、思いがけない言葉に猿は狂喜した。

「ありがとうございます。一生ケンメイに働いてよい家来になりますから、ぜひお願いいいたします」

「これより友人の城を訪ねるから、供に加わって、ついて参れ」

松下は飯尾豊前を浜松の城に訪れると、話のついでに猿のことを思いだして、

「実は御当家へ参る途中、曳馬川のほとりにて異形の小人を見かけましてな。猿かと見れば人、人かと見れば猿、見れば見るほど見分けがつかなくなるという怪物でござる。侍奉公を心がけて生国尾張をでて参った小人ですが異《い》な風体《ふうてい》があまり面白いので家来に加えてつれて参った。世に珍らしい面相風体であるからこれへ呼びだして、ごらんに入れよう」

「それは面白いな。ちょッと、待たれえ。コレ、コレ。猿かと見れば人、人かと見れば猿という松下殿の新しい家来が目通りいたすそうであるから、奥をこれへと申して参れ。若にも参れと申せ。腰元どもにもそろって見物に参れとつたえよ」

ノンキな殿様があったもの。奥方、子供、腰元たち総勢ズラリと出そろったところへ猿をつれてきた。なるほど、まさしく人か猿か、見れば見るほど分らないから、一同は大喜び。

「これは奇態じゃ。うい奴。もそっと近う参れ。コレ、コレ。何か食べ物を与えよ」

子供が動物園へ行ったようによろこんでいる。そこで腰元が栗を持ってきて与えた。猿は生れた時から猿に見立てられてズッと一生がそうであるから、こうして珍らしがられるのには馴れッこで、イヤな気なぞは起らない。この猿め猿ヤイなぞと三下野郎にからかわれるのとちがって、殿様だの美しい腰元たちがシンから面白がって興じてくれるのだから悪い気は

しない。彼は生来モテルことが好きである。動物園のエテ公なみでもモテルことなら結構だ。そこで彼は一同の期待にそうために、猿そっくりに栗の皮をむいてモグモグたべてみせた。一同はただもうヤンヤヤンヤと大よろこびであった。友人一家がよろこんでくれたので、松下も甚だ満足。猿の入社第一日は上々の首尾であった。

入社がこういうアンバイであったから、松下も目をかけてくれた。もともと松下はこういうノンビリした殿様だから、武将としての凄みには欠けているが、すこぶるの好人物で、情け深く、また、着実に勉強して兵法武術には通達している。

目をかけて使ってみると、猿は非常に実直で、発明で、骨惜しみせず実にマメにはたらく。はじめは草履とりに使っていたが、後には身辺に侍《はべ》らせ手許《てもと》の用に使うようになった。小姓と下男のアイの子のようなものだ。自分のお古の小袖を与えたり、絹やツムギの衣裳《いしょう》なども与えて着せてみると、見るからに猿の生き写しではあるけれども、おのずからに侍らしい威厳がそなわってきたから、松下は益々好もしく思い、生れた村の名をとって中村藤吉郎とよばせ、やがては納戸の出納をあずけるようになった。猿が意外に出世したから、同輩から大いに憎まれるようになった。

秀吉は戦争がうまかった。奇策縦横、用兵に妙を得ていたが、剣術や槍や角力《すもう》に妙を得ていたという話は伝わっていない。彼は兵法を自慢したが、武技を自慢したことは一ぺんもなかったのである。ホラを吹くのが大好きの秀吉が自慢しなかったのだから、彼の剣術はよほどヘタクソだと見るムキもあり、また秀吉の矜持《きょうじ》によれば大将は兵をあやつるもので槍剣をあやつるのは家来のやることと見立てているから然るべき腕があったが自慢のタネにしなかったのだとうがった見方をするムキもある。しかし、俗書によると、彼は松下の下郎の折に然るべき腕を見せ、独自の剣法を公開したことになっている。

松下の家中に川島宇市という腕自慢の男があった。猿が毎日道場の稽古をのぞきにくるから一ツからかってやろうと思い、

「コレ、猿。キサマ感心だな。毎日稽古をのぞきに参るが、さだめし心得があってであろう。一手稽古をつけてやるから立会え」

「いえ、とんでもない。下郎の私が」

「下郎たりとも遠慮はいらぬ」

「いえ、遠慮はいたしませんが、剣の試合というものは、木刀でも冗談ではすみません」

「傷がついてはいかんかな」

「ヘエ。あなたにお気の毒で」

「ナニ？　拙者に気の毒だと？」

「ヘエ。どうも、この、勝負には万が一ということがありますのでね。私が勝つとお気の毒ですから。では、さよなら」

こう云いすてて逃げだそうとしたから、まッかに怒った川島宇市。

「待て。猿に気の毒と云われては男が立たぬ。家中随一の剣の名手とうたわれる不肖川島、キサマに負けるかどうか、見せてつかわす」

木刀をとって猿に手わたしたから仕方がない。両名木刀をとって向い合う。腕に覚えの宇市、大八相に構えた木刀、ただ一打ちにと打ちおろした。猿はそれをヒラリとかわして、宇市の目の上をなぐりつけ、ひるむところを木刀を打ち落した。これが松下の耳にはいったので、

「その方、剣を誰に学んだ?」

「誰に学んだということもございませんが、小さい時から道場をのぞくのが好きで、こうきた時にはこうと頭にたたみ身につけるように心がけていただけでございます」

「実に見事な奴。それこそは剣の奥義じゃ」

と武芸の達人松下を感服させたと伝わっているが、真偽のほどは請けあわない。

さて藤吉郎が重用されて納戸の出納をあずかるようになってから、納戸の品物がヒンピンとなくなる。笄《こうがい》がなくなった、小刀が盗まれた、印籠がない、巾着《きんちゃく》がない、と毎日のように紛失がうちつづく。これを小姓たちが口をそろえて藤吉郎のせいにするから、松下は考えた。

むろん彼が犯人のはずはないが素姓の知れぬ他国者を召使って重く用いたから家中の者が嫉《ねた》みをよせる。かくては家中不和の元ともなるし、藤吉郎にも気の毒である。手放すのは惜しいが、家中平穏のためにはこれも仕方がない。そこで藤吉郎に永楽銭三十匹を与えて、

「その方を手放すのは残念だが、家中の嫉みをうけてはその方も居づらかろうし、家中の平和のためにもやむをえない。これを路用にして良き主人を探し侍になりたいという宿志を果すがよい」

ヒマをだした。後日、松下は今川が滅亡したので家康の家来となっていたが、天下をとった秀吉は家康に乞うて松下を譲りうけ三万石の大名にとりたててやった。

藤吉郎が故郷へ戻ったのは十八の年だ。尾張では信秀が死んで信長があとをついでいたが、その足軽頭に一若とガンマクという両名があった。その一若が中々村の者で弥右衛門が足軽時代の友達であったから、これを頼って信長の足軽に世話してもらった。

信長は足軽にも気軽に話しかけるし、相撲の相手もさせる、鉄砲の打ち方も手をとって教えることもあるという若大将。当時は兵隊不足で困っていたから、足軽の中からも人材をもとめ目をつけることを忘れなかった。猿かと見れば人、人かと見れば猿という変った面体の小さな足軽がチョコチョコと現れたから、信長は珍らしがって、組頭をよび、

「あの小猿は何者だ」

「ハ。新規に召抱えました者で、これまで三年間遠州の松下之綱に仕えておったと申します」

「松下は兵法武術の達人ときくが、あの猿めに何ぞ心得があるか」

「ハ。そのことでございますが、上は天文、下は地理、森羅万象、世にありとあるもので知らないものは一ツもないと威張っております」

「これへ連れて参れ」

藤吉郎は信長の前へつれて行かれた。信長はその異な面体をツラツラと観賞してから、

「キサマ、上は天文、下は地理、世にありとあるもので知らぬものは一ツもないそうだな」

猿は頭をかいて、

「それがお耳にはいりましたか。どうか、ごかんべん下さいまし。あれはまッかなウソッパチで。なにぶん小男で面体も猿に近うございますから一発おどかしておかないと世渡りができません。実は上から下まで何も知りません。殿様をだますツモリはございませんので。一生ケンメイつとめますから、どうかお聞きのがしの程を」

頭をかく様も猿そっくりだから、信長は拍子ぬけがして、ゲラゲラ笑いだした。

「おかしな奴だ。オレの草履をとれ」

ここでも松下と同じように草履とりにされた。晩年信長は切支丹《キリシタン》バテレンの連れてきたエチオピヤの黒ん坊を珍しがって身辺に侍らせ本能寺で死ぬまで雑用に使っていたが、小猿を身辺に使ったのはそれと同じような物珍しさに興を起したせいであった。

その二　信長という若大将

猿が仕えたころ、信長という若大将にもどうやら多少の貫禄とそれ相応の声価が生じかけ

ていた。この若大将の半生はまことに奇怪でもあればバカバカしくもあり、またサンタンたるものでもあった。

彼は少年時代に天下の大バカとよばれて育った。家中の者も、城下の町人百姓もそうよんで彼をさげすみ、その阿呆ぶりに困却しきったのである。あいにく奴めは長男だ。奴めが城をつぐ時には織田家は滅亡だというのが定評だったのである。

信長は十五の年に世に稀《まれ》な美少女と結婚した。隣国美濃の城主、天下の曲者《くせもの》と悪名高い斎藤道三《どうさん》の娘、濃姫《のひめ》で、織田家起死回生の政略結婚であったが、彼の大阿呆ぶりは結婚以後においてことに甚しい。その阿呆ぶりは二十すぎても直らなかった。

信長の父信秀は織田一族の総大将の如くに指揮をとり大をなしてはいたが、決して織田一族の総本家ではなく、末流の末流から身を起し、力ずくで一族をしたがえ、また尾張の他の名家をも打ちしたがえて一国の主人となった戦国の新興階級の一人であった。したがってその力が衰えると、他国のみならず、内部から敵がむらがり起るのは必然である。

信長が十四の年に、父の信秀はほとんどその全軍をあげて美濃の斎藤道三を攻めた。勝ちほこって帰ろうとして夕頃兵をまとめた時に突如として道三の奇襲にあい、総くずれにくずれて五千名の遺棄屍体をのこして逃げ戻ったのである。まるで悪夢にあったようなワケのわからぬ敗戦であった。少年信長にとってはキモに銘じた教訓でもあったが、五千名の戦死といえば、小大名たる信秀の総兵力の半分に当っている。信秀の実力は一時に半減し、内部の統率も容易ではなくなったのだ。

それからのまる一年、信秀は実力と名声の回復にあせったが、名声の回復といえば再び美濃へ乱入して道三に復讐する以外に手がないから、トリイレも終り村々の倉に米俵が満たされたころを見はからって、ちょッとチョッカイをだした。というのは、道三の城を攻めるだけの実力はまだ回復しておらぬから、なるべく城に近づかずに、二里三里外まわりの村々に火をかけ、野荒しをやって多少の溜飲をさげ、多少のモウケもして、合せて名声回復の外見だけ取り繕うというさもしい算段だ。落ち目の焦りであった。

この焦りは見えすいている。当時清洲には織田の本家がおってジッと我慢して信秀に服していたが、落ち目の焦りを見すかして、その留守中に信秀の居城古渡《ふるわたり》を攻め、城下に火をかけて引きあげた。この報に、野荒しの信秀はおどろいて帰城、ただちに平手政秀を使者にだして清洲と和をはかり、まず内を治めようと努力したが、落ち目を見すかした本家では木で鼻をくくったように相手にしない。いまに道三が攻めこんでキサマを亡すぞ。それも長い先ではない。生意気に美濃へ野荒しなぞをかけるから天罰だ。道三が腹をたてて押しかけてくるのは十日もたたないうちだろうとせせら笑う始末である。

あまり小才《こさい》のきかない平手政秀だが起死回生の一手はこれあるのみと、その夜のうちに美濃へ走った。斎藤道三に会い、七重の膝を八重に折り、頭をタタミにすりつけて頼んだのである。まげて和平を乞い、そのアカシに両家の結婚を申入れたのだ。信長のヨメに濃姫をもらいうけて両家のヨシミを結びたいと頼んだのである。

虫のよすぎる頼みであった。長年の敵だ。落ち目の因をなしたのも道三を攻めて負けたからであり、さらに本家に裏切られたのも落ち目を焦って道三の領地に野荒しをかけたからだ。道三の村々を焼いた煙がまだくすぶっているというのに、濃姫を信長のヨメに、そして和平をというのであるから、まず普通ではとうてい見込みのない申入れだ。

ところが道三はさすがに天下の曲者であった。彼にも敵は多い。落ち目とはいえ信秀は強敵の一人であるし、自分が力をかすことによってこの強敵を強力な味方に仕上げてやることもできる。道三は性残忍無類の大悪党とよばれているが、その美貌も天下に鳴りとどろいており、年老いても美しい顔であったと云われている。その絵姿は今日伝わらないから分らないが、私はイマヌエル・カントのような白皙《はくせき》の哲人詩人の顔を想像しているのである。それを政治家の顔にもとめればロベスピエールのような理智ひらめくカミソリ型の顔である。真善美を愛する故に人の悪を憎むこと残忍無類に至る顔であり、庭にすらチリの一ツもとめることの許せぬ顔だ。

道三は濃姫を溺愛していた。濃姫は世に稀な美少女であり、その品格も知性もことごとく道三を満足せしめ狂喜せしめ、あらゆる鑑賞に堪えた娘である。これを手放すにはよくよくの条件がかなえられた上でなければならないはずだが、意外にも、平手の虫のよい頼みに気軽くうなずいた。

「信長はいくつになる」

「当年十五に相なります」

「無類の大阿呆と評判が高いな」

「世上ではそのようなことを申しておりますが、実際はそのアベコベと申してよろしいかと存じます。胆略そなわり凡器ではありませぬので、全てにつけて世の常識にとどまることができませぬ。一見大阿呆と見えまして実は将来が楽しみの大器です。不肖平手も命を賭けてお育ていたす覚悟でおります」

「小倅《こせがれ》のころからよくできた子供よりも大阿呆が時に楽しみなのは確かだな。大阿呆の評判もこれほど高いのは感心な奴だ。よかろう。濃姫をくれてやるぞ」

「ハ？」

あまりにも気軽な承諾に平手が呆気《あっけ》にとられていると、道三はカラカラと笑って、

「濃姫はオレの掌中の珠だ。信長にヒキデモノを添えてやろう。オレが濃姫をやる代りにオレの倅の義龍《よしたつ》に信長の姉か妹をよこすがよい。適当な娘がいなければメカケの子でもニセノでもよかろう。オレの倅は困った奴で智徳そなわり名将の器と評判だけが高すぎてな。結婚は早い方がよろしかろう。四五日のうちに娘を交換してやるから至急とりはからうがよい」

思いがけない結果になった。信長の実妹は幼少にすぎて適当ではなかったから、信長には姉に当るが妾腹の長女を交換することになったが、道三最愛の濃姫と妾腹の交換では戦勝国

と敗戦国が逆になったようなもの、常識を絶した交換だった。これも道三が濃姫を愛する故である。大阿呆の信長にヒキデモノの志。いくらかでもハクをつけて落ち目の家の大阿呆に肩をいれてやる寸志であった。

道三と倅の義龍は仲がわるかった。道三は主人を殺して国を奪ったのである。国と同時に主人の愛妾を奪った。これに生れた長子は実は道三のタネではなくて主人のタネであったらしく、すくなくとも長子義龍はそう信じていた。そして幼少から行い澄して智徳すぐれていたばかりでなく、身長実に六尺五寸、怪力の持ち主であった。長じて後は父と対立して家中に党をつくり、自ら美濃本来の正統を称して旧臣に働きかけ、道三に劣らぬ勢力をしめるに至っていた。おまけに最近に至ってライ病の症候歴然たるものが現れた。智徳すぐれて六尺五寸、ライ病と三拍子そろってはどうにも鼻持ちならなくて道三もウンザリしきっていたのである。道三がアッサリと濃姫のムコに信長を定めたのも、大阿呆の悪名の高いのに興を起し、智仁勇兼備と好評甚しい義龍へのイヤガラセの気持があったのかも知れない。もっとも信長を後年の味方とたのみその助力を当てにするような根性は至って少ない道三であった。

こういう次第で信長はその年内に濃姫と結婚したが、彼の大阿呆ぶりはその後輪をかけて甚しくなった。

彼の頭は茶センマゲと云う奴で、髪を一ツにまとめて結んだだけの最も手軽な頭だ。フンドシカツギのやってるマゲで、侍の子供のやるマゲではない。いわゆる町内のガキや腕白が間に合せにやってるだけのマゲだ。こういうマゲにアクセサリーをつければ滑稽で目も当てられないが、信長はこのマゲをゆわえるヒモの色に趣味があってモエギと赤のヒモでなければ用いない。これでは城下のミーチャンハーチャンの人気を博する見込みもないのである。信長のサインを欲しがるようなミーチャンもハーチャンもいなかった。

信長はコブンの若侍を七八人ひきつれて城下を歩きまわるとき、着物を満足にきていたタメシがなかった。いつも袖を外して歩いている。腰にさした大刀にはシメナワをまきつけている。その上、腰のまわりに火打袋を七ツ八ツぶらさげている。当時の装束では猿廻しが腰に袋を七ツ八ツぶらさげていたそうで、信長の様子は猿廻しが刀をさした姿にそっくりだったそうだ。

おまけに城下の店からモチを失敬して、若侍の肩につるさがりながらモチを頬ばって通る。畑の上で若侍と相撲をとり、戦争ごっこをして散々荒したあげく、腹がすくと栗や柿なぞ勝手放題にもいで食う。これが殿様の長男だからどうにも始末がわるい。天下の大阿呆、大バカ小僧という悪名は領内いたるところに満ちていた。

しかしシサイに吟味すれば彼の異様な服装にはそれぞれ絶対的な必要からきた驚嘆すべき理由があったのである。猿廻しの腰に似た七ツ八ツの火打袋の中にはそれぞれ火薬と鉄砲のタマが入れられていたのである。

ところが当時の戦争ではどこの鉄砲組も一発以上のタマを用意しなかった。鉄砲はタマ一発に限るというのが常識だったからである。なぜなら、当時の火ナワ銃では、タマをこめて発射するまでに時間がかかる。一発うつと銃身を掃除してタマをこめて火をうつす。二発目までに相当の時間がかかる。そのヒマに歩兵が突撃することができるから、鉄砲は二発目が役に立たない。だから武田信玄なぞは一発目を防ぐために軽い竹製の楯を用意し、それで鉄砲を防いで突撃にうつる方法を案出し、それで甚だ成功していた。当時の学問だけでは鉄砲の発射時間を短縮する発明がとうてい不可能であるから、信玄の対策が最上の策と考えられており、一発以外は鉄砲の価値が認められていなかったのだ。

しかるに少年信長は鉄砲の発射時間の短縮に成功していたのである。機械的に短縮することはできなかったが、他の方法で完全に短縮した。即ち鉄砲組みを三段に構えるのである。第一列目がまず発射する。次に第二列目が次に第三列目が発射して、第三列目の発射が終った時には第一列目のタマごめが完了しているという方法であった。

しかし、この方法の発明は信長ではなくて道三だったかも知れない。道三は天下に悪名高い人物で、その悪名のために自ら亡びもし過小評価もされて事蹟の正しく記録にのこるものは絶無にひとしいが、彼が当時鉄砲の研究では日本一であったことだけは有名で、日本一に整備した鉄砲組と、鉄砲の新戦術を用意していたということだけは伝えられているのである。明智光秀も鉄砲戦術では当時大家という評価を得ているが、史書によっては光秀は元来道三の家来であって、道三の鉄砲戦術を会得したものの如くに書かれているものがある。信長と云い光秀と云い、当時鉄砲の二大家の帰する源流といえば道三に至るような道がある。したがって、信長発明の鉄砲戦術も実は道三であったらしく、また光秀の鉄砲戦術も道三にでたものと推察しうる理由があり、光秀は年若くして鉄砲戦術の大家の名を得てから浪々中も誇り高く人に頭を下げなかったというが、二人の鉄砲新戦法が道三にでた同流同型の奥義であったとすれば、誇り高い光秀は特に信長に対してその誇りをくずしたくなかったであろうし、また信長は特にその誇りをくずさせたかったであろう。要するに信長、光秀の両名は相見ざる若年のうちから親愛と敵意の関係におかれていたのであったかも知れない。

信長のこの新戦術はその後も徐々に改良が加えられて、彼の鉄砲組は出陣に当り七ツ八ツの火打袋と鉄砲のほかに竹の棒と穴掘り道具をぶらさげて出かけるようになった。平野にザンゴーを掘り竹矢来《たけやらい》を結んで、その内部に三段構えの鉄砲陣をしいたのである。こうすることによって騎兵の突撃をすら撃退する威力を用意するに至り、武田二万余の大軍と相対し一万数千の死体をのこして敗走させるに至った。茶センマゲの大阿呆が腰にぶらさげていた七ツ八ツの火打袋にはその天才が秘められていたのであるが、二発目以上のタマの必要を知らなかった当時の大人はこの火打袋の怖しさをさとることができなかったのである。

茶センマゲも戦争ごっこの便利という必然性によるものらしいが、モエギに赤というヒモの趣味はマムシの三角頭やコブラがクビをふくらましたがるような悪趣味をでなかったもののようだ。少年時代の悪趣味とお行儀のわるさも彼の絶対的な特性であった。

彼の十八の年に信秀が死んだ。その葬儀に例の茶センマゲに袴《はかま》もつけずに焼香に立った信長は香をつかんでクヮッと父の位牌に投げつけ、大刀にソリをうたせてノッシノッシと葬場を退出した。

信長に家をつがせるな、滅亡のもとだという声が高くなるのは当然であった。信長には勘十郎という弟があって、これは当り前の少年であった。その家老は柴田勝家だ。勘十郎に家をつがせるのが無難だという意見は甚だ有力であったが、ともかくそれを抑えることができたのは信長に平手政秀という家老がついていたからだ。

しかるにその後の信長は茶センマゲすらも改めない。相変らずの火打袋に袖を外して領内を荒しまわるばかりでなく、平手の子供が良い馬を持っていたのを欲しがってその要求に応じなかったというので、平手の子供を半殺しにするような復讐をした。平手もたまりかねて、信長二十の年の正月に、どうか心を入れかえて立派な大人になってくれという書置きを残して切腹したのである。

平手政秀を失っては支柱がくずれたようなものだ。信長の命脈はつきたかに思われた。そのときに信長のために乗りだしたのが天下の大悪党道三であった。

信長公記《しんちょうこうき》も物語類もこの道三の乗りだしを富田の正徳寺の会見として面白おかしく報じているが、道三が大阿呆の正体を見とどけようとして逆に大阿呆に笑われたという一場の挿話としてしか取り扱われていない。逆に隙あれば信長をとりつぶして尾張を乗っとるコンタンであったというように伝えている。

しかしこれは史実ではない。史書の裏をよく読めば分ることだが、この会見の当日、すでに山口父子が信長を裏切って、彼の会見中に砦《とりで》を急造にかかっていた。つづいて、その後の当分のうち、信長の親類や重臣中から裏切りが続出した。それらはみな当時にあっても道三の心中を誤算したからだ。道三の本心は折あらば信長をつぶすものと考えたのだ。それぐらい道三の悪名のみが高く、道三は存命中から誤解のされつづけであった。しかるに事実は案に相違して、裏切りがあって信長が出陣すると、道三は臣下に命じて千余の兵をさしむけ、信長の留守城をまもらせているのだ。その兵力はカンタンに留守城を占領して信長を退治できるものであったが、そういうことは起らなかったばかりでなく、信長は安心しきって留守をまかせて出かけているのだ。そのために次第に人々も道三の信長によせる変テコなマゴコロを薄気味わるく思うようになり、やがて叛乱《はんらん》はふッつりなくなった。すくなくとも道三が死ぬまでは一時的に叛乱が絶えたのである。

信長公記という本は信長の祐筆がつけた日記であるから非常に確かなものではあるが、その首巻という部分だけは信用ができないのである。なぜならその部分は彼が信長に仕える前の出来事で、そこだけは世上の噂にしたがって後年に書き加えた部分だからだ。したがってその部分は噂の聞き書きであり、道三については世上の悪評通りの解釈にしたがってしか記載されていない。この記録の筆者が信長に仕えたのは道三が死んでよほど後年のことで、益々その悪評のみが定着し生き残ってからのことである。

世上の噂にしたがって書きとめられた信長と道三の富田正徳寺の会見のテンマツはざっと次のような風変りなものであった。

道三は家老の堀田道空をさしむけて信長に会見を申しこんだ。

「舅《しゅうと》と聟《むこ》の間柄になりながらまだ一度もお目にかからないが、富田の正徳寺で初対面いたし、一コンかたむけたい」

という申入れだ。富田は信長の城からも道三の城からも同じぐらいの距離にあって、また両者のいずれにも属しない寺領であるから、会見地としてはまことに対等である。使者の口上もまことにテイチョウで、大阿呆をよろこばせるに充分な礼儀に富んでいる。

信長をつけあがらせておいてその大阿呆ぶりを存分に見て楽しもうというのが道三の腹だ。そこで道三は大阿呆の茶センマゲと対抗的に、わざとガンクビのいかめしい老人ばかり七百余人選んでこれに折目高の袴、肩衣《かたぎぬ》という古風な装束で身をかためさせ、当日早く参着してお寺のお堂のまわりの縁にこれをズラリとひきならべた。こうしておいて道三だけはわずかの家来をひきつれ、富田の町はずれの民家に身を隠して、大阿呆の通るのを戸の隙間からうかがったのである。

信長も七百余人の供をつれてきた。鉄砲と槍が各々五百。その槍が三間半だ。道三発案の長柄の槍組は天下に有名であるが、その槍は二間半から三間だった。信長の槍はそろって三間半、おまけに鉄砲の整備、そっくり道三のお株をとってむしろそれに劣らない。そこまでは立派であったが、馬上にふんぞりかえっている大将がまさに珍景だった。

茶センマゲをモエギのヒモでまきたてている。袖を外し、シメナワでまいた太刀、ふとい苧《お》のナワで腕抜《うでぬき》をつけている。腰には例の七ツ八ツの袋。そこまでは評判通りであるがこの日は特別の装束として虎の皮と豹の皮で四半分ずつ縫いあげた半袴をはいているのである。特別礼装のつもりらしい。ダラシなく馬上にもたれてユラリユラリと通って行った。道三は笑いがとまらなかったのである。

ところが正徳寺へ到着した信長は自室へ通るとビョウブをひきまわして着代えをはじめた。腹心の若侍だけがビョウブを出たり入ったり忙しく何やらやっている。

「信長公、お成りィッ」

という声にビョウブを外して現れた主人の姿を見て、信長の家来の者どもがキモをつぶした。美しい折マゲ。生れてはじめて信長がゆった大人のマゲだ。いつの間に染めておいたかカチンの長袴、刀も礼儀にかなった小さな飾太刀、高々とはった肩衣の威容、実に美しくもあれば威もこもったキンダチ姿であった。家来の面々ビックリ仰天の次には、怖しくなった。冷水をあびた思いで主人の後姿を見送ったのである。

信長は一人スルスルと縁を上った。堀田道空がでて挨拶したが、それに答えず、ガンクビをそろえて居並んでいる一同の前を通りぬけて柱にもたれていた。道三もビョウブの陰から

出てきたが、信長は知らぬフリをしていた。堀田道空が信長にすりよって、

「山城どのでございます」

と紹介すると、信長は、

「デアルカ」

とうなずいて、寺内に入り、それからの挨拶はまことに尋常であった。奥の別室に向い合い、堀田道空の給仕で湯ヅケをたべて盃事があったが、道三は毒をもられたようにフキゲンになり、一言も物を云わなかった。舅と聟の礼を終わると、

「また、会おう」

道三は一言云いすてて、プイと立って部屋をでてしまった。

これが正徳寺会見のテンマツだ。この帰途に猪子兵介が道三に向って、

「いかがでしたか、信長は？　どう見てもバカでしょうが」

と云うと、道三は答えて、

「いまにオレの子が信長の馬の口をとるようになろうよ。残念なことだ」

と涙ぐんだと伝えられている。うまくできてはいるが、ツクリ話である。一見これに似たキバツさは在ったかも知れぬが、正しい内容はこうではない。道三と信長は心と心が通じたのである。この日から、道三は信長のための最大の味方であった。唯一の味方と云ってもよい。しかも返礼をもとめない味方であった。ただ信長のためにマゴコロの全てだけをつくし

てやったのである。そして道三の存命中は信長は安泰だった。

しかし道三の命脈は長くはなかった。信長が二十二の年の暮に、道三が山のテッペンの城から降りて下の別荘へ冬籠りした留守を見て、六尺五寸の義龍は道三の二人の息子を殺して城を占拠した。甚だ計画的なもので、その二ヵ月も前から病床につき余命いくばくもないと思わせ、臨終のイトマ乞いと称し二人を枕元におびきよせて殺した。

山上の城も武器を占拠されては戦争にならないから、道三はいったん山中へ逃げた。家来をあつめ、翌年春に山をでて義龍と決戦したが、敗れて死んだ。山上の城をとられた時に道三の命脈はつきていたのだ。彼は必敗を覚悟し、わざと兵を後退させ、自分の小隊だけが最前線へでてすぐ斬り負けて死んだ。

道三は信長に助力なぞを乞わなかったが、信長はかねての道三のマゴコロにこたえるため、この決戦に馳せ参じるために悪戦苦闘したのである。なぜなら道三が城を占領されて山中へ逃げて以来、一時絶えていたあらゆる裏切りと陰謀がうごきだしていたからだ。

幸い信長の城（当時は清洲）には尾張古来の守護職たる斯波《しば》氏が居候していたから、信長は今川氏にかけあって、今川以上の名門で三河の吉良《きら》にくすぶっている吉良氏と斯波氏の参会をはからった。というのは、今回自分が隠居して、尾張本来の主人たる斯波氏を本来の守護職に立てるからという名目だ。そして自ら斯波氏につきそって吉良へ行き、吉良氏と参会の礼を果し、帰国して領内に斯波氏の復活を宣言し、清洲城の本丸を斯波氏に明け渡して自分は今まで斯波氏が居候していた北矢倉へ隠居したのである。

信長にとっては反間苦肉《はんかん》、せめてもの一策であった。斯波氏に国も城もゆずり渡して道三のマゴコロに報いるために決戦に馳せつけようというのだ。尾張本来の守護職たる斯波氏の国であり城であれば、さすがの陰謀家どももにわかの手出しは差しひかえるかも知れないという算用だ。まことにずるい算用だが、この手のほかに手段がなかった。こうしておいて決戦に馳せ参じたが、道三がたちまち敗死したので、信長は別方面で一戦を交えただけで帰国した。

道三の死後続出したムホンの重《おも》なのは次の通りである。一番家来林佐渡守《さどのかみ》兄弟。弟勘十郎とその家老柴田勝家。妾腹の兄三郎五郎等々。信長は苦心経営、これらのムホンに対処して一ツ一ツねじふせた。そして猿が信長に仕えたころは勘十郎が再度のムホンに失敗して殺されたころで、どうやら信長のムホンの根が絶え、ホッと一息という時であった。

しかし、無数の外敵、そして強大な外敵がヒシヒシと侵略のキザシをみせ、陰謀の手は奥に深くのびている。困難なのは、これからだ。しかし天下の大阿呆が、どうやらそうでもなくて、ちょッとした若大将らしいということは家来や領内の者どもにもどうやら分りだしてきたころだった。そして見かけによらぬ純真な猿ははじめからこの若大将に傾倒したのであった。

その三　小猿の才覚

信長に仕えた猿は木下藤吉郎と名のった。木下は父の姓、母方の姓、女房の姓といろいろに云われていてどれと定めがたいが、先の主人松下にあやかって木下にしたのじゃないかとも云われている。藤吉郎という名の方は松下がつけてくれたものであったし、もともとこの猿は人にあやかるのが好きなのである。彼が後日羽柴筑前守秀吉と名のったのは、当時信長の寵臣だった丹羽と柴田にあやかって一字ずつ無断借用に及んで羽柴としたのであるから、まだ駈けだしの猿がせめて松下にあやかって木下にしたというのも有りそうな話だ。ともかく天下の関白となった人物の本来の姓についてこれだけの異説があるというのは、たぶんこの中で父方の姓が最も確実に木下でなかったという事実を示しているのであろう。父方の素性が確かなら異説の生れる余地がない。彼自身が生れた時から名なしの猿にすぎなかったように、彼の父もせいぜいそれに毛が三本多いだけのただの親猿にすぎなかったのだろう。

ところが信長は猿の苦心の新姓をとんと眼中に入れずに一目見た時から小猿とよんだ。それまではただの猿で通ってきたのに、信長に仕えて一段と下落してしまったのである。

けれども猿は実にマメマメしく仕えた。信長は毎朝八時にただ一騎馬を走らせる習慣であった。その朝に限って七時に遠乗りにでようとしたが、まだ下郎どもの姿がない。

「誰かおらぬか」

こう呼ぶと、

「へーイ。これにおります。お早うございい」

チョロチョロと物陰から出てきたのは猿であった。

「キサマ一人か」

「へェ。左様で」

「他の者はどうした？」

「それは殿様がふだんよりも一時間も早いのだから仕方がありません」

「キサマがいるのはどうしてだ」

「それはもうワタシは毎日おりますんで。実はもう一時間前の六時には毎朝ちゃんと来ております」

信長の目はギロリと光った。

「なんのために二時間も早くから来ているのだ。ねむい時にはねたがるのが人間というものだ。よけいな勤めに無理をする必要があるか」

信長はヘツライや偽善がキライなのだ。ほとんど鼻持ちならなくなる性分だ。場合によっては即坐にお払い箱にしかねない見幕だった。けれども猿はその見幕にはどこ吹く風、シャアシャアしたもので、

「ワタシはこの勤めというものを大事にいたす性分なんで。勤めのためには二時間前から眼

が冴えわたるという性分でございます。人のできないことをして立身出世したいという慾のせいもありますが、しかしシンから殿様大事という生れつきの性分もあるのでしょうな。そんなわけで二時間前にはつい眼が冴えて仕方なしにやって参ります。しかし、これをまたワタシがかねて神仏に祈願した心掛けの方から申しますと、ワタシの身体《からだ》は殿様にささげた身体、つまりこのワタシの身体は殿様の身体の一部分とこういうことに相なっておりまして、そのように思いこんでおりますので、勤めに精をだすのが一向に苦にならないのでございます」

猿は理窟をまくしたてるのが無性に好きなのである。一言ですむ返事をなんとかして十倍ぐらいの理窟に仕上げてまくしたてたいものだと年中ウズウズしているのだから、相手が殿様ならなおさらのこと、好敵手ござんなれと相好くずしてまくしたてる。信長、完全に毒気をぬかれて、

「フーム、そうか。オレの身体の一部分はキサマだったのか。よろしく、たのむ」

「ガッテンでござんす」

猿が馬をひいてくる。ヒラリとそれにとび乗ってハイヨーと駈けだす。すると一席まくしたてた後の爽快さは格別らしく、猿の奴め相手が馬だということも念頭にない様子、無性に嬉々として一しょに走ってくる。

この猿の脚力ばかりは万人驚異の的であった。掛け値なしに凄かったのである。速力が早

いばかりでなく、長距離がきく。速力では馬にかなわないのが当り前だが、馬が疲れた頃になって余人の倍以上も早く馬に追いついてしまう。馬が卒倒しそうに鼻息を吹き上げているのに、奴めはともかくハァハァ息を切らせながらもエヘラエヘラ笑いを忘れず追いついてくるのである。信長もこれにはつくづく呆れていたのであるが、

「そちは足がはやいな」

などとは決して云わないことにしていた。云えば猿めはフゥフゥ青息をふく下から相好をくずして、

「ヘエ、これはもう下郎の当然の心がけと申すものでありまして。それというのが、イザ鎌倉という時に殿様の手となり足となって弓矢の手柄を立てようとかねて神仏に祈願をたてておりますために、どういうわけか足の奴めが前へ前へと……」

というアンバイ。待ってましたと一席ぶたれるのが判りきっていたからであった。

しかし信長も日一日とこの小猿めが可愛く、またたのもしくなるばかりであった。特別によい顔を見せまいと思いながらも、小猿よ、小猿よ、と奴めばかりに小用を云いつけ、目をかけてしまう。誰に小用をやらせるよりも奴めにやらせる方が手際の良さが違うのだから仕方がない。

同輩どもは残念だ。猿のくせに生意気千万である。猿が小器用なのは当り前じゃないか。猿なら木から木へ谷から谷へ渡るが、奴めはただ足が人間よりも早いというだけのバカ足だ。

シャクにさわるものだから、つい軽蔑になる。木下藤吉郎という姓名を誰一人よぶものがなく、軽輩雑輩にいたるまで小猿小猿とよんでからかう。けれども猿は全然意に介するところなく、どんな軽輩に小猿とよばれても、オウ、なんだ、と云って実にキゲンよく返事をする。軽輩どももハリアイがぬけて、

「小猿とよばれては腹が立つだろうが」

「とんでもない。オレは小猿だもの、小猿とよばれて当り前、うれしくて仕様がない」

「なにがうれしい」

「きまってるじゃないか。殿様がオレを小猿とおよびになるから、お前らが殿様のマネをしてオレを小猿とよぶ。家来が殿様のマネをするのは当然だ。臣下というものはそれでなくちゃアいけない。殿様がオレを小猿とおよびになるのにお前らが臣下の分際でオレを木下サンなどとよぶようだったら不埒《ふらち》千万。これぐらい不忠なことはない。幸いにお前ら臣下の理をわきまえ、分を知っているからオレを小猿とよぶ。まことに当家はよき家来がそろっておるな。大慶に思うぞ」

たちまち一席まくしたてられてしまった。

このまくしたての一席にもどことなく愛嬌がこもっていてつい怒れなくなるのが妙であるが、猿めは話術にも巧みであるし、またバカ話がたくまずして面白かった。二十そこそこの年までに余人の何百倍と多忙な人生をのたくり歩いてきた猿であるから、その身の上話を語

らせるだけでも抱腹絶倒である。酒の肴に猿をよんでバカ話をさせようと方々から口がかかるようになった。

柴田勝家は信長の弟勘十郎の一番家老であった。バカ正直、バカ忠義の一念凝った豪傑で、一番家老とあるからには勘十郎のムホンにも肩を入れて頑強に信長に弓をひいた仲である。信長はついに勘十郎を殺したが、一番家老の勝家は殺さなかったばかりでなく、自分の家来にとりたてて、しかも大いに目をかけてやった。丹羽、柴田と当時信長側近の二大寵臣と目されたほど目をかけてやったのである。むろん毒気のない忠義一途の本性を見ていたからだ。彼はムホンに敗れ、信長の実力を知ったとき、信長をバカと思いちがえていたればこそのムホンであるから心底から後悔したもので、頭をまるめ、本当に墨染の僧服をきて坊主になってあやまりに出むいたほど愚直な豪傑だったのである。

この柴田が小猿の噂をきいて興を起した。オレもひとつ小猿の話を一席きこうというわけで、信長側近の歴《れっき》とした大家老であるが、そこはノンキな豪傑だから気軽なものだ。小猿をよんだ。大酒のんだあとだった。

「キサマ、アンマできるか」

「ヘェ、もう手がいくらかうごくようになったころからアンマなぞやりつけて育ちました方で」

「オレの腰をもんでくれ」

「よろしゅうございますが、しかし、師匠についたわけじゃアありませんから、うまい方じゃありませんよ」

「なかなかやるじゃないか」

「それはもう何をやりましても一番ヘタなのがこの程度で。しかし御家老の身体はかたぶとりではありますが、ふとりすぎましたなア。これではイザ鎌倉という時にあんまり役に立つ方じゃありませんな」

「ハッハ。キサマのような小兵では侍の役にはたたぬな。馬の腹の下を立ちながらくぐる芸ができるだけだ。だがアンマなみに諸事小才がきくその方だから、身体相応の望みはあろう。なにが望みだ」

「左様ですな。たいした望みもありませんが、大酒くらってワタシに腰をもませる大名なぞを家来にして、ゆくゆくワタシの足を洗わせようなぞと思っております程度で」

「ナニ……」

柴田権六もッくと起き直って、

「オノレ憎い奴。オレに当てつけての雑言か」

「血のめぐりの悪い御家老だ。ハッハ。しかし、人間、栄枯盛衰と申しまして、この先、誰がどうなるやら。氏素性もない猿が何になるか、これは誰にも判りませんや。まア人間望みは持つものですな。御家老の前ですが、望みは高望みに限るようで。小猿だからといって、足軽の頭になりたいとか、馬丁の親方が本望だなぞと思うようでは、これはもう人間のクズ、家来の値打がありませんな。信長公にも申わけが立たなくて、とてもお仕えできるものではありません。ワタシが御家老に足を洗わせたいなぞというのも人間の望みとしては低い方で、見どころのある望みじゃない。小兵のせいか、どうも望みもケチなようで、まことに残念千万でござんす」

柴田権六もバカではないからジッと怒りをしずめて、小猿のシャアシャアした弁舌をききながら無念の睨みをくれただけで終った。

これが人々に知れたから、

「御家老は鬼神と云われる勇士。このままにしておくと、いまにキサマの首がとぶことになるぞ。早く行ってあやまってこい」

こう云って親切にすすめる者は多かったが、小猿めはどこ吹く風、ニヤニヤ笑って、

「それほどバカでもないだろうね、あの人は」

秀吉は権六のようなバカ正直一途の豪傑が好きだった。むしろ信長の方がこういう豪傑を愛しきれない性分だったのである。

まもなく猿はとりたてられて足軽頭になり、ついで台所の薪炭支配にとりたてられた。猿は今までの四分の一の見積りをたてたが、それほどまでには及ばず半分にて賄ってみよという信長の指令をうけ、その通りにやってみせたので、次に米の支配役にとりたてられ、ここ

にはじめて士分となって三十石もらったのである。

もとより猿は手品使いではない。彼はただその役目にマゴコロこめただけだ。ムダをはぶくことに力をそそぎ、いかなる細部にも怠りなく目を通して、人員のムダも時間のムダも整理して簡単に今までの半分であげただけのことであった。

小牧山で狩のとき、山の木の数をかぞえる必要が起った。人々が雑卒を森林中に駈け入らせ手をわけて勘定しても、果してダブらずに勘定したか、また勘定もれがあるのではないか、どこにもその証拠がないから合理派の信長を満足させる答をだすことができない。そのとき信長がふと気がついて、

「小猿をよべ」

「ハ。これに控えております」

「キサマまちがえなく算《かぞ》えることができるか」

「おやすいことでございます。星の数を勘定せよと仰せられると、天界のことは地上の者にはちょッと困る筋があるのですが、地上のことならなんでも簡単でございます。まず手をわけて縄という縄を集めまして」

「樹木の数をかぞえるのだぞ」

「その方は簡単なんで。縄を集めるのに骨が折れます。ちょッとお待ちを」

と雑卒を諸方に走らせて山の如くに多くの縄をかき集めて、これを一々何尺かに切った。

その数をかぞえておいて、さて山の森の木という木に一縄ずつまかせたから、残った縄の数を勘定したら自然に答がでてしまったのである。

こういう才覚の数々を見ているうちに、小猿をなめていた同輩ども、どうも奴めタダモノでないフシがあるな、とてもオレにできないような何かがありやがるよと渋々ながら思うようになった。こうして猿めが相も変らずただニヤニヤしているうちにいつか同輩どもが奴めを仰ぎ見るようになっていたのである。彼と同輩とのこの関係は彼が最後の一人に残るまで、どの地位に於ても常に同じようにくりかえされたのであった。

その四　小猿の婚礼

足軽仲間に前田犬千代という若者があった。これが猿の親友だ。

犬千代は猿よりも若年でまだ二十二だが、冷静沈着、賢くて、武技にもすぐれ、ぬけるように色白の美青年でもあった。どこといって非のうちどころがない若者、将来見込みのある奴だと一様に目せられていた秀才であったが、いわば当人が秀才だから猿の奇才がよく判る。自然猿に接近して人生的にも学ぶところが多かった。

この犬千代が女に惚れた。足軽物頭《ものがしら》浅野又左衛門の養女におネネという才媛があった。美しい娘だ。家中の軽輩若輩にとってはアコガレの美少女で、なんとかしてあのような娘をわが妻にもちたいものだと皆々胸中に描いていたのであるが、自分の現在の地位や才能なぞを考えると進んで貰いうけたいと申しでることができないような筋があった。

おネネには家柄があった。平維盛《たいらのこれもり》の子秀平の十何代かの末孫が木下七郎兵衛と云って、その孫娘がおネネだ。両親が早く死んだので、伯母サンの家で養われて育ったが、伯母サンの亭主に当るのが浅野又左衛門長勝。

浅野の家には小金があって信長の父信秀に軍用金など用立てて功があったが兵火や盗賊の難にかかって困窮するようになったので、信秀が気の毒がって、

「いっそオレの城内に住むがよかろう。その方も帯刀の家柄だから足軽というわけにもいくまい。足軽物頭というようなことで若い者の面倒でもみてやるがよい」

城内の長屋に家族もろとも引きとってくれたのである。

こういうわけで、物頭の養女でちょッとした家柄の末孫だ。おまけに美しくて利巧ときている。足軽の若輩にとっては手近かな存在ではあるが高嶺の花と指をくわえて見ている以外に手のないような存在でもあった。

怖れげもなくこれに目をつけたのが前田犬千代。軽輩の中では抜群の秀才、未来の大器と我人ともに許し許されている自負があるし、容貌風姿にも自信があった。今でこそ均合わなくとも、いまに均合うどころかピンとこッちに重みがかかるようにしてみせると血気の鼻息。未来の大器たるものは女房は高望みしなければならぬ。女房ごときに高望みができないよう

で、戦場の大功なぞ思いもよらないではないか。男子すべからく闊歩すべしというわけで、ここに肚《はら》をきめて又左衛門を長屋に訪れておネネを所望に及んだ。

又左衛門も犬千代ならばと思った。おネネもう十九だ。お嫁入りの年頃でもあるし、なまじ家柄へとつぐよりも、未来のある軽輩にとつぐ方が後々の身のためというもの。犬千代ならば不足はない。こう考えておネネに結婚をすすめてみると、これがタダの小娘とちがって、おそろしく賢くて勝気な娘だから、養父の一存にハイと従うどころか、イヤです、とハッキリことわった。

「しかし犬千代なら、家中の若輩の中でこれ以上の人物を望むことはできないと思うが」

「それだから、なおイヤです」

又左衛門も弱った。犬千代ならというミレンも深いが、イヤですというおネネの鼻息ももののすごい。なるほどこういう勝気の才媛にとっては、なまじ均合いがとれすぎているだけ非のうちどころがないという才子が気にくわないのかも知れない。無理にというわけにもいかないが、犬千代にも気の毒で面と向って断りを云えない気持でもあるから、犬千代の親友の猿をよんで、

「お前は犬千代と仲がよいし、気転もきいているから、犬千代の気を悪くしないように、うまくとりなしてケリをつけてもらいたい。あれほどの若者が女一匹のことでぐれたりすると残念だ。ひとつ、よろしく、たのむ」

「ヘイ、よろしゅうございます。犬千代も然るべき奴ですから、そうクヨクヨするようなことはありますまい。案じるほどのこともあるまいと思いますから」

と猿は安請け合いに引きうけた。さっそく犬千代を訪ねて、

「実は物頭からこれこれの話があってな。この縁談はあきらめてくれとこういうわけだが、物頭も大そう残念がられて、これしきのことであたら若者がぐれないようにと、ハッハ、ま、ざッとそんなアンバイだ。大望ある若者はこれしきでクヨクヨすることはない」

「別にクヨクヨはしないが、すると何だな、物頭はこの縁談に反対ではないわけだな」

「そうだ」

「おネネどのがイヤだというのか」

「一々念をおさなくともいいじゃないか。お前クヨクヨしているな」

「バカ云え。クヨクヨとはちがうぞ。オレも男だ。腕に覚えもあるし、将来にも自信がある。養父の物頭が賛成の縁談におネネどのが反対とあるからには、よくよくオレの人物に見切りをつける理由があってであろう。その理由をきかせてもらいたい。理由によってはオレも黙ってひッこむわけにいかぬ」

猿もこれには弱った。なるほど、どうも、こうキッパリ女にふられてみれば、犬千代が気をわるくするのは尤《もっと》も千万だ。奴め才智も容姿も自信があるだけ無念やる方ないであろう。女一匹に人物の見切りをつけられたとあっては立腹するのが当り前かも知れない。猿はてれ

かくしに頭をかいて、

「ま、そうコーフンするな。それは、つまり、お前のヒガミというものだ。女一匹に人物の見切りをつけられたというふうに見るからいけない。相手は家柄の娘で美人で才女ときている。お前も腕に覚えがあろうが、もともと均合いがとれないのだから、ま、不均合いは不縁のもと、仕方がないというふうに、ものはアキラメがカンジンだ。女というものはバカなものだ。こういうバカを相手にするときには、ふだん用いないアキラメなぞを用いて軽くこなすのが何よりのものだ。早くあきらめて、こなしてしまえ」

「イヤ、断りの理由をきかないうちは、後へひけない。お前も間へ立ったからには、オレの意志を尊重し、男を尊重して、ハッキリした理由をききただしてくれるのが当然ではないか。さっそくでかけて訊いてきてもらおう」

「こまったな」

「こまるとは、どういうわけだ。お前がこまる理由はない。間へ立った者の当然の義務でもあるし、殊にお前とオレの間柄なら進んでオレの顔を立ててくれるのが当然ではないか」

「たかが女一匹にそうムキになってはいかんな。物頭は目が高い。オレに頼んだ意味がわかった。どうもこういう秀才は女にかけては執念深いタチなんだな。甚だウッカリしていた」

「なにをブツブツ云っとる」

猿も仕方がない。こう理にからんで立腹している以上、物頭のところへ行って理由なぞきいてきたって、事を荒立てるだけで役に立つはずがないし、自分が手をひけば、物頭がこまるばかり、どうにも仕方がない。猿はもうムチャクチャに頭をかいて、

「どうも仕様がない。本当のことを云えば、お前だまって手をひくな」

「いかにもオレが納得できれば女一匹に深くこだわるはずはない」

「そうか。それで安心した。おネネどのがお前を袖にしたのはお前の人物に見切りをつけたわけではなくて、かねて云い交している男がいるためだ」

「それならば仕方がない。相手は誰だ」

「それは云うには及ぶまい」

「そうは参らぬ。相手がハッキリしなければ、お前の逃げ口上かも知れないのだから、信用して納得するわけには参らない」

「どうも執念深い奴だな」

「相手は何者だ」

「どうしても云わせるのか」

「当り前だ。何者だ」

「そうか。仕方がない。実は、オレだ」

犬千代はふきだしたいのをこらえて、目の玉をむいた。

「逃げ口上ではあるまいな」

「バカなことを云え。半年前から云い交している。いまに立身出世したら晴れて一しょになりましょうというわけで、彼女は一日千秋の思いでオレが然るべき身分になるのを待ちかねている次第だ」

「なにも待つことはないじゃないか。物頭の長屋へ入り聟すればいいじゃないか。立身出世はそれからが順序だ。それとも女房をもっては立身出世ができないのか。天下の英雄は数が多いが、結婚前の若年に天下の英雄になった人物なぞは聞いたことがない。若年にして女房をもち、四十、五十の年になって天下の英雄となる。これが順序だ。立身出世を待って一しょになるなぞとは大いに不心得だ。そういう不心得だから、オレのようにあやまって結婚を申しこむ者もいるし、ほかに思いをかけている気の毒な若者がたくさんいる。よからぬことだな。オレが信長公に結婚をお願いしてバイシャクの労をとってやるから」

「それには及ばん」

「バカ云え。お前らが晴れて結婚しなければ家中の若者が大いに迷惑するから、ぜひぜひそうしなければいかん。オレがさっそく信長公にお願いしてくるから」

と犬千代はわざと意地わるく多言は無用と立ち去った。

猿もこれには閉口して物頭の前へでて益々頭をかいて、

「こういう次第で、とんだヤブヘビに終りました。ああいう才子が女に思いをかけると大蛇よりも執念深くなるもんですな。ワタシもいろいろ世渡りの苦労をなめて浮世のことはたいがい心得ているつもりでしたが、女ばかりは苦手で、その方のことについては暗すぎましたな。しかし、いかに奴めの執念とはいえ、時間には勝てないでしょうから、奴めが人心持《ひとごこち》に返るまで待ちましょう」

「イヤ、イヤ。犬千代のことだから本当に信長公に願いでる怖れが多分にある。ああいう才子に限ってこと女となると特に皮肉をしたがるものでな。しかし、弱ったな。いかになんでも、相手が小猿ではおネネがウンというはずはない。だが、ま、とにかく、おネネに打ちあけて頼んでみよう。形だけでも結婚して、あとで離婚という手がある」

「そうですな。ワタシはもうおネネどのを大事にして指一本ふれませんから、結婚、離婚、再婚、ということにできれば何よりです」

当時は再婚ということが何でもなかった時代である。政略のために結婚している妹や娘を離婚させて再婚させることなぞが当然として行われていた時代であるから、出戻りということが女のキズにならなかった。

そこで又左衛門がおネネを説き伏せにでかけて、

「実はこれこれの次第でな。やむをえない仕儀となったから、一応形だけ小猿と祝言してくれないか。むろん仮の亭主であの小猿がお前に指一本ふれないことはもう約束ができている。どうか、オレの顔をたてるために、まげて承知してくれ」

すると意外にもおネネが顔をあからめて、

「藤吉郎さまとでしたら仮の祝言はイヤです」

「どうしてもイヤか。無理もないが、しかし」

「イイエ。仮の祝言がイヤなんです。本当の祝言でしたら、ぜひぜひ私からそうさせていただきたく存じております。私からお願い致しますから、藤吉郎さまと祝言させて下さいませ。また、藤吉郎さまにもぜひにとお願い致して下さいませ」

気丈な才女がしおれんばかりに顔あからめてこう云うものだから、苦労人の又左衛門もしばし開いた口がふさがらなかった。しかしやがて膝をうって、

「ウーム。そうか。小猿ならばというお前の眼力、敬服の至りだ。奴は形は猿の如くだが、才覚手腕に於ては犬千代にも勝る人物。よくぞ見抜いてくれた。さすがに才女だ。や、これは実にめでたい」

ただちにこれを猿に伝えたから、寝耳に水とはこのこと、猿は目玉をパチクリするばかりで、しばし返事どころの段ではなかった。

猿は松下に仕えているとき、松下のすすめで一度妻帯したことがあった。十八の時だ。松下が選んで世話してくれた女だから十人並以上の女であったが、殿様の命令で渋々猿を押しつけられた女の無念やる方ない。猿を疎略にすることおびただしかったが、まだ十八の猿、他の才覚では大人なみだが女にかけては十八なみで、疎略にされながらも女はこういうものとのみこんでいた。

松下からヒマを貰った時、猿は予《かね》て自分のお守りにしていた三面の大黒天をとりだして、

「これは弘法大師作の尊像で、これを持つ者は三千人の大将になると伝えられている。これをお前にやるから、オレがやがて立身したらオレを尋ねてきてくれ。それまでしばしの別れだ」

「弘法大師作の尊像だなんてどこに書いてあるのさ。お前それを秋葉さまの前の道で拾ってきたんじゃないか」

「ウーム。知っていたのか」

「三千人の大将になるお守りならお前が大事に持っていな。しばしの別れなんて、イヤなこった。これでもうフッツリ縁を切りますから、私という女房があったことなぞ忘れておくれ。殿様の命令だから今まで我慢したけど、おおイヤだ。さッさと消えとくれな」

猿は最初の女房に縁を切られて追んだされてきたのであった。それ以来女というものには余り縁がない。もとよりもてたことは一度もなかったのだから、大望ある猿ではあったが、女にだけは高望みも低望みもない、望み休止という状態であった。立身出世さえすれば女もなんとかなるだろうという侘しい休止状態だ。

誰の目にも美女で才女で気品の高いおネネが猿に不足の段ではない。望んでもダメときめていたから望みもしなかっただけのことだ。猿の喜びは大変なものだった。夢かとばかりに耳をつねり鼻をねじって、感謝感激。これにまた劣らぬぐらいおネネが感謝感激したという

からこれを天下の美談というのであろう。

猿は足軽の雑居部屋にゴロゴロしている身分で家がないのだから、浅野又左衛門の長屋へ入聟という形で、おネネの本姓が木下であるから、そこで木下藤吉郎ができ上ったという説もある次第である。

婚儀は犬千代のバイシャクで、又左衛門の長屋で行われた。ワラの上に薄べりをしいた座敷で祝言を行ったそうだ。甚しく貧乏長屋だったのである。この犬千代が後の前田利家、加賀百万石である。

その五　山口九郎次郎

信長は古渡《フルワタリ》城で生れたが、ついで那古野城（いまの名古屋）で育ち、秀吉が仕えたときには清洲城を本拠としていた。

清洲城は元来織田本家の城で、信長の父信秀は本家をしのいで威を張った成上り者であったから、武力によって清洲の本家をしたがえてはみたものの、いわばここが裏切り、内乱の本拠でもあり、苦い目を見て生涯を終った。したがって、あとをついだ少年信長にとって清洲本家は差し当っての大敵で、苦心サンタンの末、本家を亡してこの城をうばったのである。

清洲城址はいま清洲の町から二キロほどのところにあるそうだが、筆者ははずかしながらこれを見ていない。しかし昔の記録によると、当時としては宏大な名城であったらしく、信長の武力ではこれを外から攻め落す手段がとれていなかった。そこで信長の叔父に当る孫三郎という盟友が、策をもって客人として城内に泊りこみ、内部から乱を起して城をうばうことに成功したのであった。そしてここへ本拠を移したのである。

二月廿日という日に台風があって清洲城の石垣が百間ばかりくずれた。このとき普請奉行となって修理工事に当ったのが山口九郎次郎という若者だ。信長よりも一ツだけ年寄の豪傑であった。

九郎次郎の父山口左馬介《さまのすけ》は小豆坂七本槍の一人、信長の父信秀が最も信頼していた豪傑であった。したがってこの左馬介には家中最大の役割、すなわち鳴海の要害を守って今川の西上にそなえる大役が与えられていたのである。

しかるにかほど信秀に信任せられた山口父子が、その歿後、第一に謀叛《むほん》を起した。

それというのが、山口父子は腕ッ節では誰にもヒケをとらぬという豪傑だが、頭の方はよろしくない。人を見る目も低いから、珍童信長の真価がわからなかったのである。信長は小さい時から喧嘩を商売のようにして成長した。城内でも外へでても、家来や町の少年たちと腕力くらべを日課にして育って、またたしかに諸芸に実力はあったが、山口九郎次郎は一ツ年長、おまけに親ゆずりの腕ッ節があって、力ずくでは信長に負けたことがない。親子そろって腕ッ節が身上の山口父子、信長なんてい奴は、世間の噂よりもまだバカな、腕ッ節すらタカが知れた大阿呆だときめこんでしまった。

山口父子の役割は、那古野東南の要害鳴海を守り、大敵今川西上するやまッさきにこれに当って玉砕の運命だ。その一命を賭けて奉公する殿様たるや大馬鹿小僧の信長では助からない。織田家がたのむ要害鳴海は今川にとっても手ごわい砦であるから、これを無キズで手に入れればそれに越したことはない。内通しないか、味方になれ、という働きかけは以前からあった。そこで山口父子は、信長の代となっては織田はもうダメ、今川に内通すべき時だと考えた。

そこへ信長二十の年の四月十七日、斎藤道三と信長が富田の正徳寺ではじめて舅と聟の対面をするという。（第二章参照）ひょッとするとこれぞ道三の計略で、信長はまんまと道三にはかられて、亡ぼされるかも知れないし、事はそれほど急でなくとも、道三が信長に対面しては馬鹿小僧の正体に呆れてしまうのが当然で、この日から道三に尾張攻略の心が定まるのは必定《ひつじょう》であろうと見てとった。これが大変な見当ちがいであったけれども、山口父子に限らず大方がこう考えたのだから、山口父子の目だけがフシアナであったわけではない。

喧嘩ッ早い親子だから、こうきめると気が早い。さっそく謀叛の実行にとりかかり、ひそかに、今川へ内通の使者を送り、四月十七日、道三信長会見の日には那古野も少数の留守兵だけで手薄になりますから、当日兵隊を送って下されば那古野を攻め落すこともできましょうというようなことをいいおくって、当日信長が城をはなれると同時に中村と笠寺の要地に砦の急造にとりかかった。

今川の方では、織田の忠臣山口父子がにわかに謀叛といってもすぐ信用もできないし、謀叛が確実なら、信長を亡すになおさら容易、急ぐことはないと考えているから、兵隊など送りゃしない。様子を見に二三の小侍をだした程度だ。

富田の会見から戻った信長は、これを知って手兵全軍（といっても当時は千人ぐらいしかいない）をひきつれて鳴海へ出陣、半日戦争をやった。信長の手勢だけではほぼ敵と同数、あるいは以下で、勝負がつかず、物分れとなったが、戦国時代というものは陰謀の時代だ。昨日戦争して今日同盟しても日常ザラのことである。もっとも、平時また然り。

道三という大怪物が信長の敵にまわると思いのほか大の味方になって肩を入れているようなヘンテコなアンバイだから、四隣みなみな薄気味わるがって鳴りをしずめてしまう。

信長にしても、鳴海という膝元の大要害に敵がいてはグアイがわるいから、どうだ、昔のように仲よくしようといって働きかけると、石頭の力持ちでもそれぐらいの才覚はつくから、それではといって、お詫びのシルシに九郎次郎を人質にだして、和解した。むろんそれは表面のこと、裏ではちゃんと今川へ使者を送って、実はこれこれの次第でわざと倅を人質に和解のフリをしますが、この人質こそむしろスパイ、内外機密を通じ、よき折あらば手引きして信長を亡しましょうという策略であった。それぐらいのことは信長ももとより承知の上だ。ただ一応表面の波立ちがしずまれば内に力をたくわえて後日の用意に万全を期することができる。

さて台風で清洲城の石垣がくずれたから、信長はこの修理奉行に人質の九郎次郎を任命した。様子を見るのも一興。むろん信長は、一たん事起ってもそれに応じる自信あってのことであった。

★

むろん図星であった。石頭のやることだ。見えすいている。あまたの人夫を怠けさせて、二十日ほどすぎてもほとんど修理のあとが見えない。外見をみると物々しく板がこいなどして、いかにも大工事が進んでいるように見えるけれども、それは外見だけで、板がこいを取りはずすと実はほとんど手つかずの状態だった。

外見だけは物々しいし人夫の出入だけはおびただしいから人々は気がつかなかったが、目ざとい猿が見のがすはずはない。さては噂にたがわず、山口父子謀叛の心だな、危いことだと考えた。

三月七日に、信長は手勢千余人ひきつれて鷹野にでかけるという。むろんその留守が差し当って危いような形勢はなかったが、いいところを見せたいのは猿の身上。信長が物々しい板がこいの傍をふりむきもせず馬上通り去ろうとする後へ猿が走り寄って、

「エヘン。危い。危い」

奴め、また小才をきかしているなと信長はすぐさとったが、苦い顔。事実において信長は不快でもあった。なぜなら彼はスパイ戦術には自信があり、スパイを逆用したり、はかられると見せてはかることに策の数々を胸にいだいていたからだ。小猿めの余計な口がむしろ憎かったのである。

「うるさい猿だ。いらざる口をだすな」

「しかし、危い。危い」

信長うるさがって、だまっている。

「さても、危い」

「実に危い」

「これは、危い」

「ウーム、危い」

だんだん大声になったから、信長は馬をとめてふりかえり、村井長門をよんで、

「この猿め、うるさくて、かなわぬ。連れかえって、閉じこめておけ」

「ハッ。かしこまりました。コレ、小猿。気の毒だが、殿の仰せだ。参れ。しかし、なんだな。キサマが一人おらぬと、まさしく世の中は静かになる。実にどうもよく喋る奴だ。アブが耳にとまってるようだぞ。ホラ、ここへはいって壁にとまってろ」

「アッハッハ。あなたは耳はきこえるらしいが、目はフシアナだなア。お気の毒、お気の毒」

「生意気申すな。殿がお帰りの上はお手打ちかも知れぬぞ。首を洗って待ってろ」

「お年に似合わず、おッしゃることがお若いな」

信長は鷹野から戻って村井をよび、

「猿はどうした」

「仰せのように壁にとまらせておきました」

「これへつれてまいれ」

「ハ」

猿がシャアシャアとひッたてられてきたから、信長はハッタと睨まえて、

「ムダ口や冗談ならばまだしもだが、キサマの才ばしった出しゃばり口は見苦しいぞ」

「仰せごもッともではありますが、曰《いわ》くインネンがあっておのずと口がムズムズいたす場合は仕方がありません。と申しますのが、例の石垣の修理場の板囲いの裏側がつい目に映じましてな。あれは先月二十二日から修理にかかりまして、今日で二十日ほど日がたっておりま す。しかるに板囲いのほかにはとんと工事がすすんでおりませぬ状態で、敵もし押し寄せました場合には百間あまりの破損箇所の防ぎようがございません。しかるに当今、四隣みな敵と申してよろしいような時で、まことにどうも、危い。アー危い。ウーム危い。実に危い。思わず声がもれまして相すみません。ゆるゆると工事をなさるのも大胆で結構ではあります

が、物には自然の速度というものがありまして、たった百間の石垣の修理に二十日かかって板囲いだけとは、これは工事と申すものではなくて、遊びですな」

「他人の仕事をののしるからには、キサマ、覚悟あってのことであろうな。口だけではすまぬぞ」

「覚悟というような大ゲサなものは必要ありません性分で。何事によらず心得というものがありますと、とかく口がムズムズうごくものですな」

「キサマ、何日で仕上げる」

「エエと。左様ですな。三日では多すぎますか」

猿めもこざかしすぎたな、と信長も内々冷笑した。ウヌボレがすぎて猿もとうとう木から落ちたな。このこざかしさ、こらしめてやる必要がある。そこで九郎次郎をよんで、

「その方の心労過分であったが、猿が三日で修理いたすそうであるから、休息いたせ」

「城の急所に当る場所でありますから念には念をいれて工事に日数がかかりましたが、これもヌカリなく仕上げるためのはからいで、それだけのことはいたしたつもりです」

「そちを咎《とが》めるわけではない。猿が三日で仕上げると申すから、やらせてみるのだ」

「ハ。三日で完全に手をぬくことなく修理いたすと申すのですか」

「むろんのことだ。城の工事に手をぬいて見のがしにできるか」

「しからば見学いたします」

こうして、猿が修理に当ることになったから、立腹したのは九郎次郎、猿の奴め、ひどい目にあわせてやろうと心をきめた。

その六　手品の城普請

猿は正式に普請奉行に任命されたから、大工、左官、人足の各棟梁を役所へよんで、

「その方らもよく存じていることであろうが清洲の町も当代になって富み栄え、さきの城主彦五郎のころとは雲泥の賑いである。これというのも一に殿様のおかげ、またこの城のおかげだ。この城あるによって殿も御安泰であるからだ。しかるにこの城の一部が破損しては、殿のみならず、その方ら町民全体の安危にも関するわけだ。よくこの理を弁《わきま》えてオレのいうことをきいてもらいたい。明日より三日のうちにこの破損を修理する。戦国の世に無理という言葉はないものだ。敵が押し寄せてくればそれまでだからだ。破損と申してもわずかに百間にすぎない。一間分三人がかりとし、三百人あれば必ず三日でできる。並の普請なら十日もかかるであろうが、いつ敵が攻めてくるかも知れぬ折の城普請であるから、中食間食もつめて休みなくやれば必ず三日でできる。一日につき十日分、三日で三十日分の給料を与えるから、惜しみなく働いてもらいたい。今日はゆっくり休んで明朝早めに集れ」

「しかし、三日ではねえ」

と各棟梁顔見合せたが、三日で三十日分の給金ならと各々目で読み合って、

「出来ばえの程は保証できませんが、とにかくよろしゅうございます」

とひきうけた。さて各棟梁が詰所へ戻ってきたところ、九郎次郎が待ちかまえていて、

「その方ら、余の奉行の折は大儀であった。猿が三日で仕上げると申すことだが、しかと左様か」

「へえ、その通りで」

「そちら働くとみせて工事を怠り、猿めに恥を与えてくれたら過分に思うぞ。成功すれば、もっと金をつかわす」

と大枚の金を握らせた。怠けて大枚の金がもらえるならこれに越したことはない。猿めは新参の足軽上りであるにひきかえ、九郎次郎は鳴海城主の嫡男だ。歴とした殿様である。格がちがうのだから、職人どもも九郎次郎の言葉を大切にする。

「ヘエ、承知いたしました」

と、たちまち、働かない手筈をたててしまった。

さて翌日早朝より人夫わりをして、下知《げち》を下す。それというので三百人の人夫が一様に忙しそうに動きだしたが、置いた石をまた元へ戻したり、たてた柱を、またひッこぬいたり、工事がおくれるように、おくれるように、とやっている。怠けているのではなくて、計画的に工事がおくれるようにやっているのだ。目の利く猿のことだから、ハハア、さては九郎次

郎の手がまわっているな、とたちまち気がついた。

しかし、それをあばいて厳しく督促したところで、かえって彼らの反感をつのらせるばかりのことだ。敵が鼻グスリできているからには、コッちもその裏をかいて鼻グスリでやる一手であるから、いい加減の頃合を見て拍子木をうって休息させ、

「その方らがよく働いてくれるので、ただいま殿様から酒肴《しゅこう》を下されたぞ。まず遠慮なく一パイやって精をつけて働くがよい」

と酒ダルをだして存分に飲み食いさせ、一同がよいキゲンになったころを見て、

「さて皆の者。その方ら領内の者ども安穏に毎日を暮すことができるのも、この城あってのことだ。しかるにこの城が破損のまま日時すぎても修理できぬと敵にわかったなら、どういうことになると思う。明日にも敵が攻めよせて、城下は戦火に焼かれ、領民は住む家も、その日の食も、あまつさえ妻子の命すらも失うに至るかも知れぬ。人間、家、妻子を失い、路頭に迷うほど悲しいことはないものだ。この名城が健在のうちはにわかに手をだす敵もないが、この破損がうちつづけば、敵を誘う元となる。つまり、敵が押しよせるか、押しよせないかは、お前らの働き一ツというわけだ。さればこそ、殿もその方らを力とたのんでおられるによって、こうして酒肴を下さったのだぞ。まことによく働いてくれてオレも厚く礼を申すぞ。またその方らの働きはその方らの妻子が戦火の厄をまぬかれ路頭に迷わぬため、その方らの流す汗が妻子の命の杖とも柱ともなっているのだぞ。それ、精がついたら、もう一息、

働いてくれ」

ニッコリ笑ってこう励ますと、職人たちの多くは理にうたれて感動し、よし働こうという気持がたかまった。今までと打って代って、身を入れて工事にかかりだしたから、シメシメとほくそえんだ猿はまた頃合を見はからって拍子木を鳴らし、一同を集めて、サッと扇をひらいて高々とかざして一同に煽《あお》ぎかけて、

「皆の者。イヤ、実にどうも大変なことに相なったぞ。お前らがあまりよく働いてくれるから、殿様が二百貫文の朱印を下された。それ、ありがたくちょうだいせよ。あっぱれ、あっぱれ、あっぱれ」

朱印を与えた。当時は百貫文で、米が百二十石と九斗一升五合ばかりに当っていたそうだ。いまは米一升が公定で約百円だ。すると一石一万円。二百貫文で二百四十万円という額になる。実にどうも貰う方でも呆れて口がふさがらないような大枚な額である。三百人の一人割にして八千円だ。いかに九郎次郎が鳴海城主の倅でも、こんなケタの外れた大金はにわかにうごかせるものではない。人の思いもよらない大ゲサなことをやらかすのは秀吉生涯の得意の芸で、余人のマネがたいところであったが、そのハシリの現れたのが、この二百貫文。猿めどう始末をつけるつもりか余人に見当のつくはずがないが、たぶん猿自身も見当があってのことではなかろう。しかし猿は詐欺師ではない。必ずなんとかする気持だけは確実にあるのである。必ず実行してみせる自信もあるのだ。終生それを偽らなかった。けだし秀吉が人

に愛されるユエンである。

人なみに働いたばかりに二百貫文の朱印ときたから、職人は今度こそ心底から感動して働く気持になった。どんなことがあっても三日のうちに工事をあげて恩にこたえようという激しい気持がかたまったのである。エイヤ、エイヤ、と汗水いとわず、泥にまみれて、ワキ目もふらずに働きだす。日の暮れをみて、拍子木をならし、

「もう今日はそれでよいぞ。ヤ、実によく働いてくれたな。感謝カンゲキ、雨アラレだ。それ、また殿様から酒肴がでたぞ。大いにのんで、疲れを休めて、明日はまた大いにやってくれ」

またまた自腹をきって酒肴をもてなしてやった。

翌日はたいへんである。早朝から秀吉の下知もないうちに働きだした者もある。午《ひる》までに工事の半分ちかくが終ったから、秀吉はここぞとまたまた拍子木、

「オーイ、集れ。ヤ、もう、皆の働き、オレはもうホレこの通り、涙がさッきから一升五合も流れた始末だ。ところでな、実にどうもおどろいた殿様だな。お前らがあまりよく働くというので、またまた二百貫文の朱印がでたぞ。城は国の守りとはいいながら、なんとまアよくして下さる殿様か。オレも有がたくて仕様がないわい」

「へーイ。そうですかい。なんてえまア。オーイ。さ、やろうぞ。なアに、ヒルメシなんぞはヌキでいいや。それ、かかれえ」

感激の一同、何馬力かの機械のようにうごきだした。日がくれたから、拍子木をならし、

「ヤ、御苦労であった。よく、やってくれた。おかげで、三日で充分に上るな。そこでまた殿様から酒肴がでたから、充分にやって疲れを休めてくれ」

酒ダルをデンとすえて、膳をだしてやったが、一同見向きもしない。

「まだ仕事のキマリがわるいや。タイマツをつけろやい。足場の仕事はキマリのつくまで仕上げなくちゃアいけねえ。夜食の酒をたのしみに、それ、やろうぜ」

とタイマツをつけて夜の仕事にうちこむ。自らすすんで打ちこみだしてしまった。

三日目の日の暮れないうちに工事は入念に仕上った。壁の上塗りだけが残ったが、これは荒壁が乾いた上での仕事であるから、残るのが当然。

信長はおどろいた。今度ばかりは猿めも失敗して多少は慎しみも知るだろうと思っていたのに、わずかに三日、しかも入念な仕事が見事に完成しているのであるから、心底から感嘆するに至ったのである。人によっては薄気味わるいほどの超人的な手腕であるが、猿には邪気がミジンもないので好もしく、またたのもしい。信長はただちに百貫文の加増を与えた。猿め、手形をランパツしていることだから、さすがに心労していたが、百貫文加増に天の与えと膝すりよせて、

「実は、その、百貫文の加増はありがとうございますが、それは二三年もらわなくともよろしゅうございますから、差し当って二百貫文いただきとうございます」

二百貫文の現金をもらった。これをすぐには職人たちに与えない。四五日すぎて、職人たちも、もうくれねえかな、サイソクもできないし、と思いはじめたころ、各棟梁をよびあつめ、

「殿様から、まず一枚の朱印、二百貫文の現金を下しおかれた。いずれはあとの朱印の二百貫文も差し下さるに相違ないが、オレが思うには、それではあまり過分にすぎて殿様に申訳ないような気がしてな」

「ヘーエ。そうですとも。二百貫文だけでも過分の上にも過分でございます。あとの二百貫文などお貰い申しては、もってのほかで。なア、オイ。一枚の御朱印はお返ししようじゃないか」

「むろんだとも」

と各棟梁、あとの朱印は秀吉に返し、大よろこびでひきさがった。

信長はケッペキにすぎる人だ。ちょッとの不潔なキザシにもアレルギー反応を起す男だから、百貫文の加増を二三年辞退して現金二百貫文ちょうだいと云った時内々気をわるくした。しかしやがて事実がわかると、秀吉の大胆さと正直さにビックリしたのだ。自腹を切った酒肴の代だけでも常人のなしがたいところだからであった。むろん、かくて仕事に実績がともなわなければ愚かなことだが、めざましすぎる実績でもあった。

その七　ニセ手紙

山口九郎次郎は猿めが三日で石垣の破損を修理してしまったから、非常に困った立場になった。三日や五日の遅延とはちがう。人が三日でやりうるものを、二十日もかかって工事らしい工事もしていなかったというのでは誰の目にも怪しく見えるのは当然だ。しかも猿めと同じ数の人夫を使ってのことであるし、その人夫どもが忙がしそうに板囲いを出たり入ったりしてのことで、その板囲いを取りはらってみると殆《ほとん》ど工事は手つかずとあっては、ただの怠慢ではすまされぬ。余人には板囲いの内部が見えなくとも、修理奉行の九郎次郎はその内部に毎日立会ってのことであるから、人夫の怠慢ではなくて彼自身の怠慢、つまり作為の怠慢と認められるのが当然だ。どんな薄馬鹿でもそう気がつくのが当然だ。

脛《すね》に傷もつ九郎次郎は連日安き心地がない。信長からなんのお叱りもないのが、なお怖しくてたまらない。修理奉行を命ぜられたとき、さっそく父左馬之介のもとへ密使を送って、修理をおくらせますから今川義元の兵を出させなさい、いまが好機ですとつたえさせた。父からも返事があって、その旨今川につたえたと云ってきている。猿めのために全て手ちがいに終ったが、今となっては口惜しさよりも怖しさが先にたつ。

彼も鳴海城主の倅であるから、人質にくるとき侍臣も少からずつれてきている。いままではそれらの侍臣たちをつかって大ッぴらに父の城と往復させてレンラクができたが、いまではそれができなくなった。侍臣をだせばさては密使だなと捕えられて事がバレやしないかと、脛に傷もつ身の怯えはつきない。

その様子を見てとってニヤリと満足したのは秀吉だ。奴めいつかは密使をだす。必ずひッとらえてスパイの証拠を握ってやるぞと日夜警戒を怠らない。こういううるさい私設秘密タンテイにつきまとわれては、九郎次郎も運のつきであった。

九郎次郎は自分の家来が密使にだせなくなったから、信長の足軽で長次という者を手なずけた。これを見てとった秀吉が、さてはやるな、と長次の外出を待ちかまえていると、ある日長次が旅装をととのえて城門を出ようとするから、呼びとめて、

「コレコレ、長次。どこへ行く」

「ヤ、これは小猿――ではなかった、木下の旦那で。オフクロが急病で飛脚の知らせがありましたから、生れ故郷の犬山へ行って参るところで。組頭の許可証もございます」

「それはちょうどよかった。ついでにオレがたのみたいことがあるから、ちょッとオレの長屋へ来てくれ」

自分の長屋へつれこんだ。いきなり組みしいてひッ捕え、ナワをかけてしまった。荷物や全身を改めると、着物のエリにぬいこんだ手紙があらわれた。長次は九郎次郎の家来でないのだから、左馬之介がニセ使者と疑ぐるかも知れない。口頭で伝言ができないから、書面で直々書き送らねばならない。これが九郎次郎の運のつき。

秀吉は長次をガンジガラメにして押入へほうりこんでおいて、さて勤めにでたが、彼はまだ殿様に自分の方から対面をお願いできるような身分ではなかった。偶然の機会によって修理奉行に任命されるようなことがあったが、実際の身分はまだ甚だ低くて、行列に加わる時でも馬上はゆるされない。足で歩かねばならぬカチザムライ。しかし、さいわい、殿様の小用をうけたまわる役目であるから、控え室へ参って同僚に向い、

「殿様はどうしていらッしゃる？」

「なんだ、キサマ、今ごろまでどこをうろついていたのだ。ちかごろとんと出仕しないじゃないか。猿の本性、あらわれたな」

「オットット。モシ、モシ。殿様がお茶をお上りになるので？」

「そうだ」

「そうですか。では甚だすみませんが、私にたてさせて下さい」

「キサマ、お茶をたてることができるか」

「それは、もう、かねて学んでおります。殿様のお好きなものは家来も必ず学んでおかなければなりませんな。これが私の流儀でございます。師匠も殿様と同じでなければならない。よい家来になるにはお金のかかるものですな」

「生意気なことを云う奴だ。ではたててみろ。不手際の場合はゆるさぬぞ」

「まア見てらッしゃい。よい勉強になりますぜ。モトデがかかっているから風格がちがって

いるのだが、さてこの風格がおヘタの方には見分けができないものでしてな」

猿がお茶をたてた。信長は二十すぎるまでガキ大将の悪童であったが、富田の正徳寺で道三と会見の際にはじめて侍の正装をつけて以来、一変して伊達男になった。趣味もガラリと変って、謡曲にこる。茶の湯にこる。小唄をやる。信長の好きな小唄は「死のうは一定しのび草には何をしよぞ一定かたりおこすよの」というのである。着物や身のまわりの道具類にもこって甚しくダンディになってしまったのである。

そこで猿は信長ににせた。なんでも主人に似なければならないというのはたしかに同類同様この猿にも持ち前の流儀で、茶の湯などにもたしかにモトデをかけて充分に学んでいたのである。

猿は茶をたて終ると、まず自分で一口ゴクリとのんでみて、

「ウム、うまい。これなら殿様に差しあげてもよろこんでいただけよう。さ、どうぞ、お持ち下さい」

「キサマ、殿様に飲み残しを差しあげるつもりか」

「ヘエ、これが私の流儀ですから仕方がありません。さア、さア、どうぞ」

そこでこのお茶が信長の前に運ばれる。信長はこれを飲んで、

「ウム。うまかったぞ。今日は格別よい風味であった」

「左様でございますか。実は小猿めがたてたお茶でございます」

「小猿が茶の湯を心得ているのか」

「師匠も殿様と同じだと申して威張りかえっております。それにつきましてお耳にお入れ致しておきますが、小猿めはこれが流儀だからと申して、まず自分で一口飲んでから、殿様に差し上げたのでございますが」

「オレに飲み残しをくれたのか」

「まさしく左様でございます」

「奇怪な奴だ。猿をこれへひッたてて参れ」

ところが、これが猿の計略。殿様の前にひッたてられるのが彼の目的なのだ。計略図に当ったと猿は心によろこび、ニヤリニヤリとひッたてられてきたから、信長は怒髪天をついて、

「主に飲みのこしを与えるとは憎い奴。それへ直れ。手討《てうち》にいたすぞ」

「左様でございますか。尾張一国の小大名で終るおつもりなら猿の首をおはねになって結構ですが、天下をお望みでしたら猿を生かしておかれる方がよろしいようで」

「生意気申すな」

「私が飲みのこしを差上げたわけを申上げますから、何とぞお人払いをお願い上げます」

「ようし。返答によっては生かしておかぬ」

信長は侍臣一同を遠ざけた。猿は膝をすりよせて、

「さて、殿様。猿が味をみましたのは毒見の意味。殿様の四隣はみな敵ばかり。この城中に

は諸国のスパイがはいっております。いつ万一のことが起るやも知れませぬので、猿めは何事につけてもまず毒見の心得でお仕え致しております。しかしながら本日わざと毒見を致しましたのは、こうして殿のお叱りをうけてひッたてられ、殿と直々お話しの機を得たいものだと企んでのことでございます。さきに山口九郎次郎が城の修理を怠りましたのは今川義元の兵を手引きいたすため。彼は今川方のスパイであります」

「こざかしいことを申す奴だ。忠義顔をしすぎると、見苦しいものだぞ。まして人をスパイと申して中傷いたすからには、確かな証拠があっての上でなければならぬ。その証拠がなければ、その口を八ツ裂きにしてやりたいほど見苦しい」

「もとより証拠がなければかようなことは申上げられるものではございません。実はこれこれかようかようの次第で、長次をひッとらえ、着物のエリにぬいこんでおりました手紙を見つけだしましてございます。これが山口九郎次郎が父左馬之介に当てた密書でございます」

と差しだした。読んでみると、今川義元の兵を引き入れるためわざと修理を怠っていたところ秀吉に見破られて裏をかかれ、どうやら家中一同からスパイの疑いの目で見られるような都合のわるい立場になった。早急に事を起さないと自分の命も、また父の命も危いかも知れないから、至急今川の攻撃をうながしてもらいたい。笠寺の戸部新左衛門が信長を裏切り、今川の味方についているのは確実で、決して信長と気脈を通じて狂言をやってるわけではないから、笠寺を拠点にすれば清洲攻略は容易であろう、という意味のことが書きしたためてあった。

　信長はこれを読み終っても別におどろいた様子もなく、

「その方の機転、御苦労であった。長次をひッとらえたことは、まだ九郎次郎には知れておらぬな」

「知れる気づかいはございません。ちゃんと猿グツワもかませて押入れにほうりこんでおきました」

「それでは明日長次を鳴海へ行かせることにしよう。長次に持たせる別の手紙をつくってくから、キサマ明朝とりにこい」

「ハア、別の手紙で。しかし、子と父のことでございますから、偽筆を見破られる心配があると思いますが」

「九郎次郎の偽筆は去年からそれを仕事に稽古している者がいるのだ。キサマの心配することはない」

「ハ。左様で。どうも、お見それいたしました。さすがにうちの殿様はすごいな。それにつきまして殿様にお願いがありますが、明朝猿めにその手紙をお渡し下さるときに、猿めを茶室へよんで下さいませ。茶の湯というのは便利なもので、大名と乞食がただ二人サシでたのしんでも、それが風流の道、人に怪しまれないものでございます。余人をさしはさまぬ密談にはこれほど便利なものはございませんようで」

「なるほど。マメに気のつく奴だ」

と信長も呆れたのである。茶の湯のこの利用法は秀吉が一生愛用した方法だ。後年のことだが黒田官兵衛（如水）が秀吉の幕下についたとき、当時彼はまだ至って泥くさい田舎侍で、茶の湯とか風流の道を軽蔑し、ただもう兵法や国家経営を論じて堅いことばかり云っていた。ある日、秀吉が官兵衛を茶室へよんだ。官兵衛は仏頂ヅラで茶室へ現れて、

「手前は一向に無風流で、兵法のほかには何の慰みも持たないことは御存知のはずと思いますが」

「アハハ。どうも青くさい奴だな。これ、官兵衛、室内を見まわしてみろ」

「ハ。とんと気に入りませんな。茶室普請はキザなものだ」

「キサマ、この部屋の中にいるのが、オレとキサマ二人きりということが分らんか」

「別にフシギはありませんな」

「茶の湯というものは関白と乞食がサシでたのしんで怪しまれぬものだ。余人をはさまぬ密談にこれほど便利なものはない。さて、ほかでもないが、小田原を攻めるについて、キサマの兵法がききたいのだ」

これには官兵衛もおどろいた。なるほど、天下は宏大だ。考えが卑小で窮屈ではダメだ。利用できるものはなんでも利用する。それには諸芸、遊芸でも身につけるものが多いにかぎると気がついた。そしてそれから心を入れかえ、大いに伊達者になったのである。秀吉はそ

もそも茶の湯をやりだした時から、この利用法に目をつけていたのである。

さて、翌朝茶室で信長から偽筆の手紙を受けとった秀吉は、これを長次の着物のエリにぬいこんで、長次のいましめを解き、

「さて、長次。キサマ、父母や妻子はあるか」

「ハイ。故郷の犬山に父母も妻子もありますが、どうか命ばかりはごかんべん下さいまし。心を入れかえます」

「君恩を裏切り山口九郎次郎の手先きとなるとは憎い奴、当然キサマの一命はおろか父母妻子に至るまで死罪はまぬがれないところであるが、オレの命にしたがえば助けてやる。キサマ、これから鳴海へ行き、山口左馬之介に密書を渡すのだ。それがすんだら、犬山へ戻って元の百姓になれ。よいか。この命令を守らないと、犬山へ押しかけて行って、キサマはおろか父母妻子も殺してしまうからそう思え」

「命をお助け下されば必ずお言葉のように致します」

こうして長次は秀吉の命令通り、密書を鳴海へ届けた。左馬之介が読んでみると、城の修理を怠けたのがバレて人々に疑いの目で見られるようになったから早急に手をうってくれというところまでは九郎次郎のホンモノの手紙と同じであるが、そのあとに、笠寺の戸部新左衛門が今川方についたのは信長としめし合せた計略で、彼は信長に密使を送ってレンラクしているのだから御用心下さい、ということが書いてある。

笠寺は鳴海よりももう一歩信長領内へ前進しているから、これが今川についたのは信長にとって目の上のコブだ。おまけに戸部は左馬之介よりも智略にたけた名将でもあるから、これが敵方についていては信長も心痛だ。そこで戸部を破滅せしめるために、こういうニセ手紙を書いて左馬之介に送った。

左馬之介は伜の手紙が偽筆とは知る由がない。さては戸部の裏切りは信長の計略であったか、一大事とばかり、さっそくその伜からの手紙を同封して今川義元に報告した。

その八　バカ足の適役

一方信長は猿を茶室へよんだ。猿が行ってみると、信長一人と思いのほか、猿におとらぬぐらい風采のあがらない男が一人同席している。見たことのない顔だ。

「この者は笠寺城に足軽奉公をいたす半田小助と申す者、オレの諜者だ。今川はかねて戸部新左衛門の内通がオレの指金《さしがね》ではないかと疑って、笠寺と天白川の中間、大蛇嶽に砦を築き今川譜代の岡部五郎兵衛に守らせて、実は戸部の行動を監視させているのだ。小助。その方から監視の状況を小猿に語ってきかせよ」

「さればです。街道筋は誓願寺はじめ戸部村の諸所に監視所があって往還の者を改めておりますが、笠寺城と大蛇嶽の間、桜村を通って天白川上流を迂回する抜け道があるのです。わざとこの抜け道だけ放置して、尾張と笠寺城をひそかにレンラクする者の有無をたしかめ、監視しているわけです。怪しい者が通れば突然物陰から役人が現れて訊問いたします」

さて信長は猿に向い、

「キサマ、足が速いな」

「馬のように人を乗せて走れないのがタマにキズで。私には心臓破りの丘というのがございませんので」

「キサマ今夜変装して桜村へもぐりこめ。この振り分け荷物をぶらさげて行け。夜が明けそめたら抜け道を通って尾張へ向って歩きだすのだ。途中役人が現れて訊問したら、役人をはり倒して、荷物をすてて逃げてこい。もしも逃げそこなってつかまったら、知らぬ存ぜぬとシラを切って死ななければならぬ」

「おやすい御用で。逃げたが最後つかまらない性分でございますから御安心下さいませ」

「見破られないようにしろ」

「心得ております」

猿はよろこんだ。こういう役目が大好きなのである。足は大の自慢、つかまえられる心配がないから、気楽なものだ。旅商人に変装し、振り分け荷物を肩に、その晩、闇にまぎれて桜村へ忍び入り、小さなホコラで一夜をあかした。夜が明けそめるのを待って、握り飯をパクつきながら、尾張へ向って抜け道を歩きだした。いかにも旅なれた商人らしい足どりでス

タスタと歩いていると、森陰から三人の侍と足軽らしいのが現れて、

「待て」

「ヘエ。およびでござんしたか。小鳥のさえずりに心をうばわれておりましてな。本日はどうも結構なお天気でございます」

「いずこの者だ」

「生れは八幸村でござんすが、鳴海の商人で、長脛《ながすね》の勘次と異名をとった天下名題《なだい》の律義者、私の商いは値の安いのが無類でござんす。これを御縁にゴヒイキにお願い致します」

「見たところ人よりも脛が短いじゃないか」

「そこが素人のあさましさ。私がサシワタシ四寸五分の握り飯を三ツずつ日に三度食べれば一日に二十五里歩きます。これが四ツずつ日に三度なら三十里、日に四度なら三十五里、日に五度なら四十里。天下名題のハヤテ足、その名も高い長脛の勘次」

「きかない名だな。どこへ行く」

「都へ仕入れに参ります。大金を持参しておりますからどうも物騒で。お役人の御様子ですから安心して申上げますが、金の重みでこッち側のワラジがすりへるほど重とうござんす。しかし、なんですな、金の重みはわるい気持ではありませんな。オットットット。どうも、身体がこッちへ傾く」

「ペラペラとよく喋る奴だ。荷物の中を改めるから、あけろ」

「金は荷物の中にはございませんよ」

「金を改めるのではない。役人をなんと心得るか。はやく、あけろ」

「こまったなア。中身は下帯その他着代えの物なんで。センタクは行きとどいておりますけれども、お見せするほどの物じゃゃない」

「あけろと申すに」

「弱ったなア。フンドシだけは人に見せてくれるなと女房が泣く泣く見送って申しましたので」

「察するに、キサマ、怪しい奴だ。役人の命にしたがわず、言を左右に、荷物をあけぬとは奇怪な奴。オーイ、御同役、あつまれ、怪しい奴をひッ捕えたぞ」

「怪しかアないよ。鳴海へ行ってきいてごらん。ハヤテ足の律義者、その名も高き長脛の勘次」

森の奥から御同役が六七人現れて集ってきた。中に一人、鉄砲をぶらさげたのがいて、火ナワに火をつけてふっている。

「コヤツ、荷物をあけろと申すに、言を左右にしてあけません。キサマがあけなければ、当方であけて調べる。荷物をだせ」

「あなた方があけようたって、この荷物の結び方は長脛流の極意の結び。なかなか素人にはあきませんや。この極意を人に見破られるのが残念だから、なおさらあけたくないんですが、そうまで仰有《おっしゃ》るなら、どうも仕方がありません。この極意の結びをとくには、まず呪文を唱えて、ヒイのフーのミーの……」

猿はとたんにヤッと一声、人垣をすりぬけて、まず鉄砲をひッたくって投げとばし、荷物を抱えて逃げようとする。とたんにつまずきかけてポロリと荷物をとり落す。

「シマッタ！」

立ち直って荷物をとりに戻りかけたが、すでに役人がせまってくる。

「ウーム。残念」

ふりむいて一目散に逃げだした。その速いこと。たちまち森の彼方へ消え失せてしまった。

「なるほど長脛の勘次か。はやいヤツだ」

「しかし荷物を落して行った。あけてみよう。ゲゲゲッ！　本当に下帯だ。おまけに汚れている。ベッベッベッ！」

フンドシをつまんで投げすてると、中からポロリと落ちたものがある。とりあげてみると、奉書に包んだ書状。上書に織田上総介殿、戸部新左衛門とある。戸部から信長へ宛てた密書だ。

役人はさっそくこれを大蛇嶽の砦へ持ち帰って岡部五郎兵衛に差しだした。読んでみると次のような怖しいことが書いてある。昨今今川義元は内政多事多端で早急に西上をいそぐことができない状勢にあるが、なるべく早期に西上をうながすよう努力する。そして義元西上の節は笠寺鳴海の線まで引き入れ、山口左馬之介と呼応して大軍を袋の鼠とし一時に全滅させる計、すでに山口左馬之介とは充分に打ち合せてあるから御安心を乞う、という意味の文面だ。つまり戸部だけがニセの裏切りをしているのでなく、山口左馬之介も実はニセの裏切り、ニセの内通をしているのだ。

「ウーム。そうであったか。ヤ、危うい ことであった。山口も戸部も以前は織田家切っての忠臣とうたわれた奴ら、さもあろう。戸部新左衛門は天下の能書とうたわれる男、いつもながら実に見事な筆蹟。この手はまねることのできないものだ。さっそく義元公にお届けして、成敗してしまわなければならぬ」

岡部五郎兵衛は至急今川義元に報告した。岡部の云ったように、戸部新左衛門は音にきこえた能書。ところが信長は偽筆の専門家を雇って、誰にも知られぬようにいろいろな筆蹟を研究練磨させている。寸分たがわぬ偽筆を仕上げることができるような用意をととのえ終っていたのである。

今川義元はそんなこととは知らないから、カンカンに怒ったが、たしかに彼は当時内政多事であった。山家三方《やまがさんぽう》の叛乱に手をやいていた。山家三方とは田峰の菅沼氏、長篠の菅沼氏、作手《つくで》の奥平氏。いずれも有力な豪族で、それにしたがう一族いずれも精兵を有し、この叛乱は義元のフトコロに火がついたようなものであった。

そういう多事な時であるから、表向き事を荒立てるわけにいかない。そこで戸部新左衛門に使者を送り、折入って対面したいことがあるから御足労を願うと、非常に鄭重《ていちょう》に申入れた。

そこで戸部がよろこんで出向いてくると、義元は家臣に命じて、

「駿河まで近づけるに及ばぬ。途中で首をはねて持ってこい」

吉田でひッとらえ、有無を云わさず首をはねてしまった。

一方山口左馬之介。戸部の裏切りを密告したところ、まさに戸部が首をはねられたから、いよいよ自分には恩賞の番。そろそろ使者が来そうなものだが、と待っていると、岡部五郎兵衛が武者をつれて公式に訪問して、

「このたびは戸部の裏切り、報告ありがとうござった。さっそく誅を加えましたが、イヤ、危ういことでござった。戸部にひきかえ、貴殿には、変らぬ忠節の数々、お屋形さま（義元のこと）にはことのほかのお喜びでござる。貴殿を駿河へ招じて労をねぎらい礼を云いたいと申されるにより、特に美々しく行列をねって駿河へ参向ねがいたい。なお、貴殿の留守中は拙者が当城をまもるようにとお屋形さまのお言葉でした」

左馬之介はよろこんだ。恩賞は何だろうかと胸にえがき、云われたように特に美々しく行列をねって道中する。沿道の人々はまさか死出の旅とは知らないから、

「鳴海の山口が多年の功によって感状をいただきに行くのだそうだ。どうだい、いかにもそれにふさわしい立派な行列じゃないか。笠寺も山口がいただくのだろう」

などとささやきあっている。それが耳にはいるから、実にいい気持だ。

ところが駿河に到着、城へ挨拶にのぼると、いきなり搦《から》めとらえられ、義元の対面にも及ばず、申開きにも及ばずと、その場で切腹させられてしまった。

その九　老臣の嫉妬

信長の計略成就して山口戸部の良将を殺してしまった今川義元は国内の治安もどうやらおさまったので西上の準備にかかりはじめたとの情報があった。

柴田、佐久間ら譜代の家老、これはもと信長の弟づきの家老であったのだが、のちに信長を見直して信長につき重用されている。しかしながら信長の悪童時代に手をやいて大馬鹿者よと軽蔑しきっていたのが一応見直したという程度であるから、まだ信長の真価を知らない。今川勢は五万、織田勢は五千、しかも今川勢には戦わずして道筋の大名の多くが和をもとめ協力することも分っているから、信長が戦えば必ず負けるときめている。今川西上の際は道筋に当る他の諸侯同様に和を乞い協力するのが上分別ということを各々信長に進言した。

ところが小猿の奴が軽輩の身にもかかわらずしきりに主戦論を進言し、戦争準備にかかりましょうということを折あるごとに主張する。それというのも山口戸部の件で小猿の奴も一働きして家中の評判もでてきたから、うぬぼれているなというように柴田、佐久間らは考えた。

彼らは秀吉が信長を非常によく理解していることを知らない。彼は信長の馬のクツワをとって遠乗りや鷹狩りについてまわった時から信長の流儀を見ぬいていた。つまり日々の遠乗りや野荒し鷹狩りの遊楽も実はいざ戦争というときのために地形をしらべているのだということを気がついていた。どこの山にどんな木が何本あってどこに穴ボコがあるかというようなことまでみんな知りつくしているし、道の遠近、川の深浅、所要の時間、領内のあらゆる山野にわたって掌をさすように調べあげているのである。どの山からどの木を何本きりだせば応急に柵をつくるに間に合うかということなぞもみんな調べあげている。

信長は和を乞うて敵に道をゆずるような人ではない。今川が攻めてくれば必ず戦う覚悟で何年も前から、否、おそらく少年時代からその用意をしていた人だ。なぜなら彼の父信秀が天下に名をあげ尾張の国に第一人者の位置を占めるに至ったのが今川の大軍を小豆坂に迎え撃ち小勢をもって見事に撃退してしまったからである。信長はその父が眼中になかった。父の葬式にわざとハカマもぬぎふだん着の悪童姿でズカズカと葬場にのりこみ、大刀のソリをうたして胸をはり頭をさげるどころか香をつかんでクワッと位牌に投げつけた。父なにするものぞである。小なる尾張一国にモタモタと天下の大にはおよそ縁の遠い父の如きは問題ではない。その父信秀すらも今川を迎え撃って勝利をしめているのである。今川の大軍を撃破するのは信長生れながらの宿命だ。それなくして生れた意味もないのである。

信長は茶センマゲの少年時代から今川を破り、また父のなし得なかった美濃を破って西上することを心に期していたのである。日常の生活は全てその反映であった。今日に至るまでそうである。信長に近侍していた小猿はそれを知りぬいていた。信長の決戦準備は完了しているのだ。敵がこの道をきたらこう、あの山越えならばこう、また回り道ならばこうと、あらゆる場合の作戦がとっくにできているはずだ。オレならばその時はこう、あの時はこう戦うが、信長公はどう戦うであろうかと秀吉も大いに決戦の日をたのしみにして待ちかねているような次第。そこで信長にせっせと戦争準備を進言する。万人がためらってもこの一戦に限って後へひく信長でないと見ぬいての上で、主に喜ばれることを云うのは彼の特技でもあった。

そこで柴田佐久間らは額をあつめて相談した。小猿の奴めが増長し図にのってまことにうるさい。戦えば必ず負ける戦争にかりたてる小猿めの存在は織田家滅亡の端なるべし。それほどの大物ではないが、とにかくうるさいウジムシだから、小猿めをこらしめて、二度と大言壮語のできない目にあわせなければならない。

そのころ小猿めは人にかくれて習字の練習をしていた。字を知らぬことには、この男の首をはねなさいという手紙をもってノコノコ殺されに行くようなバカな目も見なければならない世の中であるから、文字も侍の心得のうちと殊勝な心を起して人にかくれて勉強しているが、大きくなってからの学問というものは頭が先にたつばかり手がこれにともなわなくて不便なものだ。理論とちがって、文字というものは符牒にすぎないから、ややこしいばかりで手に負えない。小猿めようやく仮名だけはマスターしてミミズが慌ててはねまわるような字を威勢よく書きとばすことができるようになった。

柴田が佐久間に云うには、

「拙者は猿めの書いたものを一見したことがあるが、ヤ、仮名ばかりで、漢字というものは一字も知らぬらしい。奴め小ざかしいことを申したてるが、実は軍書が読めないに相違ないから、正しい理論の心得がないにきまっておる。若手の中では平手監物《けんもつ》が兵書の奥義に通じているから、殿の面前で正式に問答させて赤面させてやろうじゃないか」

こう相談がきまった。平手監物は信長の家老平手政秀の次男だ。平手政秀には三人の子供があったが、彼らは名馬を所有していた。信長にそれをねだられたけれども拒絶したので大そう信長の怒りをかったことがある。また政秀は信長を育てた忠義一途の功臣であったが、悪童ぶりに手をやいて、切腹して諫《いさ》めている。父も子も信長のために悲しい憂き目をみているのである。政秀の遺児のうちでは二男の監物が特に父の教えをうけて兵書の奥義に通じていたから、これと小猿めを対決させて小猿めをギュウという目にあわせてやるのは、いわば信長にもよい見せしめ。柴田、佐久間らはこういう肚《はら》だ。そこで柴田は信長に目通りして群臣の前で云うには、

「木下藤吉郎と申す小僧は発明な奴で一見何かと小利口な立ち居振舞いを致しますが、文武は車の両輪の如しと申しまして、武あり、また才覚がありましても、文の心得がなくては、

車はうまく廻らないものでございます。こういう小ワッパの小才覚や口車にのせられますと、いわばこわれた車にのせられているようなもので、イヤ、危ういことでございますなア。文の心得がなくては六韜三略《りくとうさんりゃく》の深意を解することができません。しかし、文字を習い覚えてそれから六韜三略を味読するというのでは先が遠すぎて間に合いませんから、至急猿めに軍書の手ほどきをしてやりたいものでございますな。つきましては若手の中では平手監物が兵書の奥義に通じておりまするので、猿めへ手ほどきを頼み入りましたところ、監物が答えまするには、猿にもウヌボレがありましょうから、まず兵法の問答を戦わせまして猿めが負けたら入門させるように致しましょうとの話。まことに尤も千万な言い分ですから、両名を召し出して問答致させましては」

毒のある言葉。柴田めヤキモチをやいているなと信長は察したが、猿めのためにも兵書問答は無役《むえき》ではないかも知れぬ。これも一興と信長は両名に問答を命じることにした。信長も人がわるい。猿めをよんで、

「キサマが負けると、平手が兵法の奥義を教えてくれるそうだぞ。タダで兵法の奥義が習えるなら大そう結構だ」

「ヘエ。ありがとうございます」

「だが、散々に負かされるのもザマのよいものではないから辞退するなら今のうちだ。無理にとは申さぬ。カブトをぬいではどうだ」

「とんでもない。実は文字の勉強に音をあげていましたところで、文字を習わずに六韜三略が伝授ねがえるならこの上もないことで。タナからボタモチでございます」

猿は太平楽なことを云って、軽く引きうけたから、いよいよ問答することになった。

その十　菊水の陣

当日になった。まず平手監物が藤吉郎に向って、

「不肖短才の身をもって論を戦わし、勝てば兵法の伝授などとはおこがましいことでありますが、兵法をもって殿に仕える身であってみれば論を戦わすのも主君のため、またわが身の鍛錬修業のためでもござろう。足らざるところを助け合うの気持で遺恨なく一問答致そうではございませんか」

「これはどうも痛みいりましたお言葉で。ごらんのように私は小男で力もなく組打ちになれば必ず負けると覚悟をいたしておりますし、また石頭で、ちかごろようやく仮名が読めるようになりましたが、仮名で書いた兵書というのはありませんのでな。戦争になったら一か八か、行き当りバッタリの考えで、一向に勝算はありませんな」

「兵書はお読みになりませんか」

「ヘエ。まだ一冊も読んだことがございません」

「しかし、古来の規矩《きく》、法について心得がおありであろう」

「どう致しまして。何一ツ心得ません。ただもう自分の発明をたのみに一か八かの合戦をいたす考えでおります」

「さてさて、危ういことでござるな」

「まことに危ういことでございます。どうも仕方がありません」

猿めは頭をかいている。これを見て、猿め戦わずして白旗をかかげたな、と解した柴田勝家、満座を笑わせて態よく猿めにごまかされてなるものかと、気色ばみ、藤吉郎をハッタと睨まえて大音声。

「これ、藤吉郎。キサマ常日ごろ利口ぶり、弁説を弄して老臣の評定《ひょうじょう》を破りがちであるが、一冊の兵書も読んだことがないとは奇怪な奴。兵書は万代不変の規矩を論じたもの、されば兵書を万代不易の軍師と申す。規矩の心得もなく兵を論ずるとは憎い奴。当家を危くする奴だ」

「御当家を危くするなぞとは、とんでもない。危いのは私のイノチだけでございます。第一、あなた、兵書兵書と仰有いますが、支那に於ては孫子呉子、日本に於ては楠子《なんし》、ずいぶん昔のことでありますな。規矩と申したところで、時代が違えば応用もちがうものでございます。私は規矩は知りませんが、万事が応用で、器にしたがい、様相にしたがって千変万化でございます。兵書には暗うございますが、一向に不自由致しませんな。アッハッハッハッハァ」

と素ッ頓狂な大声で笑いたてた。柴田勝家は満面に朱をそそいで立腹した。

「陣立て、隊伍の進退、すべて法によって行うものであるが、キサマ、それができると申すのだな」

「ヘエ。六韜三略流にはできませんが、木下流にできると申しておりますので」

「しからば実地に於て検分いたす。殿よ。猿めがあのように申しております。この上は両名にそれぞれ五百名の士卒を附し、軍隊の指揮をとらしめて勝敗を定めてはいかがでございましょうか」

柴田の言葉によって信長も同意し、外曲輪《そとぐるわ》の広場に於て実地に技を闘わせることになった。

両軍はそれぞれ五百名。双方とも二尺八寸の木刀を持ち、鉄砲にはタマをぬき、弓は弦をゆるめて矢ジリをとりのぞいたものを用いることに定めた。

監物まず軍扇をあげて左右をさしまねき隊伍をととのえ整々と陣列をたてた。兵士の進退手足の如く、瞬時にして見事な堅陣。監物は進みでて、

「木下どの。この陣列の名は御存じでござろうな」

「知りませんねえ」

「はてさて、これを御存じないか。兵法の初歩に習うイロハでござる。楠正成の菊水の陣でござるよ」

「ア。そう、そう。楠正成の菊水の陣。そう思っていました」

「それは卑怯な云い方ではないか。さっきは知りませんと申したはずだが」

「イエ、とんでもない。菊水の陣なら知っています。しかし名前は銘々違うことがありまして、あなた流の名前があるかと思いましてね」

「重ね重ね卑怯な言い訳。それではこの陣立てを破ってごらん」

「お易いことで。しっかり防いで下さいよ」

藤吉郎は大沢主水と浅野弥兵衛を招き両名に百名ずつ引率させて左右両翼をはらせ、自分は三百騎を率いて正面に構えた。この三百騎を三手にわけ、最前列に鉄砲百騎、次に弓百騎、次に槍百騎、波状をなして次々に正面から射ちくずし突きくずす。槍組がひけば鉄砲組弓組が二のタマ二の矢の用意を終って射ちかかる、また槍組が突きかかる。入れ替え引き替え息つくヒマもなく揉み合ううちに、軍扇一閃、左右両翼の各百名が刀をかざしてどッと挟みうち。敵軍四ツの門を撃ち破られて右往左往の状態になったとき、藤吉郎は急に人数をひきあげて勝ドキをあげた。誰の目にも藤吉郎の勝であった。

藤吉郎は監物のところへ進んで、

「あなた、私の陣立ての名を御存じか?」

「左様。正面と左右三手に分けた陣立て、特に奇もなく、特に名があるようには思われませんが」

「あれも菊水の陣です。時と場合によって変化したまでです」

信長はこれを見て大そう感じ入った。扇を高々とあげて、藤吉郎の勝を宣し、両名をよびよせて、

「藤吉郎。キサマ、おのれの陣立てを菊水の陣と申したな。その心をのべてみよ」

「ハイ。私めも実は菊水の陣を心得ております。殿にお仕えする以前、松下殿に奉公の折、侍に兵法は必須のものと時に講義にあずかりまして一通り型は聞き覚えておりました。しかしながら私めがつらつら考えまするに、楠子のころには鉄砲もなく、築城の諸式も今日とは変りまして、兵法も古来の型通りには参りません。楠子の兵法の根本は何かと申せば敵に勝つの法と申すことであります。菊水の陣とは敵に勝つ最良の陣と申す以外に他の意味なしと判じました。よって機に応じ変に応じ、その際の最良の陣を立てますれば私にとっていつも菊水の陣。こはかなわじと見て敵に後を見せて逃げる時も、逃げる一手ならば、これも菊水の陣、逃げるが勝の菊水の陣。私は楠公のように討死しない立て前の菊水の陣でございます。殿様の馬のクツワをとりまして以来、日夜殿様の流儀を見物させていただきまして、おそれながら私流にかような兵法をあみだしてございます」

「巧者な奴だ。楠正成が今の世に生れたら、キサマと同じ法をとるかも知れぬ」

信長はこう藤吉郎をほめてくれて、加増を与え、なにがしの士卒を指揮する将にとりたててくれた。しかるに平手監物が、敗北を根にもつどころか、藤吉郎に敬服して、その組下につき、指揮をうけ、また教えをうけたいと礼をつくして申しでた。信長のよろこびは一様で

はない。

「老臣の子に生れながら、軽輩あがりの氏素性もない藤吉郎の組下について教えを乞うとは見上げた広量。これこそ武士の心掛けと申すものだ」

これを武士の模範として、監物にも加増を与えた。

その十一　決戦せまる

藤吉郎と監物の兵法問答の結果は主戦論の勝ということになってしまった。柴田佐久間らの発言力は衰えて、家中の空気は主戦論一本におのずから統一されてしまったから、信長もはじめて重臣をあつめて軍議をひらいた。藤吉郎もその末端に加わることができるようになったのである。藤吉郎は、いざとなると用心深い。一膝すすめて、

「今さら弱音を吐くようで恐縮ですが、さて戦争となると、なんと申しましても、四万に五千では心細うございます。敵の本隊四万と申しましても、今川西上の沿道の諸侯はいわば今川の加勢のようなもので、その勢力は本隊に倍するに反し、味方は孤立して援軍の当てもありません。のみならず、わが軍の背後に当る美濃その他も今川西上を機に我を打つ公算大であり、わが軍には背腹ともに悪いことばかりです。いかに精鋭なればとて、五千の兵では心細い。そこで私にいささか心当りがありますが、当国尾張の西端蜂須賀と申しまする郷に小

六正勝という野武士の親分がおります。斎藤道三の生前に小六正勝をよく手なずけまして、道三のためには犬馬の労をおしまなかったようでありますが、道三死後は故郷にひきこもり、手下をあつめて小大名に劣らぬぐらいの威勢を見せているようであります。実は私はかねて小六正勝に目をつけまして、折ある時には味方にひきいれ、彼の持つ武力を当家のために活用したい考えで、彼とレンラクいたしておりましたが、小六正勝は道三との縁もあり、当家のために一働きしてよいとの心を見せておるのです。彼の直属の配下は精鋭五百余でありますが、その威勢によって近郷から呼び集めうる兵力は二千余と申すことです。彼らはいわば山賊ヤクザの徒ではありますが、小六正勝は一見識ある人物。彼が指揮をとるときは、寄せ集めのヤクザも手足の如くに動いて然るべき兵力となること必定です。これを私の配下に加えて守備の一角をかためたいと思いますが、いかがでありましょうか」

信長はとりあわなかった。

「急にのぞんでにわかの才覚は味方の士気を不安定にするばかりだ。小六正勝のことなぞは今は忘れているがよい。さて、その方らの軍議はどうだ。策があったら、申すがよい」

秀吉はまた一膝のりだして、

「さればでございます。およそ戦さに勝つに守る戦法と申すものはございません。味方がいかに小勢なればとて出でて迎え撃つのが当然でございます。私が小六正勝と申しますのはここのところで、五千のわが軍は大挙して出でて敵を迎え、背後の敵から守るために小六正勝を起用したいと思うのでありますが、いけませんか」

「小六正勝は忘れてしまえ」

「ハイ」

「他に策のある者はないか」

そこで他の老臣連、各々策をのべたが、秀吉をのぞくほとんど全員の述べたところは、籠城だ。諸地の出城《でじろ》の守備兵も全てを清洲に呼びあつめての籠城。城を守っての一か八かの決戦というのが一致した策である。信長は全員の意見をきくとうなずいて、

「皆の意見が清洲籠城なら、それもよかろう。一応それに決定しておくが、オレが命令を下すまでは出城の将兵はうごいてはならぬ。この軍議を知らぬげに出城をしかと守備いたせ。丸根砦の佐久間大学、鷲津砦の織田玄蕃《げんば》飯尾近江ら、直ちにそれぞれ砦にもどって、命令のあるまで堅く守備につくがよい」

「ハ。御命令をお待ちいたします」

と出城の諸侯はそれぞれ配置の位置についた。こうしておいて信長は腹心の若者たち、丹羽をはじめ秀吉らをひそかに集めて、

「老人どもには籠城と見せかけたが、領内に敵をむかえて籠城するバカはない。自分の領内というものは、山も河も野も木も草もみんなオレが戦争に勝つために各々の位置を占めているようなものだ。オレがどう動くかは当日敵の動きを見るまではオレにも分らないが、外へ

とびだして敵を叩き伏せることだけは確かだから、その用意をしておけ。しかし、猿めは小六正勝のことは忘れるがよい」

「ハイ。分りました」

さてまた信長は一同を帰したのちに簗田《やなだ》出羽守をよんだ。簗田のみはすでに四十をすぎた年配であるが、彼は元来織田家の臣ではなかった。しかし、信長直属の腹心だ。

簗田は元来織田本家の家来であった。つまり信長が占領前の清洲本家の家来である。しかるに、信長の家臣が信長を馬鹿よ日本一の大阿呆よと呆れ果てて誰一人かえりみる者もなかった十七八のころから信長の人物識見を見ぬき、これぞ後日天下に大をなす人物と確信して信長の配下に参じた変り種である。信長にとっては真に心を許しうる唯一の老練家であった。

信長は簗田を膝ちかく呼びよせて、

「簗田よ。このたびの今川との決戦、その方の働きにかかっている。諸方の諜者、ぬかるまいな」

「仰せまでもないことです。七重にも八重にもはりめぐらし、敵の諜者は一歩も踏みこませぬ用意完備いたしておるつもりです」

「熱田から鳴海へかけて尾張の勢力範囲はわざと手をぬいて敵の諜者にまかせるがよい。オレはオレの領内はわざと敵に姿をさらして出撃する。だが、鳴海から桶狭間沓掛《くつかけ》に至る山中は敵の諜者をひとりも入れるな。味方の諜者でかためるのだぞ」

「心得ております。手配はぬかりなく施してありますから御安心下さいませ」

簗田は秘密の諜者を一手にひきうけて、すでに早くからこの作戦にかかりきっていたのだ。信長の周到きわまる戦備。それは信長と、また密令をうけている簗田以外は誰も気がつかなかった。桶狭間大勝の因はここにあったのである。決して偶然ではなかった。桶狭間の奇襲によって今川勢は敗走し、毛利新助が今川義元の首をうちとったとき、信長は新助が持参した首をみて、

「よくやった、でかしたぞ」

と新助にねぎらったが、信長のさがしていたのは簗田出羽守の姿であった。そして簗田を見つけだすと駈けよって、

「出羽よ。キサマのお蔭だ」

「ありがとうござる」

「本日第一の功労はキサマだぞ。沓掛の城をやろう」

とはずむように叫んでいたのだ。その信長の錬りに錬った作戦は、腹心の丹羽長秀も、秀吉も戦いが終ったときまで知ることができなかった。

その十二　義元進軍

永禄三年（西暦一五六〇年）五月十二日、今川義元の本隊四万五千駿府（いまの静岡）を出発。その先鋒《せんぽう》五千余はすでに尾張の鳴海、笠寺その他に着陣して信長の領内を荒しはじめていた。十八日、義元の本隊はいよいよ尾張に一歩を印して沓掛に入城した。織田氏全盛のころは無論織田氏に属していた城だが、信長の代に今川に寝返ったものだ。あくる十九日には鳴海と笠寺に着陣して清洲を一攻めに攻め落そうという段どりになる。

今川義元にしてみれば信長を攻め落すぐらい問題にはしていない。西上の目的はいうまでもなく上洛であり、京都につけば副将軍。将軍家をたすけて天下の政事をとることになるであろうが、将軍家は無力で在って無き存在だから、実質的な将軍は今川だ。家柄からいっても、足利将軍家、三河の吉良家についで源氏では三番目の高い家柄。当時の武将中では随一の家柄であるから今川が天下の将軍を称してもケチのつけようがない。後年徳川家康が天下の将軍となったときに、彼には将軍家を称するに足る家柄がなかったから、自分の領内に有名無実の存在となっていた吉良家の系図をとり、吉良家には高家の名を与えて骨董品扱いにしてやった。これが吉良上野之介の家である。徳川家康は天下の将軍を称するためには人の系図をまきあげる必要があったが、今川義元はそんな苦労をする必要がない。足利、吉良、今川の三家は天下に別格の将軍家の家柄で、足利氏に子がないときは吉良氏から、吉良氏にも子がないときは今川氏から、養子がでて将軍職をつぐことになっていたのである。

しかも今川義元は海道一と称あるほどの実力ある武将だ。沿道に斧《おの》をふりあげる二三のカマキリはいるであろうが無事京都に入って副将軍の官位をうけるに至るであろうことは世人もほとんど疑っていなかった。いわんや義元自身は出発に際してもう将軍になったように好機嫌である。その牛車に最初の斧をふりあげたカマキリが信長だが、このカマキリは特に青二才で脳足りんの小カマキリ。とるに足らない。けれども、とにかく明日鳴海笠寺へ至る道はカマキリの領内だから、用心は臆病にせよと金言にもあり、別して用心専一に心がけるのが貴人の心得というものだ。義元はカマキリだからといって軽蔑するどころか、ウム、カマキリか、しからば一同用心いたせ、というわけで、その用心堅固の心構えの程が我ながら惚れ惚れするほど気に入っているような次第だ。

沓掛から鳴海笠寺に至るには三本の道がある。山づたいの間道は最短距離だが道なき道を一列に行列しなければならないので天下の副将軍たるものが威風堂々進軍するには適しない。本街道には途中に中島、善照寺、丹下等の敵の砦があって多少うるさい。そこで桶狭間を通って海に近い方の道を大廻りして大高にでて鳴海に至る、まるでもう完全以上に大半円をえがく大迂回路であるが、義元はこれを選んだ。貴人は用心いたす。用心は臆病にいたす。臆病の上にも臆病にいたせ。義元は御機嫌だ。

大高の近くに鷲津、丸根という二ツの敵の砦があった。この大高城に義元の到着前に兵糧《ひょうろう》を入れておく。また鷲津、丸根の砦を落しておく。この兵糧入れの難役を果したのが徳川家康だ。義元は自分の直属の兵隊をなるべく失いたくないから、難役には外様《とざま》をさしむける。

時に家康十九歳。今川家に人質となって成長し家来はやっと二千五百しかいない。しかしたった二千五百の小人数だが家康をまもり育てて主家再興、昔日の隆盛をみたいという三河武士の艱難辛苦《かんなんしんく》。十九の小僧を神様のようにあがめ奉って天下の義元ともあろう人に本心からシッポをふる気配の見えないヤカラであるから、こういう不逞のヤカラには難役をあてがって消耗させる。消耗して消えてなくなれば小僧の岡崎城がそっくり義元のフトコロにころがりこんで万事上首尾というものだ。

義元の肚は家康とその家来によく分っているが、歯をくいしばって大高兵糧入れの大役を果す。すると義元サッと軍扇をひらいてその功労をほめてくれて、次には丸根攻略の難役だ。義元の本隊の到着前に落せという。鷲津の砦は朝比奈康能の兵二千と三浦備後の兵三千の連合軍で落すことになった。

その十二　元々くもった鏡

十八日の清洲城には砦の守将を除く諸将全員が参集していた。敵大高に兵糧入れの報告。つづいて丸根鷲津が敵に包囲されたという報告。丸根の守将佐久間大学、鷲津の守将織田玄蕃、飯尾近江らからは、明朝満潮時に砦をひきはらって清洲へ合流したいがいかがと問い合せがきた。さきの軍議で清洲籠城ということにほぼ一決しているから、大学も玄蕃も当然引揚げ命令がくるものと考えている。だからムダな小競合《こぜりあ》いはさけて、大高の兵糧入れも見送っていたのだ。

丸根も鷲津も急造の砦で、大軍を支えることができるような堅固な陣ではなかった。また当然清洲籠城との考えで守将は砦の手入れも怠っているから、敵軍包囲の情報を清洲に訴えて、引揚げ命令を矢の催促だ。敵の攻撃がはじまると一たまりもないからだ。けれども信長は矢の催促を知らぬ顔、夜に至っても引揚げ命令をださない。

清洲の城下は大変だ。妻子を遠く退避させ、家財を運びだすものでゴッタ返している。敵が丸根鷲津を攻めるというのに城内では軍議すらもきまらないということが、いち早く城下につたわっているのだ。明日になると敵が侵入して城下は焼き払われて火の海となる。それはもう疑うべからざる、そしてさしせまった運命だ。城下の混乱をとめようとする役人もいなかった。うちの殿様はバカだから明日は当然やられる、逃げるが勝。逃げられるお前たちは幸せだなと内々羨んでいるアンバイで、ふだん威張っている足軽どももくさりきって元気がない。

城内では夜になると大広間に諸将を招いて、信長は酒宴であった。暑い日であったから信長は生絹《すずし》のカタビラを一着に及んでいるだけ。戦争などはどこ吹く風のノンビリした様子であった。柴田勝家がたまりかねて、

「殿。敵の攻撃がはじまっては砦の守備兵を引揚げることもできません。今のうちに丸根鷲

津はもとより、他の砦も引揚げて籠城の準備をいたすべきかと考えますが」

「引揚げるには及ばぬ」

「守りきれる砦ではございませぬ」

「このままにしておけ」

「しかし籠城致しまするには兵を一ヵ所にまとめる方が賢明でござろう。七ヵ所の砦に分散した小人数の兵力もまとめて籠城軍に加えれば然るべき兵力になります。この際、兵力を分散させて放置するほど愚かしいことはありませぬ」

「七ツの砦のうちでは丹下の砦がどこよりも清洲にちかく、また堅固にできている。しかしここには少数の小者が留守をあずかっているばかりで、まだ大将もきまっておらぬな」

「すてる覚悟の砦でございますから、それで差支えなかろうと存じまするが」

「味方が一ツに籠城すれば敵も一ツに攻めてくる。二ツに分散して守れば敵も二ツに分散する。しかし敵の本隊が砦を攻めるはずはないものだ。義元の本隊は必ず清洲へ攻めてくる。丹下の守りが堅ければ、然るべき兵力をさいて攻撃に当らしめ、それだけ本隊の兵力は手薄となろう。丹下の砦をキサマにまかせるからなにぶん守るがよい」

「ハハッ」

「急ぐには及ばぬ。まずゆるりと酒をのめ。義元はまだ沓掛にいるのだ」

「ハ」

柴田勝家ポタポタと涙を流した。丹下の砦を守れとは守って死ねの心であろう。しかし義元の本隊を手薄にしてとの言葉の裏を察すれば、手薄にしたその本隊に向って籠城軍の主力が撃って出るの心であろう。信長自ら敵の本隊に斬りこんで死ぬ覚悟。柴田勝家はこう解した。してみれば敵をひきつけて兵力を分散させる柴田の役目は明日の日は散る花ながらも梅花のような主役であるから、主君がその心ならばここが武人の死にどころ。こう一人ぎめに推理した。柴田勝家はにわかに感激してポタポタと涙を流した次第。

「それ、飲め、唄え」

と信長の一声。陰きわまれば陽となる。鬼の目がポタポタ涙を流し一転して陽となったが、鬼の涙から転じて突入した陽では正気の人間がついて行けない。軍議はそれで立消えとなり、ウヤムヤのまま、文句ぬきに酒盛りとなってしまったのである。

「柴田どのはポロリポロリと涙をこぼされたようですな」

「そのようで」

「あれはどういうわけでしょうか」

「つらい悲しいという意味でござろうか」

「左様ですな。バカ殿様の家老づとめも楽ではありませんな」

「おたがいに悲しいことでござる」

一同ガッカリして顔見合せ、お酒をちょうだいしたが、気持が滅入るばかりで一向にうまものあるべきや」

くない。夜半すぎ、信長は宮福太夫を召して鼓をうたせ、立上って扇をひらき、「人間わずか五十年化天のうちをくらぶれば夢まぼろしの如くなり一度生をうけて滅せぬもののあるべきや」

信長御自慢の敦盛の舞。この能の文句が信長は好きだったのだ。唄い、舞いながらスルスル奥へひっこんでしまった。酒宴も自然散会である。

「運の末には智恵の鏡もくもるというが、織田家もいよいよ滅亡ですな」

「いまさらくもる鏡じゃないね。もとからのくもり鏡さ」

「明日はどうすりゃいいのだろうね。敵が目の前に来てるというのに」

「くもった鏡にも明日になると何かがうつるね。するとその鏡が考える。ま、くもった鏡にまかせるより仕方がない」

「あの鏡にはいつごろから敵の姿がうつるのでしょう」

「万事鏡にまかせなさい。ま、私たちが考えてもムダだよ」

と重臣たちはにがりきって、ただ溜息をもらしながら城内から退出した。

夜半すぎても信長から引揚げ命令がこないから、丸根砦の佐久間大学は一死を覚悟した。守って支えられる砦ではない。夜の白々あけに敵の攻撃がはじまると、いきなり城門をひらいて撃ってでて討死した。

鷲津の砦は丸根にくらべると倍大きい。東西十八間、南北三十八間。小さな堀をめぐらしている。織田玄蕃と飯尾近江はよく守った。敵軍は風上から火をつけて煙攻めにしながら襲撃をくりかえし、飯尾近江はじめ大半は討死、玄蕃と小人数が川を渡って逃げた。鷲津落城は十九日の午前十時であった。

その十四　田楽狭間

夜があけはじめた。敵軍丸根鷲津攻撃開始の第一報が清洲城へとどいたが、信長はうごかなかった。彼がうごいたのは夜が明けきってからであった。彼がはりめぐらしておいた諜報網の全てから報告を得るまでは動かなかったのだ。笠寺や鳴海には特別な動きはない。中島、善照寺、丹下の砦にも攻撃を加えるような動きは認められない。それらの砦に攻撃を加える必要のない進路をとるからであろう。

当時といえども情報の連絡は大そう迅速だった。それには火やノロシを用いた。火やノロシで暗号をきめておき、要所に人を配しておいて、山から山へとりつぐわけだ。十里の道をとりつぐぐらい数分をでない。自分の領内で戦争する信長はこの諜報網を百パーセント活用することができたのである。

その朝の諸方における敵の動きがハッキリしたので、はじめて信長はうごきだした。動きだすと、早い。

「出陣の仕度にかかれ」

侍臣に命じると、立ち上って、侍女に向い、

「食事の用意をいたせ。待て、待て。皆が立つには及ばぬ。夜明けの舞いを見せてとらそう」

軽く笑って云った。虚空をにらみ、静かにきまると、

「人生五十年化天のうちをくらぶれば夢まぼろしの如くなり」

例の自慢の舞いである。舞いながら云う。

「ホラをならせ」

舞いながら一枚一枚着物をぬいで、

「具足をよこせ」

一ツずつ具足に着代えて舞いつづける。具足をつけ終ると侍女が食膳をささげて待っている。

「食事をよこせ」

膳を下へおかせず、立って食事をおえた。最後に侍臣のささげる兜をうけとり、頭にかぶると、よくたしかめるようにして紐をきつくむすんだ。

「参るぞ」

と一言。すぐさま部屋をでた。事もなげに馬にのる。従う者は小姓五名。岩室長門守、長谷川橋介、佐脇藤八、山口飛驒守、賀藤弥三郎の面々である。他の者はまだ出陣の用意がで

きていなかった。いましも出陣をつげるホラが鳴りだしたばかりである。城内も城下も出陣用意で大騒ぎの最中だ。

主従六騎はそれを尻目に軽々と町を駈け去る。雑兵は仕度が早くできるから道々諸方からバラバラとびだして後に従う者がふえた。信長は熱田まで三里の道を休まずに馬を走らせたが、従う雑兵は二百名ばかりの数になった。馬上六騎、雑兵二百だ。この諸兵をだしぬく出陣も信長かねての計略。敵方の諜者が見ていることを予期しての行動だった。

信長は熱田神宮の社前に馬をつなぎ、かねて用意の願文をおさめて勝利を祈願する。時に午前八時だ。丸根鷲津方面に黒煙があがっている。丸根は落城の黒煙だが、鷲津は煙攻めの黒煙。まだ戦いの最中だったが、そこまでは信長にも分らない。

「ちょうど満潮の時刻だな」

「ハ。左様で」

「すると馬では渡れぬ。丸根鷲津が気にかかるが、残念ながら上道をまわろう」

なに丸根鷲津を助ける気持なぞははじめから持ち合せがない。彼の通る道はきまっていた。

井戸田をすぎ山崎にくると、

「佐久間大学、飯尾近江、討死」

の知らせが待っていた。

「一足先に死なせたか」

と信長は悲痛な一言。小姓に持たせた銀の大数珠をとって肩にかけ、丸根鷲津の方角に黙禱を終えて、さて、従う雑兵に大音声。

「今日こそはキサマらの一命もらったぞ」

馬の首をグイとめぐらして、走りだした。戸部へでた。そこから桜村へでて古鳴海へ向った。この道は笠寺の敵の勢力範囲だ。敵の眼前をかすめて馬上六騎雑兵二百で走りすぎたのである。

「信長と兵三百、桜村から古鳴海へ」

笠寺から鳴海へ敵の諜者がただちに報告を送った。こうしていったん敵に姿を見せた信長は、古鳴海から自分の勢力範囲へ姿を消してしまったのである。

一方、清洲の城外には信長直属の腹心がかねての手配通りに辻々に立っている。仕度ができて信長を追う将兵が熱田方面へ主人を追って行こうとすると、行手をさえぎって、

「オットット。その道を行ってはならぬ。山の手をまわりなさい。辻々に道を教える者が立っているから、その通りに行きなさい。そして集合場所は善照寺の東、朝日山の麓だ。なるべく群れをなさないで、バラバラに行きなさい。それ、急いだり、急いだり」

信長は大そうな廻り道をしてから、後から別の道をきた将兵の大多数が信長よりも先に朝日山の麓に集合していた。その総数は三千余名であった。信長は簗田出羽守をよんだ。

「義元はどうしているか」

「沓掛を出発、桶狭間の道をとっております。義元は馬上。その後に用意の輿《こし》がついておるそうです」

義元は馬があまり好きでなかった。公卿の教育をうけ、武人とはおのずから異る貴人をもって任じているから、文事風雅の道にいそしみ、馬で道中するよりも輿にのって諸国の風光をめでながら道中するのが意にかなっている。それに義元は胴が長くて、脚が大そう短かかった。そういう身体の条件が乗馬に適しない意味もあったのだ。しかしこの日はいよいよ敵中に向う道中であるからノンビリ輿にゆられるわけにも参らない。そこで馬に乗って出発したが、なれない乗馬であるから、家来が手を放したとき義元が手綱をゆるめた。それで身体が傾いて、この朝落馬しているのである。しかし義元は怒らなかったそうだ。もう一度家来に尻を押し上げさせて、

「貴人は落馬する。サムライのように器用には参らぬものだ。オレは胴が長くて脚が短い。馬には向かぬ身体だな。貴人というものは因果なものだ。頼朝公は顔大短軀《がんだいたんく》と称し、顔が大きくてお身体が小さかったそうな。貴人とはそういうものだ」

ブツブツ呟きながら機嫌よく馬に乗り直して出発したのだそうである。

午前十一時になっていた。信長は簗田に念をおした。

「沓掛から桶狭間の山中には敵の諜者の姿はないな」

「ございませぬ。味方の諜者がはりめぐらしてございます。敵の諜者は侵入できませぬ」

「このあたりは？」

「ここから沓掛に至る間道は大丈夫です。敵の諜者はここから清洲方面にはりめぐらしてあります」

「さもあろう」

信長もそう考えていた。勢いをたのむ義元は敵を攻めることだけ考えて、自分が攻められることなぞ心配していないのだ。

信長はまず三百の兵をさいた。佐々隼人正《さっさはやとのしょう》（成政の兄）千葉四郎らがこの大将だ。この中には前田利家が加わっていた。この三百名が鳴海の城を攻撃する。むろん三百名ぐらいで攻略できる鳴海城ではない。鳴海と笠寺に敵の先鋒数千がこもっているのだ。しかしこの三百名、小人数ながらも攻めに攻めて勇戦し、大将はじめ五十余名が戦死した。

こうして鳴海城を牽制しておいて、さらに千名の兵をさいた。この千名に大将旗をはじめ旗サシモノと馬全部を添えて、善照寺の砦に入城させる。

「砦にこもって気勢をあげよ。いかにも信長がそこにこもっているように見せかけるのだ」

こう命じた。そこでこの千名が馬と旗サシモノ全部をかついで善照寺の砦に入り、人馬ひしめいて気勢をあげたから、敵はまんまと信長の計におちた。

「信長の本隊ただいま善照寺の砦に入城」

敵の急使は義元の本隊めざして走ったのである。

信長は残り二千名の兵をひきつれて山中に身を隠した。諜者の情報が次々にくる。

「千人塚通過」

「落合村にかかる」

「桶狭間に向う」

ここでいよいよ義元の進路がハッキリした。本街道を通らずに大高まで迂回するのだ。すでに正午近かった。

「敵の本隊、田楽狭間に休憩。昼食にかかりつつあり」

この近村の庄屋や神主らの重立ちが田楽狭間に手ミヤゲを持って義元の通過を迎えたのである。先物買いというわけだ。もう織田家滅亡、尾張は義元のものと判断したから、新しい領主の御機嫌をとる意味で、酒肴や進物を用意して出迎えたのだ。義元も好機嫌だ。快く進物をうけ、将兵には休憩を命じて、中食をとり、手ミヤゲの酒肴に舌ツヅミをうった。謡曲を三番うなったそうだ。

信長は義元の本隊田楽狭間にて休憩の報をうると行動を起した。道もない山中を木や草に姿を隠して縫い進む。

「声をたてるな。音を殺せ。姿勢を低く」

とつぜん、あたりが暗くなった。いつのまにか黒雲が天をおおうていた。ゴロゴロ雷鳴がなりだした。まもなく大雷雨となって眼前の山の姿も見えなくなった。

「天の助けだ」

信長もはりつめた気持がゆるむほどの安堵を覚えた。勝てたぞと思ったのだ。

義元が昼食中に家康と朝比奈泰能の使者がきて、丸根鷲津落城、敵の守将佐久間大学、飯尾近江討取りの知らせがくる。つづいて鳴海城から急使がきて、

「信長の先陣、鳴海攻撃。つづいて信長の本隊、善照寺入城。ただいま善照寺の砦は人馬サシモノごった返しております」

と報告した。敵の本隊が善照寺なら、尚さら心配はいらない。義元は図面をとりよせて使者から情報の説明をきき、

「噂通り、信長はバカだな。清洲は古来の名城であるからちと攻め方にこまるが、出陣して砦にこもるとは兵法を知らぬバカ者だ。今夜は大高に一泊して、明日信長を退治てしまう。前祝いに一献いたそう」

益々好機嫌に飲みはじめた。すると一天にわかにかきくもってゴウゴウと風が起り大雷雨となったのである。シブキのために全軍を見渡すこともできない。食事どころではないから、全軍が四囲の山中の樹下に身をひそめて雨宿りした。ようやく雷鳴がおさまり雨があがったから、

「全員集合、出発の用意」

雨宿りの兵隊たちが山林の中から降りてきてこれから隊伍をととのえようと立ちさわいで

いる時であった。

後方でワーッ、ワーッという騒ぎが起った。義元は喧嘩が起ったと思ったのである。彼は特に下級の兵隊というものが度しがたい動物だと考えているから、またはじまったかと別におどろきもしない。

「喧嘩だな」

「ハ」

「度しがたき奴らだ。隊伍をみだすと思慮もみだしてしまう。要するに隊伍をみだすということがよからぬのだが、ま、この大雷雨では仕方があるまい」

胴は長いが脚が短くてチンチクリンだから、どうせ延びあがっても見えやしない。そこは心得ているから悠々騒ぎのしずまるのを待っていると、しずまるどころか、ひどくなるばかり。次第に身辺に近く騒しくなって、

「敵だ！」

という声が起った。

「敵？　バカな」

義元が気にかけずに云いすてたとき、新たに山を降りて走りこむ一団があった。

「あの輿だ！　義元は、あすこにいるぞ！　義元をにがすな」

先頭に叫んで斬込んだのは信長であった。

「そうか。敵か」

義元は落ちついていた。そして怒りがこみあげた。彼は刀をぬいた。刀をぬきはらった義元は大将らしく立派に落ちついていたのである。なぜなら四万余の大軍のうち刀を抜き合した者は多い人数ではなかったのである。雨宿りの者がおくれて集ってきたとばかり思ううちに彼らは斬られていたからだ。たちまち四万五千が総くずれに刀を抜くヒマもなく我がちにどッと逃げはじめたのである。ただもうメクラ滅法一目散に逃げる競走であった。抵抗らしいものはほとんどなかったのだ。逃げるヒマのなかったのが斬られて死んだだけである。

義元は戦った。服部小平太が義元と知らずに槍を握って彼の前を通ったので、義元が刀をふった。槍がきられ、小平太の膝頭もちょッと斬りさかれた。

毛利新助が義元と知って組みついた。義元はひとたまりもなくころがったが、顔をおしつける敵の手の指の一本が口にふれたからその指を嚙みきった。しかし毛利新助はそれにかまわず片手の刀で義元の首を刺した。それから庖丁のように横に刀を当てて首を斬り落したのである。その生首の口中に彼の指が嚙みきられてくわえられていた。

信長たちが気づいたとき、二千五百の死体のほかには敵の姿が見当らなくなっていた。たった二千の味方がボンヤリ残されていたのである。

こうして信長は一躍天下にその名をとどろかしたが、この戦争では秀吉の手柄は分らない。秀吉の名が信ずべき史料に現れてくるのはこれからだ。

島原一揆異聞

島原の乱に就て、幕府方の文献はかなり多く残っている。島原藩士北川重喜の「原城紀事」は最も有名であり、この外に城攻めの上使松平伊豆守《いずのかみ》の子甲斐守輝綱《かいのかみてるつな》の「島原天草日記」を始め諸藩に記録が残っているが、いずれも城攻めの側の記録であって、一揆側の記録というものはない。

尤《もっと》も、一揆三万七千余人すべてが殺されて、有馬、有家、口之津、加津佐、堂崎、布津等の村々は住民全滅、現在の村民はその後の移住者の子孫であるから、一揆側の記録というものが有り得ない道理であるが、裏切って命拾いした一揆側の将山田右衛門作《えもさく》や脱走の落武者もいくらか有って、現に右衛門作の描いた宗教画は残っている程だから、あながち記録がないとも言い切れまい。

籠城兵士の筆ではなくとも、一揆に同情しながら加担しなかった村民や切支丹《キリシタン》の遺した記録はないか。

一揆の当時大村の牢舎に縛られていたポルトガルの船長デュアルテ・コレアの記録はパジェスも引用して甚だ著名であるばかりでなく、恐らく唯一の切支丹側の記録であるが、切支丹側唯一の記録とは言いながら、今日学者がこの記録を最も価値ある資料のように見ているのは、果して当を得ているか。かなりに疑問があると思う。

第一コレアは自分の目で見たわけではない。一揆の時は大村の牢舎にいたのであるから、人の話を書きとめたもので、そのことだけでも割引して読まなければなるまいと思う。

僕は今度「島原の乱」を書くことになって、一揆側の記録がひとつぐらいはないものかという儚《はかな》い希望をもちながら、長崎や島原半島や天草を歩き廻った。

そうして、長崎図書館で、ややそれらしい写本を一種読むことができた。この図書館の自慢の蔵本に「金花傾嵐抄」というものがある。どうも一揆側から出たらしい内容のものだという話であり、籠城軍の兵糧《ひょうろう》欠乏が細々《こまごま》と描かれているという話なのである。

けれども卒読したところ甚だしく俗書であって、到底資料とは成りがたいものであった。呉喜大臣云々《うんぬん》という書出しからして、これはいわゆる講談本と同種であり、恰度《ちょうど》僕が長崎へ出発の数日前大井広介《ひろすけ》氏が送ってくれた「天草騒動」という本、これは早稲田出版部の「近世実録全書」という中に収められているものだが、題は違うが内容は同一物のように思われた。尤も僕は「金花傾嵐抄」を甚だ簡単に拾い読みしただけで、照し合せたわけではないから、正確に同一物だとは言えないが、多分同一物だろうと思った。

これによると一揆鎮定の主役であり花形の松平伊豆守が作戦下手の愚劣な風に書かれていて、そのあたり目先が変っているけれども、結局講談本でしかなく、一揆側から出たかも知れぬという想像は、ちと、うがちすぎているようだ。

僕が一種みつけたという、ややそれらしい記録というのは、この本のことではない。

（中）

その本は、「高来郡《たかきぐん》一揆之記」という。上中下を一冊にまとめた写本である。尤も同じ図書館に「南高来郡一揆之記」といって南の一字加わった写本もあり、之《これ》は上中下三冊になっているが、内容は同じ物で、前者の方が誤写や脱字が尠《すくな》いように思われた。

この本の筆者は判らない。日附もない。本文以外に、一字の奥書もないのである。

僕は始め、山田右衛門作がひそかに遺した記録ではあるまいかと、夢のようなことを考えた程であった。

とにかく、然《しか》し、この本は一揆に関係深く同時に教養ある人の手になるものに相違ない節々がある。

元来日本人の記録は、日時とか場所が曖昧で記述に具体性が乏しく、その点日本人には珍しい写実的な記録を残している新井白石の如き人ですら、彼の「西洋紀聞」を一読して直にヨワン・シローテの死んだ年号を判ずることは難しい。シローテと長助は、長助が自首した年の翌年に死んだのだが、「西洋紀聞」の記事は自首の年に死んだようにとられ易い曖昧な書方である。姉崎博士がシローテ死亡の年号を一年早く書かれているのも「西洋紀聞」のあの文章では無理ならぬことであると頷《うなず》かれる。

この点「高来郡一揆之記」は凡《およ》そ異例の精密さを持ち、僕が山田右衛門作の遺著かと夢のようなことまで考えたというのも、尠くともパアデレに就て西洋の学問を学んだことのある切支丹の筆かとも思わせるだけの甚しく具体性に富む記述のせいに外ならなかった。

一例をあげれば、一揆の発端は有馬村の村民が切支丹の絵を祀《まつ》って拝んでいる所へ役人が踏みこんだので、信者が怒って代官を殺したというのであるが、このいきさつが「高来郡一揆之記」によると詳細を極め、有馬村の角蔵三吉という両名の者が殉教した父親の首と切支丹の絵を飾り村民を集めて拝んでいるという事を十月廿日に至って松倉藩の目付、白石市郎右衛門が嗅ぎつけ、翌廿一日代官本間九郎右衛門と林兵左衛門を有馬村へ遣わし、又諸村の代官を残らず支配の村へ配置、廿四日の晩景に至って松田兵右衛門という物頭《ものがしら》が兵八名足軽廿人引きつれて二艘の船で出発、亥《い》の刻《こく》に有馬浦へ上陸、角蔵三吉其他十六名を搦《から》め取り島原へ連行したが、北岡という所でこの者共を船に積込んでいると、信者二百余名が跡を追うて暇乞《いとまご》いにやって来た。

御法度にも拘《かかわ》らず重ね重ね不届きな次第というので下知《げち》して暇乞の連中を打擲《ちょうちゃく》させたが、打たれると却《かえ》って悦ぶ始末で手がつけられない。

漸《ようや》く十六名の者を島原へ連行して、暫《しば》く牢舎の後斬首した。その後、この事件の跡見分として甲斐野半之助という者が一名の代官と共に有家村須川へつき庄屋源之丞《げんのじょう》を案内に立てて北有馬へ船を寄せると、突然村民が鉄砲と礫《つぶて》を打ちかけて来て負傷し、辛くも遁《に》げ帰った。

ところが、深江村の佐治木佐右衛門という者が尚も藁屋《わらや》に切支丹の絵を祀り村民を集めて拝んでいるというので、代官林兵左衛門が踏込み、絵を火にくべて立去ると、すぐそのあとへ天草と加津佐から四五十人の者が参拝に来てこのことを聞き、代官のあとを追っかけて、遂に林兵左衛門を殺した、というのである。


（下）

以上が一揆の発端であるが、之をきっかけにして諸村に暴徒が蜂起《ほうき》した。各地に代官を追い廻し、生捕って責殺《せめころ》し、一揆に与《くみ》せぬ者の家に放火し、仏寺を破り、やがて合流して島原城へ押寄せるのであるが、この記録のうちで最も生々しく活写されているのはこの部分で、各山野に叫喚をあげて代官を追い廻す有様は手にとるようである。

この生々しい記述から判じて、この筆者は原城籠城はとにかく、尠くとも一揆の当初は動乱について共に走っていた一人ではないかという想像が不可能ではない。

一揆の一味ではないにしても、とにかく一揆の村の住民の一人かとも思われ、それも天草の住民ではなく、島原半島の住民であろうという想像がしてみたい。


というのは、話が天草のことになると記述が余程曖昧になるからで、又、原城包囲の記述では詳細精密でありながら、「原城紀事」や「天草日記」にある攻城軍と籠城軍の取交した種々の通信などの正確な記事を欠いている。之に反して、一揆の秘密の廻文など他本にない記録を載せているのは、どうしても一揆側の事情に多く通じた人の記述としか思われぬのである。

この記録で最も注目すべき点は一揆には二つの異なった徒党があったことを明《あきらか》にしている点で一つは天草四郎を天人に担ぎあげて切支丹を道具に事を起そうという浪人共の陰謀、これは主として天草に根を張り、島原方面へも働きかけていたけれども、然し島原の一揆はこの陰謀とは無関係に、農民によって爆発した。爆発して後、農民だけでは収まりがつかなくなって、天草へ使者を送り、四郎一派に助力を求めたのである。

即ち、南高来郡の諸村に蜂起した農民は合流して島原城を攻撃したが戦果なく、いったん有馬へ退いて評議した。

その時、有馬の庄屋半左衛門という者が、いったん異国へ逃れ、時節を見て日本へ帰りたいと提議すると、口之津の長左衛門という者が之に答えて「ひとたび異国へ渡りては人生五十年歳月人を待たず生きて再び日本を見ること期すべからず」――一揆を起しはしたものの、よるべない彼等の心事思いやられる言を洩《も》らして、近頃大矢野四郎太夫《だゆう》は天使だという噂があるから、あの人に使者を立て、大将に頼み、一揆を起そうではないかと言いだした。

その時四郎は大矢野宮津という所を徘徊し、七百人程の信者を集めて、切支丹の教を説いていたが、そこへ使者がでかけて行った。

すると四郎の答えるには、一揆の人すべてが切支丹になるという誓状を添えてくるなら頼みに応じようと言うので、いったん使者は立帰り、誓状をつくって出直して来て、四郎を大将にいただくことになったのである。

こうして一揆は四郎の指揮に従い十二月一日原の廃城に小屋がけて籠城ときまったのだが、原城包囲の記述も亦《また》精密であるとはいえ、この記録の長所はそれではない。

とまれ、一揆側から出た記録ではないにしても、多分、一揆の村の住民の手になった記録であるに相違ない。僕は長崎図書館へ通い、僕の外には一人の閲覧者もいない特別室で毎日この本を写しながらいつとなく、そう思い込むようになっていた。

島原の乱雑記

一　三万七千人

島原の乱で三万七千の農民が死んだ。三万四千は戦死し、生き残った三千名の女と子供が、落城の翌日から三日間にわたって斬首された。みんな喜んで死んだ。喜んで死ぬとは異様であるが、討伐の上使、松平伊豆守《いずのかみ》の息子、甲斐守輝綱《かいのかみてるつな》（当時十八歳）の日記に、そう書いてあるのである。「剰至童女之輩喜死蒙斬罪是非平生人心之所致所以浸々彼宗門也」と。

三千人の女子供がひそんでいたという空濠《からぼり》は、今も尚、当時のまま残っている。丁度、原城趾《じょうし》の中央あたり、本丸と二の丸のあいだ、百五十坪ぐらいの穴で、深さは二丈余。今、空濠の底いちめん、麦がみのっていた。又、本丸や二の丸には、じゃが芋と麦が。

原城趾は、往昔の原形を殆《ほとん》どくずしていない。有明の海を背に、海に屹立《きつりつ》した百尺の丘、前面右方に温泉岳を望んでいる。三万七千人戦死の時、このあたりの数里四方は住民が全滅した。布津、堂崎、有馬、有家、口之津、加津佐、串山の諸村は全滅。深江、安徳、小浜、中木場、三会等々は村民の半数が一揆に加担して死んだ。だから、落城後、三万七千の屍体をとりかたづける人足もなく、まして、あとを耕す一人の村民の姿もなかった。白骨の隙間に雑草が繁り、なまぐさい風に頭をふり、島原半島は無人のまま、十年すぎた。十年目に骨を集め、九州諸国の僧をよびよせ、数夜にわたって懇《ねんごろ》に供養し、他国から農民を移住せしめた。だから、今の村民は、まったく切支丹に縁がない。移住者達は三万七千の霊を怖れ、その原形をくずすことを慎んだのかも知れぬ。原形のまま、畑になっているのである。

私は城趾の入口を探して道にまよい、昔は天草丸といった砦《とりで》の下にあたる浜辺の松林で、漁夫らしい人に道をきいた。返事をしてくれなかった。重ねてきいたら、突然じゃけんに、歩きだして行ってしまった。子供達をつかまえてきいたが、これも逃げて行ってしまった。するとし、十四五間も離れた屋根の下から、思いもよらぬ女の人が走りでて来て、ていねいに教えてくれた。宿屋で、何か切支丹のことを聞きだそうとしたが、主婦は、私の言葉が理解できないらしく、ややあってのち、このあたりではキリスト教を憎んでいます、と言った。

二　原　因

島原の乱の原因は、俗説では切支丹の反乱と言われてきたが、今日、一般の定説では、領主の苛斂誅求《かれんちゅうきゅう》による農民一揆と言われている。天草四郎が松平伊豆守に当てた陣中の矢文にも、領主松倉長門守の重税を訴え「近代、長門守殿内検地詰存外の上、剰《あまつさ》え高免の仰付けられ、四五年の間、牛馬書子令文状、他を恨み身を恨み、落涙袖を漫《ひた》し、納所仕《なっしょつかまつ》ると雖《いえど》も、早勘定切果て――」と書いている。

然《しか》し、重税の内容がどのようなものであったか、この文章からは分らない。牛馬書子令文状というものがどのようなものであるか、それすらも分らないのだ。又、日本に残る記録には、之《これ》に就て語るものが、まったくない。ただ、教会側に、ポルトガルの船長ジュアルテ・コレアの手記があり、これによって、推察しうるにすぎない。コレアは、一揆の当時、大村の牢屋にいたのである。

コレアの手記によれば、農民は米、大麦、小麦で一般租税を払い、更にNonoとCangaのいずれかを収めなければならなかった。そのうえ、煙草一株につき冥加《みょうが》として葉の極上の部分を選んで半分とられ、又、それらの物品が揃わぬときは、茄子《なす》一本につき何個という割当の賦課か、或いは、何物かの年貢を納めねばならなかった。(パジェスの鮮血遺書では、物品の代りに女をとられたと言い、これが島原の乱の直接の原因となったと述べている)

ノノ及びカンガとは何物か。パジェスによれば、ノノは九分の一税、カンガはポルトガル語で牛の軛《くびき》を意味するが、然し、多分日本語の何かではあるまいか、と言っている。日本語であるとすれば、ノノは恐らく「布」であろうが、カンガとは? 布に相応するカンガとして、これをカイコ(島原地方ではカイゴという)であろうという説が妥当のようである。カイゴは繭《まゆ》の意である。

現に、島原地方は養蚕の甚だ盛大な土地で、温泉岳の山麓は見はるかす桑の葉の波であった。然し、そのような事実に就て手掛りをもとめるとすれば、他面、この地方は牛の甚だ多い所で、現在、牛を飼わぬという農家が殆どない。私は朝の眠りを牛の声に妨げられ、旅行のバスも屢々《しばしば》牛のために妨げられた。一概に断定はできない。

そこで、純然たる農民一揆であるかと言えば、これが又、決して、そうは断定できぬ。明らかに、切支丹の陰謀もあった。

切支丹の陰謀は、主として、天草に行われていた。小西の旧臣、天草甚兵衛を中心に、浪人どもを謀主とし、甚兵衛の子、四郎を天人に祭りあげて事を起そうというのである。彼等はまずひとつの伝説をつくりあげて愚民の間に流布させた。それは、今から二十六年前（といえば、家康の切支丹禁令のことであろう）天草郡三津浦に居住の伴天連《ばてれん》を追放のとき、末鑑《すえかがみ》という一巻の書物を残して行った。時節到来の時、取出して世に広めよ、と言うのである。その書物によると「向年より五々の暦数に及んで日域に一人の善童出生し不習に諸道に達し顕然たるべし、然《しか》るに東西雲焼し枯木不時の花咲《さき》諸人の頭にクルスを立《たて》海へ野山に白旗たなびき天地震動せば万民天主を尊《とうと》ぶ時至るべきや」云々。丁度、源右衛門という村民の庭に紫藤の枯木から花が咲き、それも紫の咲くべき木に白が咲いた、そういう事実にあてはまるように作った伝説であった。

この地下運動はその年（一六三七年）の旧六月から表面に現れ、彼等は天草一円に切支丹の説教をはじめ、又、島原半島へも、及んだ。天使と担がれた天草四郎は、伝説の中の生き神様になるだけの天質があったのだ。美貌と、神童の叡智《えいち》であった。彼は自ら、壇上に立って説教し、諸方に信者ができた。

十月二十五日、島原領有馬村を発火点として一揆が起きた。その十日前、十月十五日に、天草の方では次のような廻文が廻っているのである。

態《わざ》と申進候天人天降り被成候せんちよふむていは天主様より火のすいちよ被成候間何者なりとも吉利支丹《きりしたん》に成候はば爰許《ここもと》へ早々可有御越候村々庄野乙名草々御越可有候島中に此状御廻可有候せんちよ坊にてもきりしたんに成候はば被成御免《ごめんなされ》候恐惶謹言

丑十月十五日　　寿庵

右早々村々へ御廻し可被成候天人の御使に遣申候間村中の者に御申付可被成候吉利支丹に成不申候はば日本六十六ケ国共に天主様より御足にていんへるのに踏込なされ候間其分御心得なさるべく候天草の内大矢野に此中被成御座候四郎様と申は天人にて御座候其分可有御心得候

一加津佐村の寿庵と申人も則天人の御供なされ候間寿庵手前より先々へ遣申候

つまり、島原半島には農民一揆の気運がたかまり、天草島では切支丹反乱の準備がすすんでいた。一揆は島原半島で爆発したが、農民だけでは収まりがつかなくなって、天草の切支丹組に助勢をもとめ四郎を大将として原の廃城にたてこもることとなり、一揆は、切支丹の色が濃くなった。結局、最後には、切支丹反乱の形態になったのである。

徳川時代には、島原の乱といえば、切支丹騒動と一口に言った。ところが、明治以後には、農民一揆と訂正され、切支丹の陰謀が不当に忘れられようとしたのである。これは一に教会側の宣伝と、切支丹学者の多くがキリスト教徒であるため、切支丹に有利な解釈をとりがちであった為である。コレアの手記に拠る限り、島原の乱は純然たる農民一揆の如くであるが、コレアの手記に偏して日本の記録を無視することは不当である。コレアの手記はむしろ、参考にとどまるものでしかあるまい。

私が長崎図書館を訪れたとき、館長は、貴重な資料の蒐集《しゅうしゅう》をとりだして説明してくれたが、そのなかに、これは教会側の記録ですが、と言って、取出したものに、小さなパンフレットがあった。裏を返すと昭和四年発行、大浦天主堂とあり、一部五銭であった。今も教会に売っているから、もとめて御帰りなさいと言われた。

私が泊っていたイーグルホテルは、丁度、大浦天主堂の真下なのだ。ホテルをでて、坂道を四五十秒も歩くと、もう、天主堂の前である。翌日、私は天主堂へ登って行った。

私は門番にパンフレットのことをきいた。ああ、その本はね、昔はここでも売っていたが、今は本の係りの佐々木という人が取扱っていますから、上の入口でその人を呼出してきなさい、と教えてくれた。私は石段を登り、中段の入口でその人を呼出した。

私が来意をつげると、その人の眼に狼狽の色が走った。「そんな本は出版したことがありません」彼は言った。

「いいえ。出版されています。私は昨日図書館で見てきたのです。図書館長が現に売っているからと言っています。私は怪しいものではありません」

私は自分が小説家であること、又、この旅行の目的が島原の乱を小説にするためであることを説明して、名刺をだした。私の名刺に、彼は顔をそむけた。まるで、それが悪魔の護符であるような、愚昧《ぐまい》な人の怖れであった。そうして、名刺を受取るために、一本の指を差出そうとすらしなかった。「では、ちょっと、調べてきます」彼は思いきって、言い、僧房の奥へ消えた。

まもなく彼は出てきたが、やっぱり、ないと言った。

「明治時代にそんなものを出版したこともあったそうですけど」

「いいえ、昭和四年です。現に、下の門番も知っていますよ」

「それは何かの間違いでしょう」

私はあきらめた。そうして、上の天主堂へ登ってもいいかときいた。どうぞ、御自由に、と彼は答えた。私は彼に別れて天主堂へ登る。現存する日本最古の天主堂。国宝建造物である。疑いは神の子にあり、私は呟きながら、天主堂の扉をくぐった。

この天主堂は千八百六十五年（慶応元年）二月十九日落成した。その年の三月十七日のことであった。正午頃十四五人の男女が訪ねてきたが、常の見物人とは何やら様子が変っているので、プチジャン神父は彼等を堂内へ伴い入れ、ひそかに彼等の様子を見ていると、彼等はマリヤの像を認め、ああ、サンタマリヤと口々に叫ぶや跪《ひざまず》いて祈念の姿勢をするではないか。さてこそ三百年の禁令をくぐりぬけた切支丹の子孫であったかとプチジャンは狂喜し、いずこの人々であるかと問えば、長崎郊外浦上の者で、浦上村は村民すべてが三百年今尚ひそかに切支丹を奉じていると答えた。折から、他の見物の人がやって来たので、彼等はつと神父の旁《かたわら》を離れ、見物人のような顔して彼方此方を眺めはじめた。——これが、日本に於ける切支丹復活の日であったのである。その後、天草に、五島に、切支丹の子孫は続々と現れてきた。

この大浦の天主堂で、日本の切支丹が復活した。その建物は、今も尚、往昔のまま、ここにある。彼等はどの柱に、どの祭壇に、マリヤの像を認めたか。そうして、見物の人がやってきたとき、彼等は神父の旁をつと離れて、どの柱の下を、そ知らぬ風で歩いたであろうか。その復活の当日から、この神の子達は、宿命の疑惑を宿していた。禁令三百年、無数の鮮血をくぐりぬけて伝承した信仰に、悲しむべき疑いが凍りついていたことも又やむを得ない。そう思えば、私の癇癪《かんしゃく》もいくらか和《やわら》いでよかった。とは言え、何か割切れない不快が残り、釈然とはできなかった。疑いは神の子にあり、私は祭壇に向ってわざと呟いたが、何よりも困ったことには、さっき彼が受取らなかったので、行先を失った名刺が私の指にぶらさがっていることだった。仕方がないので、それを千切って、掃き清められた床の上へバラまいて、帰ってきた。

三　科学戦

一揆軍は原の廃城にこもって、十二月朔日《ついたち》から籠城にかかり、八日には小屋掛を終り、十二月廿日に第一回目の戦争。落城は翌年二月二十八日であった。

始めは一揆軍有勢で、正月朔日には幕府方の総大将板倉重昌が鉄砲に乳下を射抜かれて戦死した。幕府方の戦死は莫大であったが、一揆軍は極めて少数の犠牲者しか出さなかった。後者には鉄砲が整備していたからである。又、棒火矢《ぼうびや》というものを用いた。筒に矢をこめて打ったのである。当時の鉄砲は十匁玉《もんめ》とか廿匁玉とか言い、今のラムネ玉よりもよっぽど大きな玉であった。

幕府方は鉄砲に辟易《へきえき》し、石火矢（大砲のこと）で対抗したが、当時の大砲は実戦の役に立たなかった。板倉重昌に代った松平伊豆守は石火矢台というものを築かせて大砲をすえ、井楼《せいろう》をつくって、ここから敵状を偵察して大砲を打たせたが、駄目だった。石火矢台も現存しているが、城との距離は二百米《メートル》ぐらいしかない。それでも、とどかなかったのである。なぜ、とどかなかったかと言うと、当時大砲というものは、敵に実害を与えるよりも、その大仰な形や音響によって、敵を畏れしめ、戦わずして降服せしめる戦法から製作されたからである。だから、弾丸は徒《いたずら》に大きく、一丁も飛びはしなかった。今、長崎の大波止《おおはと》に、この時用いたという砲丸がある。重さ千三十二斤《きん》、玉の廻り五尺八寸。これを実際使用するには長さ九間口径三尺の筒と三千斤の火薬がいるというが、それでも一間とは飛ばず、多分、筒の中をころころところがって、筒の口からいきなり地面へドシンと落ちるだけだという。

正月十日、オランダ船をつれてきて、海上から砲撃させた。この弾丸はとどいた。この時から、幕府方は有勢になったのである。二十八日にオランダ船は平戸へ帰ったが、大砲だけは借りうけ、石火矢台にすえて、射撃した。とはいえ、敵に与えた損害は、決して大きくなかったのだ。むしろ、味方たるべき紅毛人が幕府方に加担したことによって、精神的な被害が大きかった。そうして、砲丸よりも、旧式な一本の弓矢が、更に大きな被害を与えた。正月十六日、四郎が本丸で碁を打っていると、敵の矢が飛んできてその袖をぬいた。生きた神なる四郎にすら矢が当るというので、陣中の動揺限りなく、遂に脱走する者数名が現れたのである。

二月二十二日。伊豆守は二十一日の戦争に死んだ敵兵の腹をさかしめ、腹中の物が青草の類ばかりで米食の跡のないことを見届け、総攻撃を決意した。このことは、伊豆の子供の日記にある。つまり、解剖学まで応用し、科学の粋をつくした力戦苦闘なのである。そうして、弓の矢がとどいたのに、大砲の玉がとどかなかったという結果を残しているのである。

四　忍術使い

これも甲斐守輝綱の日記から。

この戦争に、忍術使いが登場した。二月十五日、甲賀者を城中に忍びこませたのである。忍術使いは近江の甲賀から呼びよせたものであった。忍術使いは失敗した。九州の言葉が分らぬうえに、切支丹の用語や称名を全然知らなかったからである。忽《たちま》ち看破され、慌てて逃げた。それでも忍びこんだ印に、塀に立てた旗をぬいて担ぎだしたが、石で強《したた》か頭をどやされ、決して見事な忍術ぶりではなかった。切支丹の用語ぐらいは暗記してから忍びこめばいいのに、と、往昔猿飛佐助のファンであった私は大いに我が光輝ある忍術道のために悲しんだが、之が、そうはいかないのである。今日では、それに相応の訳語があるが、当時は適訳がなかったので、でうす（神）はらいそ（天国）いんへるの（地獄）くるす（十字架）という風に、こんな名詞まで外国語のまま用いていた。こんちりさん、さからめんと、えけれじや、どみんごす、などと、千にも近い南蛮語がそのまま使用されていては、九字《くじ》を切っても、まに合わない。

一方、一揆軍も大いに妖術を用いたと言われた。俗書では、天草四郎も忍術使いになっているのだ。そのうえ、金鍔次兵衛《きんつばじへえ》が登場したとも言われている。蓋《けだ》し金鍔次兵衛は、青史にその名をとどめる切支丹伴天連妖術使いの張本人で、この伴天連が実際島原の乱に登場すれば話は面白くなるのだけれども、あいにく彼はその直前に長崎で捕われ、一揆の直前十二月六日、穴に吊されて刑死している。だから、一揆に関係はない。

金鍔次兵衛は洗礼名をトマスと言い、姓は落合であるらしい。大村の生れ。父レオ小右衛門、母クララは共に殉教者であった。彼は有馬のセミナリヨで勉学し、特にラテン語にその天才を現したが、一六二二年大殉教の年、二十二歳でマニラへ渡り、アウグスチノ会の司祭に補せられた。金鍔次兵衛は日本の渾名《あだな》で、教会の記録ではトマス・デ・サン・オウグスチノとよばれている。

一六三〇年。布教のため故国へ潜入。神出鬼没の大活躍をはじめたのである。彼は先《ま》ず長崎奉行竹中采女《うねめ》の馬廻り役に入込んだ。潜入の伴天連多しといえども、堂々日本の役人に化けおおわせたのは彼一人である。しかも竹中采女は切支丹逮捕の総元締であるに於てをや。彼は自由に牢屋へ出入することができ、大村に入牢していたアウグスチノ会の布教長グチエレスと連絡し、通信を運んだり、給金をさいて給養したりした。一六三二年グチエレスが刑死の後は、アウグスチノ会の神父が彼一人となったので、独力信徒の世話につとめ、近隣を忍び歩いて告白をきき慰問につとめた。一六三三年、露顕した。然し、彼の遁走力は洵《まこと》に稀世のものであった。たった一人のトマス次兵衛を捕えるために、九州諸藩の軍勢数万人が出動したのである。嘘のような話であるが、それですら、つかまらなかった。

大村領戸根村脇崎の塩焼が次兵衛を山中にかくまっているという密告があったので、大村藩はここに総動員を行った。大村藩所蔵の「見聞集」によれば、家老大村彦右衛門を大将に、少数の城内留守番を残して、士分は言うまでもなく、足軽から土民に至るまで、十五歳から六十歳に至る全人口をかり集めたのである。そのうえ、佐賀、平戸、島原の三藩から援軍をもとめ、長崎浦上から大村湾一帯にかけて山関を張り、一歩一人の列を守って山狩りをはじめたのである。山狩りの味方同志が同志討ちの危険があるので「佐嘉勢者腰《は》に藁注連《わらしめ》平戸勢者大小鞘《さや》に白紙三つ巻島原勢者左の袖に白紙大村勢は背三縫に隈取紙を付け各列を定め出歩之刻限を極め暮に及相図を以て押止り其所に居て篝《かがり》を焼夜中交替して不寝番を勤往来を改禁す」三十五日かかって山の端から端に及び、浦上から海へつきぬけてしまったけれども、次兵衛を捕えることができなかった。次兵衛はそのとき早くも江戸へ逐電《ちくてん》し、今度は江戸城の大奥へ忍びこんで、お小姓組の間に伝道しはじめていたのである。江戸で布教の感化があらわれ、信者がふえたが、役人に嗅ぎつけられて、又、長崎へ舞い戻り、一六三五年から三七年まで再び長崎に大騒動をまき起した。切支丹伴天連妖術使いの張本人（昔の本にはこう書いてある）金鍔次兵衛（次太夫とも云う）の名は日本中に鳴りとどろいてしまったのである。どうして金鍔次兵衛と呼ばれたかというと、次兵衛は何か事あるとき、刀の鍔に手をあてて、何事か思入れよろしくやるのが例であった。その鍔に切支丹妖術の鍵があると思われたのである。多分刀の鍔に十字架でもはめ込んでいたのだろうと言われており、現にそういう拵《こしら》えの刀が発見されているということである。そこで金鍔次兵衛の名が生れた。一六三七年、長崎郊外の戸町番所に近い山中の横穴に住んでいるのを密告によって捕えられ、十二月六日、穴に吊るされて死んだ。十二月六日のくだりを記録によって調べると、原城では十二月朔日に立籠《たてこも》った一揆軍が矢狭間《やざま》を明け堀をほり、この工事が完成して妻子を城内へ引入れた日であり、その翌日には天草甚兵衛が手兵二千七百をひきつれて入城している。一方、討伐の上使松平伊豆守は、ようやく箱根を発足し神原に泊った日であった。箱根は終日豪雨であったそうだ。然し、次兵衛の死んだ十二月六日はパジェスの記事によったもので、太陽暦であり、日本の記録は太陰暦による日附であるから、同じ日でない。十二月六日は、多分、陰暦の十月十四日に当るのであろう。とすれば、島原一揆の起る直前で、(一揆の蜂起は十月二十五日)即ち、全然一揆には関係なかったのだ。

私が島原へでかける前日、長崎のことに精通した人がいるから、一度戸塚の大観堂へ立寄るように、という話であった。私は大観堂へでかけた。最初、折から遊びに来ていた早稲田の野球の指方選手が教えてくれた。長崎へ着き次第、本屋へかけつけ「市民読本」というのを買って読むといい、そういう話であった。あいにくのことに、この本は、もう長崎に一冊もなかったのである。

次に指方選手よりも、もっと精通した人が、駈けつけてくれた。この人の精密極る案内図によって、私は楽な旅行をたのしむことができたのである。

「郊外に戸町という所があって」その人は説明した。「大波止から渡船で行くのですが、そこには、怪しげな遊廓があります」

私はそれを覚えていた。私の旅行は切支丹の資料の調査のためであったが、旅行の日程というものが、目的のための目的だけで終始一貫しないことを、神の如くに看抜《みぬ》いている説明ぶりであったのである。

私は長崎へついて、まっさきに、数種の案内書と地図を買った。目当の土地へつき、知らない土地を目の前にして、地図をひろげるぐらい幸福な時はない。

戸町——あ。怪しげな遊廓のある所だな。私はニヤリとして地図を視《み》つめる。すると、金鍔谷。私は飛上るほど驚いた。そうだっけ。金鍔次兵衛がつかまったのは、戸町であった。私は慌てて、案内書をめくった。やっぱり、そうだ。金鍔次兵衛のつかまった所なのである。それればかりではなかった。金鍔次兵衛が最後にひそんでいた横穴が、現に、そのまま残っているのだ。

私は長崎へついたその足で、まっさきに戸町へでかけて行った。金鍔次兵衛の隠れ家だった横穴には、不動様が置かれていた。ただ、それだけのこと。来てみた所で、何の変哲があろう道理もないではないか。私はむしろ私の好奇心に呆気《あっけ》にとられて、変哲もない金鍔谷に、苦笑の眼をそそいでいた。長崎に見るべきものは外に沢山あろうのに、先ずまっさきに金鍔谷へ駈けつけたのが、分らなかった。我がことながら、阿呆らしかった。地図をひらいて、金鍔谷をみつけると、叩かれたように、飛出してしまったのである。長崎という所は、東京と支那のまんなかへんで、時間も、東京と支那のまんなかあたりであるらしい。東京で七時といえば薄暗らかったが、長崎では、疲れきった太陽がまだ光っている。始めは、化かされているような、厭な気がした。私が戸町で七時の時計と七時の太陽を見た時は、まだ長崎へついたばかりであったから、一そう、変に空虚を感じた。私は、怪しげな遊廓をひやかさずに、長崎へ戻った。そうして、チャンポン屋で渋い酒をのみながら、金鍔次兵衛ともあろう豪の者が、原城へ入城もしないで、あんな穴ぼこの中でつかまるとは、返す返すも残念至極だと、酩酊《めいてい》に及んでしまったのである。

島原の乱〔第一稿〕

血によって平和をもとめようとする——有りうべからざる論理のように思われる。けれども、どうしても、そのようでなければならぬ現実というものがあるようである。論理ではなく、現実なのだ。

渡辺小左ヱ門は、そのことに就て、幾日幾夜、思いめぐらさねばならなかった。あなたには、そのさしせまった最後の希望というものがお分りになりますまい、と、ある人が言った。天草甚兵衛も言い、山田右衛門作《えもさく》もそう言った。今、又、寿庵《じゅあん》がいうのである。彼等ばかりではなかった。口にだして言わなくとも、肚《はら》の裏では、あらゆる人がそう囁《ささや》いているのであった。あなたには、この世の苦労というものが、おありではないから、と。

「天草一円は申すまでもないこと、高来《たかき》郡一帯、天主の加護を待たぬという者はございませぬ」寿庵は、彼の目を屹《きっ》と見つめて、一言毎に杭《くい》を打ちこむように言う。高来郡とは、島原半島のことである。「天主に縋《すが》らねば、生きられぬのです。何者が好んで事を求めましょうか。良民らしい道を守り、安穏に暮そうと心掛けても、その報いには飢え死があるばかり。希望といえば、ただ、ひとつ、天主の加護を待つばかりです。いつ捕えられて死ぬかも知れぬ。とはいえ、餓死を待つよりは、天主に血潮を捧げる道を選ぶのです。道理ではありませぬ。待つものは、ただ、奇蹟。血を賭けてすら、それを待たねばならぬ人々を、あわれとは思いませぬか」

寿庵は、彼に、連判の同意をすすめに来たのであった。

連判というと大袈裟《おおげさ》であるが、ただ、口頭の同意でよかった。同意の表明は口頭ですむことではあったが、然《しか》し、内容は——直ちに一族一門の生死にかかわる大事なのだ。それが大事と思われもせず、何か品物の売買のように、簡単な口約束で済もうとしている。それがすでに異常であった。その異常さが、異常でなしに通る所に、更に大きな異常さがある。それでいいのか、と、彼は思う。何もかも憑かれている。天草島原一帯の、人ばかりではなく、牛も馬も、木も麦も。

「四郎殿に会わせては下さいませぬか。それから、甚兵衛殿にも。至急、とりはからっていただきたい。私が上津浦へ出向いても良いのですが、然し……」

寿庵の目は、次の言葉を待ち、焔《ほのお》を宿して燃えていたが、小左ヱ門の声は、冷静そのものであった。

「私の心がきまるまでは、私から出向くことは差ひかえねばなりませぬ。至急、甚兵衛殿、四郎殿に、大矢野へ立帰っていただきたい。おききしなければならぬことがあるのです。その上で、私の返事をきめましょう」

寿庵は、しばし、小左ヱ門をみつめていた。つきさす目。然し、小左ヱ門の決意の程を推しはかると、強《し》いてその上は言わなかった。そうして彼は帰って行った。

小左ヱ門の屋敷から、海が見えた。冬には稀《ま》れな静かな静かな海上を一隻の小舟が矢のように走りでている。今、別れた寿庵らしい。彼は帰りを急ぐために、仕度の調《ととの》った昼食もとらなかった。

「寿庵様ではありませぬか」

食膳のかたわらに控えたおそのが言う。さぐるような眼の色が動いた感じがして、小左ヱ門はふと妻を見た。然し、ただ、安らかな眼と、美しい、生き生きとした微笑が動いているばかりである。彼はいくらか安堵したが、とはいえ、この平穏な微笑の裏に、この人の聡明な心は、すでに、すべての不吉なものを知りぬいているに相違ないことも事実なのだった。

この妻の聡明な、美しい微笑に甘えて、平和な年月を過してはきた。然し、今は……。

「話にまぎれて、小平の洗礼のことを忘れてしまったよ」小左ヱ門も微笑をうかべてさりげなく言う。「ナタルの前に洗礼を受けさせたいと思っていたが」

ナタルが近づいていた。あますところ一ヶ月。切支丹《キリシタン》たちは、太陽暦で、すべての祭儀をいとなんでいた。

切支丹国禁以来二十数年の歳月が流れ、はれてナタルを祝ったということもない。幼少の頃、彼は父親にともなわれて、長崎のトドス・サントス寺院で、ナタルのミサに参列したことがあった。今も、なお、深夜の、あの夢幻のようなリタニヤの音調を忘れてはいなかった。

せめて一度は、神父《パアデレ》によって、この村に、この屋敷に、ナタルの祭儀を営んでもらいたかった、と思わずにいられない。然し、そのパアデレは、もはや日本にいないのだ。その年、はるばる伊太利亜《イタリア》の地から、マルセイロとよばれるコムパニヤの有徳の神父が日本人に姿をやつして潜入したもうと云われるが、直ちに捕われ、穴に吊されて果てられたという。一子、小平は、まだ洗礼も受けさせることが出来ないのだ。そういう不便を補うために、このあたりの村々では、神父に代る世話役のようなものを人選して、洗礼や告解を受けているのであったが、その世話役の重立《おもだち》である加津佐寿庵を、小左ヱ門は、なぜか虫が好かなかった。すでにナタルが近づいた。だが、ナタルまで、平和がつづくか。そのことが、先《ま》ず第一に気にかかる。

寿庵があのように急いで帰ったからには、明日は、四郎や甚兵衛が訪ねてくるであろう。彼等は今、下津浦に出向いて、四郎を天人と称し、ひそかに村民を集めて、切支丹の教を説いているのである。下津浦のみならず附近の村々から千余の群集が参集し、熱狂して、四郎をとりまき、その説教に涙を流し、叫び立ち、祈り、伏し拝んでいるという。

その四郎は、彼の妻、そのの弟で、まだ十六の少年だった。稀世の美貌にめぐまれ、体力も衆にすぐれ、神童の才をもってはいたが、天主のつかわされた使いであろう筈《はず》はなかった。

四郎殿は天人じゃ……誰もかも、今は、そう言う。彼の召使う者共も、この村の人々もこのヒエロニモ様（四郎様）は天人じゃ、と、土下坐で見送るほどであった。それに対して、彼は一言の異論をとなえたこともない。皮肉をもらしたこともなかった。ただ、然し、四郎が天人でないことだけは、彼の理性が、いつもはっきりみつめていた。

「あした、甚兵衛殿、四郎殿が見えられる筈じゃ。多分、見えられるであろう」

小左ヱ門は妻に言った。その人の名を口にだすとき、どうしても妻の目色をうかがう気持になるのである。甚兵衛はそのの父であり、四郎はそのの弟なのだ。だが、この聡明な人の眼に、また、かげりのない静かな微笑があるばかりである。そうして「御馳走を用意させておきましょう」と、さりげなく、静かに答えているのである。

四郎が天人でないことは、この姉が、小左ヱ門と同じように看抜《みぬ》いている。だが、この人は、その良人《おっと》と同じように、否、良人よりもなお冷静に、知らぬふりをしている。小左ヱ門は、そう思う。何もかも、みぬいている、と。

利巧な、美術品を見るような、美しい妻。小左ヱ門は、時に、絶叫したいような病的な愛情を感じることがあるのであった。それは、静な夜でもあれば、又、うらうらとはれた、明るい海を見ている日でもあったのである。彼は静かに、光りかがやく海を見ている。そうして、ふと、心に、なきたまぎる激しさで、妻を幻をよぶのであった。その時彼は、その愛情の向う側に、四郎や甚兵衛や、それをとりまく陰謀を、つめたく見つめ見放していた。

陰謀――その暗さを、彼は憎む。そうして、四郎父子をとりまく謀主達、それは概《おおむ》ね天草に□居《チッ》する浪人達であったが、その野望のために無智な農民を利用する心根を憎んだ。

そうして、今、陰謀は、彼をとりまいて、渦巻いている。農民をめぐる陰謀は、同時に彼をめぐる陰謀であり、彼がもし、この陰謀に加わる時は、恐らく農民の大多数が、陰謀に加わることとなるであろう。いわば、陰謀の最後の鍵は、彼の去就にあるのであった。

渡辺小左ヱ門は天草随一の旧家であり、その財力は、島内に群をぬく富豪であった。のみならず、当主小左ヱ門は、天質聡明、東西古今の学を究め、又、温厚寛仁、よく貧民を慈愛して、まだ二十七の若年ながら、その徳望は島内一円のみならず、遠く島原にすら、なりひびいていた。もし小左ヱ門が立つときは、去就を決しかねている農民の大部分が従うであろう。そうして、小左ヱ門の財力は、陰謀の戦闘力や持久力を倍加させるに相違なかった。

天草四郎が、天人と称して、農民達の畏敬を集めるに至った裏にも、もし、彼が、小左ヱ門の義弟でなかったとしたら、果して、こう易々と、農民達の信望を集め得たであろうか。

四郎の父甚兵衛は小西行長の旧臣であった。甚兵衛自身がまだ若年の時、すでに主家は断絶し、一家は、天草へ隠棲《いんせい》した。天草はドン・アゴスチノ小西行長の□□《ヒゴ》によって培われた切支丹の楽園であり、諸国の浪士がひそかに身を隠すには都合のよい土地だったのだ。

然し、天草という島は、住民の多くが隠れて切支丹を奉じる敬□《ケン》な信徒達であるという以外には、決して、これらの浪士達にとって、特に恵まれた土地ではない。全島山地で耕作すべき土地が少く、しかも住民の数は、甚だ多い所である。浪士達は、わずかに漁によって生計を立てるぐらいが関の山で、彼等の生活はいずれも貧窮のどん底だった。土着の農民自体が、すでに似よりの貧窮ぶりであったのである。

そういう生活に比べれば、甚兵衛父子の生活は、恵まれていた。天草随一の豪家との□□《インセキ》

によって陰の援助もあったけれども、尚それよりも、彼等一族の天性の生活力、天性の明敏が、常に彼等を助けていた。甚兵衛は、長崎通いの船と□□《レンラク》し、密貿易をやっていたのだ。このあたりの島々では、密貿易は殆《ほと》んど公然の秘密で、紅毛人や唐人の類いばかりでなく、朝鮮からは貧民相手に安物の日常品を売りつける密貿易船まである程だった。そういう船は、これで朝鮮海峡を横断したのが疑われるほどの、四五人乗れば沈みそうな小船で、大概乗手は頭船二人。朝鮮米も売りにくるし、そういう中で甚兵衛が扱う物は、唐物や、時には南蛮の小間物で、それを彼は、自分で大坂や江戸へでて、金に代えてくるのである。四郎も父に順《したが》って、この仕事にたずさわり、十四の年には、もう一人で、大坂、江戸へ、商用にでかけるほど、成熟しており、しかも四郎がでかけると、必ず父以上に売上げて帰る始末であった。

幼少から神童とうたわれ、才ばかりでなく、烈々たる気□《ハク》をめぐまれた四郎は、度々の商用で往復のうち、人生の諸相を少年の□□《エイチ》によって感得し、そうして、大人の心では感得のできない仕方で感得したばかりでなく、大人にはあり得ない夢幻の国へ、彼の得た人生の諸相を組み立てはじめていたのである。

謀主たちが、四郎を天人とかついだのだ。四郎の深謀遠慮が、そうかつがれるように仕組んだのか。これは却々《なかなか》、割りきりがたい難問であった。十四の夏、商用で、ただひとり江戸大坂へ上った四郎が、翌年の春、故郷へ帰ってきた時には、まったく別人になっていた。その態度に、その思想に、もはや、少年の姿はなかった。彼の美しい顔立には、まだ少年の幼さが、決してぬけはしなかったが、何か、□□《リンリン》とした気□《ハク》と、しっかりした思想の足場をもつ人の、不動の自信と、人の首領たるべき人の寛仁の徳が、刻まれていた。まもなく、四郎は天人に相違ないという噂が立ちはじめ、にわかに火の手をあげたように、天草一円へひろまりはじめた。謀主たちの暗躍が、めだってきたのは、そのころになってのちのことであった。

村はずれに癩病《らいびょう》部落があって、七組の家族が、各《おのおの》の小屋に住んでいた。ある日、癩病人のひとりが、水に溺れようとしたことがあった。病人は顔もすでに崩れており、獣めく□《ウメキ》をあげながら、手首の落ちた手を水面に差上げて、恨をこめて陸地を睨《にら》み、水底へ消えようとしていた。数間と離れない陸に村人が集っていたのであるが、彼等は顔をそむけ、又、ある者は、ふりむいて歩きだしていた。天命が、業病に蝕《むしば》まれた魂を安息へよびむかえているのだと彼等は自分に都合のいい解釈を下して、たとい水□《レン》に覚えがあっても、業病の身体《からだ》にふれて助けあげる勇気を持ち合せていなかったのである。疾風のように駈けつけた若者があった。なんの躊躇《ちゅうちょ》もなく、水にくぐり、癩病人をだきかかえて上ってきた。四郎であった。水を吐かせ、そうして、墓穴から掘りだした腐肉のような病人を負うて癩病小屋へ歩いて行った。

この島にすむ善右ヱ門は、やっぱり小西の旧臣であったが、寄る年波に、妻子もなく、確たる生業もなく、飢餓に瀕していた。浜へ魚貝を拾いにでたが、収穫がなかったので、空腹に堪えかね、一軒の民家に人の気配のないのを見ると、忍びこんで小量のコク物を盗みだした。然し、一丁と歩かぬうちに、みとがめた人が追いついていた。善右ヱ門は、恥辱に盲《めし》いて、突然、狂暴な力にかられた。死んでいた武士の血が、狂って、よみがえっていた。答うべき声もなく、答うべき心もなかったのである。ただ、唐突に、殺意のみがわきたち、彼はふるえ、そうして、本能的に□□《エモノ》をさがした。四郎がそこへ通りかかった。

「あなたが買物の□《カタ》に置き残されたお金だとは知りませんでした」四郎は恥じいって赧《あから》みながら、握っていたバラ銭を差出した。「道端の□《ムシロ》の上になげすてられていたので、つい拾ってしまったのです。私の悪心のために、皆さんに御迷惑をおかけして申訳もございません」

四郎は土の上へ坐り、手をついて善右ヱ門の前に頭をたれた。そうして、「どのような御成敗でもお受け致しますが、お慈悲をもって、父には内密にして下さいますように」

見れば、涙すら、流さんばかりであった。

善右ヱ門は、呆然《ぼうぜん》としたが、咄嗟《とっさ》に、この意外な出来事を利用する以外には、智慧《ちえ》が浮かばなかった。

「こいつ奴《め》が！」善右ヱ門は唸《うな》った。「よくも、人の銭を盗みおった」彼は四郎の□《エリ》首をつかんで、ねじり、突き倒した。空腹と、老齢と、殺気のために、善右ヱ門は、ひとり、よろめいて、呼吸がはずみ、めまいがしていた。そうして、□□□《ムガム》中の殺気の中で、彼はふと、いきりたつ意識のどこやらに、天使の姿を、目にとめた思いがしていた。天草島で天使が生れた、第一日のことなのである。

その夜、善右ヱ門は、四郎の家に忍び、ひれふして、無礼を詫びた。四郎は善右ヱ門の手をとって、いたわり、奥の間へ招じいれて、昼間のですぎた所業を深くわびた。

「私があなたをお助け致したなどとは、とんでもないことです」四郎は、むしろ羞じ入る面持であった。「世が世であれば何御不自由もないあなたが、天主《でうす》の御教のままに正しい、つつましい道をお生きなって、その日の□《カテ》にも難渋のお暮しをなさろうとは、おいたわしい限りです。子供の分際で、お助けなどということができる筈もありませんが、あなたの一時の御難儀をお助けするものがあったとすれば、それは、天主のほかにございませぬ。天主に捧げたつつましい道のためにあなたがその日の□《カテ》にも御苦しみの様をみて、どうして天主が黙視していられれましょうか。共々、天主に感謝を捧げようでは厶《ござ》いませんか」

その日の昼の出来事をゆくりなく旁観していた医者の休意は、彼も亦《また》、天主の道を奉じる隠栖の浪人の一人であった。

「四郎殿、よく気がつかれたのう」

膝の□《チリ》を払って立去る四郎を追い、人気ない所へ来て、こう言葉をかけた時、四郎はふりむいたが、やがて、その顔が紅潮した。

「老先生」四郎は睨み合うように、立っていた。その身体に気□《ハク》がこもり、美しい少年の顔に、犯すべからざる気品がみなぎっていた。「私は商用のために、京、大坂、江戸を往復致しましたが、私の育った天草の土地ほど、人々が悲しい思いをしている所はありませんでした。まじめに□□《シシ》と働いて、夜の明けるから、日の落ちるまで、汗を流しながら、それですら、その日の食物に事欠くと致しましたなら、どのような善人でも盗みを働こうではございませんか。私は、ふと、恐しいことを考えるようになるのです。そうして、口惜しくなるのです。正しい人々が、正しいながらに、悪人の行いもしなければならぬ土地が、このままであっていいのですか。一方、よこしまな人々が、金銀をたくわえ、身に暖衣をまとい、山海の美食に耽《ふけ》って、横道の限りをつくしています。その金銀も、暖衣も、美食も、すべてが、哀れな、正直な、人々を犠牲にして築かれたものではありませんか。私の村の人々は、税金を収めるために、最愛の娘も売らなければなりませぬ。家に、一物の蓄えすらもありませぬ。身は痩せ、肉落ち、ただ、残るものは、天主のいましめと、心ばかり。その天主すら、領主はこれを奪い去り、心は、善を望もうにも、やむなく盗みに走らずにいられぬ有様ではございませぬか。四十年前、天主の教の盛《さかん》であったこの土地は、楽土であったと言われていますが、今、野山に、浦に、みちるものは、ただ、□□《オンサ》の声と涙ばかり、悲しみ苦しみのほかに何物もありませぬ」

　四郎の目に涙が光った。

「昔、小西行長様の御治世の頃、天草に、上を呪《のろ》う土民など、露一人だになかったときいております。領主は政《まつりごと》に心をこめ、武士は文武にいそしみ、農民は畑をまもる。万民各々その業にいそしんで、一家一族相和し、一村一国和楽の基となる。私達土民に、それを求めぬ者がありましょうか。ただ、領主が、それを与えぬのです。はばむのです。上に立つ、極めて小数の者だけが、そうではありませぬか。万民は、和楽、安住の地をもとめてやみませぬ。私は、その小数の悪人共を咒います。その悪人原《ばら》の根をからして、万民安住の地をきずくためならば、私の一命を棄ててもと、思うことすら、あるのです。私は旅先の泊りで、又、道を歩きながら、いつもそれを考えていたのでした。九州の土民は、切支丹盛んなころの平和な治世を忘れてはおりませぬ。皆、あこがれているのです。否、九州ばかりではありませぬ。中国、近畿すら、切支丹の徳をしたう者があります。よし又、切支丹ならずとも、平和の治世をもとめる心のないものが、ありましょうか。ひとたび、天草が、平和の楽土を望んで立上る時には、九州のあらゆる土民が相和すでしょう。土民のみではありませぬ。士分の大半も亦、やがて合流するばかりでなく、徳川家への思惑から、やむなく切支丹を棄てている大名すらも、少くないではありませぬか」

四郎は休意をみつめ、その目に、おしかかるような力があふれた。

「徳川はすでに三代、万代不易の大本がここにかためられたと言う者もありますが、実状は決してそのようではありませぬ。譜代の諸侯はとにかくとして、外様大名、いったん事ある際に、折あらばと思わぬ者はないのです。私は江戸で、大奥に仕える人に南蛮の品物を商いました折、ひそかにきいた話ですが、三代将軍家光公は、すでにこの春、正月、突然、酒席に倒れたまま御他界とのこと。私のたしかめた事実です。今、江戸では将軍家御不例と称して、拝□《エッ》をさしとめておりますが、実状は右の通り、すでに、死んでいるのです。なぜ、発表をさしひかえて、御不例と称しているかといえば、即ち外様大名の異心を怖れ、□□《ムホン》を怖れているからです。幕府の基礎は□□《ケンゴ》ではありませぬ。もし一角がくずれる時は、忽《たちま》ち四方がくずれるでしょう。さすれば、九州の諸大名は、その大半が、昔のように、誰に遠慮もなく、切支丹を奉じようではありませぬか」

その頃、農民の間には、すでに、なにか反抗の気運がみちていた。農民が二人集る。落付く話は、生活の苦しさ、そうして、領主への咒咀《じゅそ》である。

猿飛佐助

〔草稿〕

猿飛佐助は忍術使いだから、すばしこい小男だと思うと大の間違いで、人並外れて大男であった。三好清海《せいかい》入道などは妙に太っているけれどもせいは低かった。佐助はせいが高く肉がしまっていて、それに大変好男子だ。楓《かえで》という家中随一の美女に口説かれ、佐助が大いに困っていると、幸村が大笑いしてとりもってやったというぐらい、もっとも、このとき、佐助はまだ十八で、女も十八、佐助は忍術の名人だったが、女のことは全然うぶだった。

幸村は佐助と同年だったが、特別佐助を愛した。一口に真田十勇士というけれども、佐助は別格で、単なる剣客忍術使いとしての勇士ではない。幸村の軍略政略顧問でもあり、智恵ブクロ、という程でなくとも、臣下としては唯一の相談役であった。

幸村のあみだした戦法の根幹的な一つは、歩《ぶ》の悪い位置に布陣して勝つ、ということである。戦争というものは常に優位に布陣できるものではないし、優位に布陣したいのは人情だけれども、そこを逆に行って、故意に劣勢に布陣して勝をしめる方法を研究発案した。というのは、優位に布陣すれば、敵も優位を優位とし認識の上之《これ》を正当に攻めてくる。ところが劣勢に布陣すると、敵は必ず奇兵あることを心配して色々と危□《グ》の念をいだく。この心理的優位を利用し得ることが一つの理由。次により大きな理由は、彼は当時日本に於ける最高の火薬研究家であったから、当時の戦略の根本的な欠点を見抜いていて、常識上の劣勢が決して本質的な劣勢にあらずという戦術上の充分な自信をもっていた。蓋《けだ》し、猿飛佐助は幸村のこの戦術の最大の理解者であり、助力者であり、彼は長崎へ赴いて多くの部下を指揮して変装させて各方面へ入りこませ、中には切支丹《キリシタン》の信者になりおわせたりして、外国船から最新の鉄砲や遠目鏡や大砲や外国陸軍の戦法などを探らせていた。九度山の□《チツ》居中は専《もっぱ》ら砲術戦法の実用準備時代で、その間佐助は最も重用な相談役であった。

佐助は□《ヒマ》な時間が一分もないぐらい忙しい男であったが、忙しそうな顔をしたことのない男であった。佐助は年中九州やその他の諸国を旅行しなければならない。帰ってくれば、その報告や、得て来た資料によって準備実用の指図をしなければならぬ。寧日《ねいじつ》なしとはこの男だが、ちっとも忙しそうな顔をしない。夜の眠りも人の半分ないのに、睡《ねむ》たそうな顔をしない。元々、体力が並外れて強力だったせいもあるが、佐助独特の方法もあって、たとえば、十名の部下をひきつれて長崎へ行くにも、佐助の脚力は特別だから、一人だけ十日も早く九州へついてしまう。茶店茶店で三十分ぐらいずつ居眠りしても、それぐらい早く歩いてしまうのである。つまり、三人前ぐらい多忙でもまだ余裕があるから、そうして、その余裕だけは必ず残しておかねばならぬことを知っていたから、疲れを見せることがない。いつも、忙しい風がなくて、当今ならクワエタバコという顔であった。

獅子は兎をうつにも全力をつくす、小敵をあなどるな、ということは兵法の根本である。常に具えを忘れるな、ということも兵法の根本だ。刹那《せつな》刹那を全力をもって生きる、これが兵法の根本の心構えだ。佐助は之を忘れたことがない。蓋し、彼の忍術というものは、この精神によって生れ育った特別の戦法だからだ。

兵法の根本は心理だ。敵が何を考えているか、之が分らなければならぬ。忍術の秘訣も之の一つにつきる。之が分らなければ、どうにもならぬ。分りさえすれば、応手は自《おのずか》ら現れてくる。蓋し、自ら現れるだけの訓練も亦《また》常に忘れていないから。

佐助が幸村の家来になったのは十六の年だが、その才幹を憎く思って、清海入道がフトンムシにしようとした。然《しか》し、フトンにむされたのは入道の方だった。□□《ホーバイ》が何か企んでいるぐらい耳をふさいで、アクビをしていても分る男だ。けれども、佐助の特徴というべきものは、敵の心が分っても、決してそれを相手に見せない所にあった。人の何倍の仕事をしながら、常に余力を残しておくことを忘れなかったこの男は、然し、もし、茶店で□□《ヒルネ》しているところを抑えられれば、それまでだったわけでもあった。こういう最後の弱味は佐助ほどの達人でも、どうすることもできぬ。人間には、最後の一つの穴というものを、なくすとすると、人間ではなく、神様になってしまう。忍術使いは神様ではない。

わが血を追う人々

その一

渡辺小左衛門は鳥銃《ちょうじゅう》をぶらさげて冬山をのそのそとぶらついている男のことを考えると、ちょうど蛇の嫌いな者が蛇を見たときと同じ嫌悪を感じた。この男が鳥銃をぶらさげて歩くには理由があるので、人に怪しまれず毎日野山を歩き廻るには猟人の風をするに限る。この男は最近この村へ越してきて、それも渡辺小左衛門を頼って、彼の地所を借りうけた。名目は小左衛門の小作であるが、畑などは耕さぬ。毎日鳥銃をぶらさげて諸々方々、天草一円から長崎島原にわたって歩き廻り、どこに寝ているのやら、小屋はあるが、自分の小屋に眠ることなどはめったにない。ところが一度、小左衛門はこの男の眠るところを見たのである。彼の嫌悪が決定的になったのは、その時からのことであった。

この男が水練が達者なぐらいは驚くに当らぬが、この男は真冬の満潮の海を泳いで上ってきた。鉢巻をしめて頭上に松明《たいまつ》をさしこみ、これに火をともして荒れ模様の夜の海を半刻《はんとき》あまりも泳いできたのである。神火が荒れ海に燃えているというので村の人々は驚愕して海辺に坐って火を拝む始末であったが、男は水中で松明を消して小左衛門の裏庭の浜へ上ってきた。ここならば村の者には見つからない。あいにく小左衛門はたった一人裏庭へでて神火を見ていた。海から上ってくる男に向って誰かと叫ぶと、ああ、あんたか、と、男はすり切れたような声で答えただけだった。さすがにこの男も冬の荒れ海の水練に疲労困憊《こんぱい》していたのである。男は暫《しばら》く汀《みぎわ》にうずくまっていたが、やがて起き上って腰に巻きつけていたジシビリナ（鞭）をほどくと、力一ぱい自分の身体《からだ》を殴りはじめた。散々に殴り、血にまみれ、喘《あえ》ぎながら小左衛門の牛小屋に辿《たど》りつくと、へたばるようにもぐりこんで藁《わら》をかぶって寝てしまった。

この男が何のためにこの島へきて小左衛門の地所を借りたか、だんだん意味が分ってきた。この男は、先《ま》ず一冊の本をたずさえてきたのである。この本は二十五年前上津浦に布教していたママコスという外人神父の書き残した予言書で、ママコスは之《これ》を残して追放されたと言うのであるが、五々の年、日域に善童が現れるであろう、善童は習わざる諸道に通達している、東西の空が焼け、枯木に花が咲き、天地震動し、そのとき人々がクルス（十字架）をかかげて野山をはせめぐり切支丹《キリシタン》の世となるであろう、という意味のことが書いてある。

ちょうどその年には東西の空が一時に焼けるという現象が起って村人達を驚かし、又、源左衛門の庭の枯木の藤の木に花が咲き、それも以前は白の咲いた木であるのに紫の花が咲いた。又、外のところでは秋の季節に桜の花が咲いたし、温泉岳の麓であるから天地鳴動に不足はない。万事その年に行われた不思議な事どもにかこつけたもので、善童とあるのは言うまでもなく益田甚兵衛の子、ヒエロニモ四郎のことであった。

男には五名の配下があった。医者の森宗意軒、松右衛門、善右衛門、源右衛門、源左衛門で、いずれも六十前後の老人、天草の諸方に住む切支丹の世話役であった。五名の老人はママコスの予言書を持ち廻って四郎の奇蹟を宣伝しはじめたのである。

下津浦の浜では漁師が網をひくと貝殻が一つはいってきた。貝殻の中には紙片があり、表に十字架が描かれ、裏には天の子四郎と書かれていた。

小左衛門が一番はっきりと忘れることが出来ないのは、この男が彼の地所を借りるために始めて訪ねてきた時のことで、そのとき男は呆れるぐらい陽気であった。開放的で豪快で何一つ心に隠しておくことの出来ないお喋りという風であり、彼の経てきた色々の不思議なこと愉快なことを語ってきかせるのであるが、たった一度ジロリとレシイナを見た男の眼を小左衛門は忘れることが出来ないのだ。レシイナは彼の妻でありヒエロニモ四郎の姉であった。

その瞬時の眼は最も陰惨な心の窓だ。尊貴なる福音の使者たる人にこのような眼が有りうるものかと小左衛門は我目を疑る始末であったが、思えば男の魂は二元で、この陰惨な眼が彼の偽らぬ本性である。この男は悪魔なのだ。彼は神の福音を説いている。けれども、彼の魂は人間の沈み得るどん底に落ち、石よりも重く沈黙し、あらゆる物の破壊を待っているだけだ。レシイナを見たこの男の眼は、幸福又は平和に対する敵意であった。野卑や好色の翳《かげ》がないのは、その魂が破壊という最後の崖しか見つめることがなくなっている証拠であった。

男の名は金鍔次兵衛《きんつばじへえ》の通り名で日本全土に知られていたが、その本名は誰も知らない。大村の生れで、父はレオ落合小左衛門、母はクララ、貧乏な武士で、両親共に殉教者であったというが、彼は少年時代から有馬の神学校で育ち、欧羅巴《ヨーロッパ》人と同じぐらいラテン語を達者に話した。一六二二年、宗教的地位を得るためにマニラに渡り、二三年十一月二十六日管区長フライ・アロンゾ・メンチエダ神父によって修道服を受け、ドン・フライ・ペトロ・デ・アルセによって司祭に補せられた。教会に残る彼の名はフライ・トマス・デ・サン・アウグスチノ神父という。日本潜入を願いでて、一六三〇年二月二日乗船、マリベレス島で難船したが助かり、日本逆潜入に成功した。

当時アウグスチノ会の代理管区長グチエレスは大村に入牢《じゅろう》中であったから、次兵衛は長崎奉行竹中采女《うねめ》の別当の中間《ちゅうげん》に住込んで牢舎に通い、グチエレスの指図を受けて伝道に奔走したが、彼の名が知れ渡りお尋者になりながら、当の長崎奉行の別当の中間に身をやつしているということは約二年間気付かれなかった。露顕して大村の山中に逃げ込み、このとき次兵衛一人を捕えるために大村藩は十六歳以上六十歳まで領内の男子総動員、唐津藩や長崎奉行、佐賀藩などから応援をもとめて総勢は数万に達し、全員を以て山全体をとりまいて、一人一尺の間隔で山林から海岸まで一足ずつ追いつめて行った。夜になると各自立止った地点を動かず篝《かがり》をたいて不寝番を立て、三十五日を費して、遂に海まで突きぬけた。海上には数千の小舟を敷きつめて待ちぶせていたから漏れる隙間はなかった筈《はず》だが、次兵衛の姿はなかった。彼はすでに江戸へ逐電《ちくてん》、信徒の旗本の手引で江戸城の大奥へまで乗込んで小姓の間を伝道して歩いていたが、江戸の生活が約二年、露顕の気配が近づくと風の如くに飄然《ひょうぜん》長崎へ舞い戻ってきた。

彼は危急の迫るたびに刀の鍔に手を当てて祈念するので、刀の鍔に切支丹妖術の鍵が秘められているのだろうと取沙汰せられて、金鍔次兵衛（又は次太夫）の渾名《あだな》となったが、多分彼の刀の鍔に十字架がはめこまれていたのであろうと今日想像せられている。刀の鍔に十字架を用いた例は切支丹遺物の中にも現存している。カトリック教徒が胸に切る十字は、あれが多分後世忍術使いの真言九字の原形であったに相違ない。切支丹と言えばバテレンの妖術使いと一口に言うが、真に妖術使いの足跡を正史にとどめている者は金鍔次兵衛の外にはない。

ポルトガルの商船はまた長崎に入港したが、乗員達はもはや上陸を許されず、早晩貿易禁止は必然で、日本潜入の神父も後を絶とうとし、信徒と教団の連絡は絶望的になっていた。潜入の神父はあらかた刑死し、フェレイラは棄教、残存するのは金鍔次兵衛ぐらいのもので、あとは消息も分らない。

その年の長崎及びその近郊に行われた降誕祭《ナタル》のミサは無茶苦茶だった。信徒達は殺気立ち、捕吏が来たら捕えて殺してしまう覚悟で、各々の秘密集会所で祈り泣き歌い、牛小屋を清めて水をはり、彼らはもう死の狂躁と遊んでいた。それは神父《パードレ》金鍔次兵衛の指図であり、絶望と破壊の遊戯は彼の姿の影であった。逃亡潜伏に熟達した次兵衛はとにかく、信徒達の狂躁が捕吏に分らぬ筈はない。彼によって修道服を受けた数人を始め七百名余りの信徒達が一網打尽となり、刑場に送られて焼き殺されてしまったが、次兵衛のみは風であった。彼は天草へ舞い戻り、鳥銃をぶらさげて冬山の雑木林をぶらぶら歩いていたのである。

あの男は平和な人々を破壊と死滅へ追い立てる気だ、と渡辺小左衛門は悟った。彼は天草最大の富豪であり、和漢を始め洋学にも通じたディレッタントで引込思案の男であったが、レシイナに向けられた陰惨な眼を思いだすと渾身《こんしん》の勇気がわいてきた。それは彼が安穏を欲するからであったけれども、又、レシイナを熱愛していたせいだった。あの陰惨な魂の破壊の影が自分とレシイナの平和にまで及ぶだろうと考えると、曽《かつ》ては最大の敬意を以て迎えた神父であったけれども、秘密に殺したくなってきた。気違いめ。俺は気違いは嫌いなのだ。そして天草の人間は、今はもう、一人残らずみんな気違いになろうとしている。ああレシイナお前まで、お前はまさか弟の四郎が天人だと思う筈はないだろう。いいえ、とレシイナは答えた。気の毒な農民達は畑の物を根こそぎ税に納めねばならず、食べる物もありませぬ。ゼスス様の御名を唱えても殺されます。世の中がこのままのようで宜しい筈はございませぬ。ああ、小左衛門は絶望した。だが、何という女であろうか。彼は異様に新鮮な色情すらも見たのであった。全てが分らなくなってきた。神とは何者であるか。四郎は何者であるか。そしてレシイナよ、お前まで俺の分らぬところへ飛び立ってしまいそうな気がする。

金鍔次兵衛は長崎の二官の店でヒエロニモ四郎に洗礼を授けた当の神父であった。

四郎は八ツの年に二官の店に丁稚《でっち》奉公にあがったが、彼はいわゆる神童で、この界隈では四五歳の四郎の筆蹟を額におさめて珍蔵する家もすくなからぬ程だった。

十三の年に独立して、二官の店の商品、舶来の小間物類を船につみこみ、京、大坂、江戸で売りさばくために父親の甚兵衛と共に出発したが用心棒という以外に父親の同伴の意味はなかった。大人よりも利巧であったし、商才に富んでいた。

二官の義弟の陳景《のぶかげ》は長崎の市長であったが、四郎は当然王侯たるべき人ではあるが、世を危くする気質まで蔵している、と予言した。二官は四郎先生とよんで自慢のあまり過当に四郎を代理に立てて一人前に振舞わせて喜びまわっていたのであったが、応対の礼儀などでも大人以上の落付と余裕があったし、思慮分別にも富んでいた。四周にただ賞讃の言葉だけしか聞き知ることのなかった四郎は、何が賞讃の要件であるか、更に賞讃せられるために如何にすべきか、本能的に会得しており、常に効果を測定していた。けれども彼は十三であり、そしてあらゆる少年よりも更に空想的な少年だった。彼は自在の力を信じ、自己の万能を空想したが、常に賞讃にみたされた通路に狎《な》れて、野放図な子供の空想がそっくり大人の現実的な野心と計画に育っていた。

元々大人の年齢は多くは蛇足で、経験という不手際なツギハギによって、要するにその人間の器量に相応したツギの当て方をしているというだけのことだ。子供の着物はまだツギが当っていない。彼らは空想的で大人達が器量相応のこと以上に踏みだす力を失っているのに、彼らは思いのままの何事もできると考えている。だから彼らは利巧のようでも子供だと言われ、まだツギの当らぬ着物が、要するに之《これ》からの一足毎《ごと》に破れて、ツギハギだらけになったときに一人前になるだろうと考えられているのである。

けれども経験という不手際なツギハギが叡智《えいち》の栄光でないことは大人達も認めており、彼らはツギの当らない着物の美しさを忘れていないばかりでなく、眩惑《げんわく》されたり、時に本能的な喝采を送りたがる愚昧《ぐまい》な感動を忍ばせている。それはもう愚昧の外の言葉はない。このツギハギを取り除けば大人は子供に附け加えた何の値打も持ってはおらず、分別の殻を負うているだけ始末の悪い気違いだった。彼らは間違いを合理化し益々愚昧に落込むことを急ぐのだ。

すべてそれらの大人達の愚かさを四郎は別の角度から見抜いていた。彼らは正直で狡猾《こうかつ》で一定の複雑な内容を持っているが、発育の止った身長と同じように全てがすでに限定せられて、要するに使役に馴らされているということだった。自分を常に大人達のその上に置いて、彼は絶対の王者を夢み、やがて確信しはじめた。

彼らが商品を船に積みこみ明朝出発するという前夜のことだが、その晩長崎の二官の店では四郎父子を主賓に小さな饗宴がひらかれていた。そのとき飄然訪れたのが金錣次兵衛で、彼は江戸から逃げ戻って、長崎の二官の店へ辿りついたところであった。

逃亡と潜伏、死の戯れの半生に次兵衛の魂は孤絶したが、孤絶せる魂には死生も亦《また》ただ退屈にすぎず、魂の結び目をとく何物もなかったけれども、ただ人間の肉体、容貌の美という可ことが異常な刺戟《しげき》になるのであった。彼は九ツのそして十のヒエロニモの目覚めるような可憐さを忘れる筈はなかったが、今眼前に再会した十三のヒエロニモは処女よりも清く美姫よりもなまめかしく、そして全ての効果を意識した利巧さが娼婦の本能であることをどうして次兵衛が見逃そう。彼は美なる肉体の猟犬であり、悪魔の臭覚をもっていた。彼の魂は昏酔し、恍惚として肉体の上を遊楽した。孤絶せる魂に恋はない。毒血の麻薬的な明滅だったが、この少年を自己の運命の圏外へ手放すことに異常な恐怖に襲われた。

四郎はかかる不自由な身動き、否、全然予期せざる身動きが自然に流れでて行くことを曽て記憶にとどめていなかった。それは娼婦がその正体を見抜いた人に接した時に自然に動く媚態であるということに気付く筈はなかったが、彼はいくらか困惑し、意識の底では訝《いぶか》しげに眉をひそめてみるのであったが、その顔色は益々冴えるばかりであった。彼は次兵衛が怖かった。そして次兵衛に傾倒した。

翌朝、次兵衛はまだ夜の明けぬうちに目が覚めた。朝ごとに訪れる怒りと悔恨が、その日は特別ひどかった。彼は不快な夢を見た。夢の中では捕吏や役人と談合し、その歓心を得るために卑屈に振舞い、数々の卑劣なことをするのであった。この安らかな蒲団の奴が、と彼は蒲団をはねのけて腰のジシビリナ（鞭）を握りしめたが、わけの分らぬ絶望のために放心し、両手に顔を掩《おお》うていた。まだ街はねむっていたが、二官の家では四郎父子の出発のために立働く音がしている。彼らはこの蒲団を、そして寝室を、さらに広大にするために働いているのであろう。あのヒエロニモまで。彼はなぜ京や大坂や江戸の町へ異国の小間物を商いに行くか。次兵衛は唐突な怒りのために狂乱した。

彼は直ちに着物をつけて四郎の部屋をたたき、彼をよびだして、まだ明けきらぬ丘へ登った。

「ヒエロニモよ。お前は大坂や京や江戸の町へ、商いのために首途《かどで》につく。だが、ヒエロニモよ。よく考えてみるがよい。お前はなぜ商いにでかけるのか。そのわけが分っているかね。お前はお金をもうけるためか。そうして、そのお金で何をするつもりだろうか。さア、わたしに考えを語ってきかせてごらん」

「お父さんやお母さんを安楽にさせてあげるためです」

「そのお金でか！」

「いいえ、神父《パードレ》さま、私はお金のことばかり考えているわけではありません。霊《アニマ》のたすかりのことを第一に忘れてはおりませぬ。また、慈善の心も忘れてはおりませぬ。幸い多少の富ができたなら、父母と同じように、他の人々をも幸せにすることが出来るでしょう」

「その考えは誰でも、当然そうでなければならないことだ。ヒエロニモよ。お前はこの世をどう考えているか。切支丹の尊い教は邪教の人々によって禁制せられている。清い正しい奉教人がその清さ正しさのために捕えられて、見よ、あの殉教の丘で何人の人々がその血を流し、又、生きながら焼かれて死んだか。私たちが生きながらえて奉教人の道を失うまいと思うなら、私のように野に伏し山に寝て人目をくぐるか、さもなければ聖像を足にふみ不信を天主様に詫びながら悔恨の多い一生を辿らなければなるまい。このままで良いとお前は思うか。このような汚れた世に、あくせくとお金をもうけ、そのお金で身の小さな安穏をはかり、それを孝養だの慈善だのと呼ぶことが怖しいとは思わぬか。それが天主様のお心にかなうことだとお前は考えているのかね」

「神父さまのお言葉の意味が良く分りませせぬ。教えて下さいませ。私はどうすればよろしいのですか。私は間違いを改めます。天主様のお心にかない、神父さまのお心にかなう正しい道があるならば、私は必ずその道を歩きます」

「よし、よし。ただ、それだけで良いのだ。お前は安心して江戸へ行ってくるが良い。商いをしてくるがよい。だが、ヒエロニモよ。私の言葉、天主様のお心にかなう正しい道がただ一つあるということを忘れるな。やがてその道がお前の眼前にひらかれてくるだろう。それはな、世の中がこのままであってはならぬということだ。旅にでて、異教徒どもの世の中、奉教人の許されぬ世の中が、どのような汚れにみちみちているか、良く見てくるがよい。世の中がこのままであってはならぬという御主の声がお前の耳にひびくであろう。その日その時を忘れるな。そしてそれからお前が何を考えるか、お前の口からきく日まで、私はそなたの旅の帰りを何よりの楽しみに待ちかねていよう。さア、人々が待っている。お前はでかけて来るがよい」

次兵衛の胸ははれていた。彼は美しい少年を見ているうちは安心しきっていられたし、やがては彼のもとに戻り、同じ運命を辿るであろうということを信じることもできるのだ。夜明けの冷めたさが彼の壮烈な活動力を気持よくなでていた。するともはや彼は瞬時もとどまりがたい活気のために幸福でいっぱいだった。この町、あの村に残して行った信徒たち。もし彼らが殉教をまぬかれて生きていたら、苦しみを分ち、新しい勇気を与えるために、次兵衛は希望の豊かさに満足した。彼の三十四の肉体は流浪の生活に衰えを見せぬばかりか、その感情は二十の若さから全く老けていなかった。ああ、二年ぶりで見るなつかしい港、四郎に別れて丘の藪《やぶ》をかきわけながら、口笛を吹き、枯れそめた木々に呼びかけていた。金鍔次兵衛神父様の御帰還だ。さア、新しい闘争が、この丘で、また、始まるぜ。忘れ得ぬ捕吏の顔まで、友達のように思われるのだ。

一年の歳月が流れ、再び秋が訪れて、商品を売りつくした四郎父子はようやく帰途についていた。

異郷の空で日毎に見知らぬ顧客に対して、歓心をひき、計算し、秘密な心理の勝敗を意識しつづけた四郎は、急速に特異な発育をつづけていた。医者が患者を見るときの物質的な冷めたさが、人に対する彼の心の底面積になっていた。それが全て人々の賞讃から得た果実であり、人の世の平凡、常識、低俗に、虚無的な退屈を負うた。すでに彼は十四にして断崖に孤絶し、足もとの奈落を冷然と見て、遠いふるさとに呼びかけていた。絶対の王者。呼べばすでに答えがきこえる。彼は聖処女の山師であった。

彼らは大垣の宿をでて、南宮山を眺めながら関ケ原を歩いていた。ただこの古戦場を見るために帰りの旅に陸路を選んだ甚兵衛は感無量であった。小西行長の祐筆《ゆうひつ》の家に生れた彼は幼少のため関ケ原の合戦に参加せず、故郷の宇土で主家の没落を迎えた。出発前に軍記をあさって関ケ原の地形だけは心に控えた甚兵衛だったが、似た山ばかりで、どれが主家の陣地を構えた天満山やら、それすらもしかと分らない。ただ伊吹山は静寂な姿を横《よこた》え、敗残の身を山中にさまようドン・アゴスチノ行長を思えば千丈の嗟嘆《さたん》あるのみ、踏む足毎にはらからの白骨に当る思いであった。

「この草も、木も、屍《しかばね》に生えたものなんだな。四郎よ。強者《つわもの》共の鯨波《とき》の声、馬蹄《ばてい》のひびき、剣の触れ合う音までが、きこえるような気がするわい。思えば無念なことだ。ドン・アゴスチノ様がお勝ちになっていたならばな」

「そうすれば、三ツのルシヤも、四ツのマキゼンシヤも火に焼かれては死にますまい」

「なに?」

四郎の眼はうるみの深い熱気によって燃えていた。その唇は無限の訴えにふるえ、祈る眼で父を見つめた。

「出発の朝パードレ様の仰有《おお》せられたお言葉が耳にきこえています。私たちは勝たなければなりませぬ。異教徒どもを亡ぼさなければなりませぬ。江戸の街で人々が噂していました。将軍家光は癩病《らいびょう》で狂い死《じに》に死にました。けれども諸国の大名が反乱を起す気配があるので、生きたふりをさせておかねばならないのだと言っています。いつ反乱が起るだろうかということは、宿場宿場で、必ず五人や十人の人々が噂しているではありませんか。もし諸国の切支丹が力を合せて反乱するなら、異教徒の大名どもまで騒ぎ立ち、悪魔の将軍は亡びます。そのとき諸国の切支丹が聯合《れんごう》して異教徒の大名どもを屈服せしめ、そしてもし切支丹の将軍ができるなら」

四郎の眼にはすでに王者の確信があった。ふるさとの答える声がきこえている。絶対の王者。その威圧に圧倒せられた最初の人は、父親甚兵衛であった。

甚兵衛父子が大矢野島へ戻ったのは、冬の始めの降誕祭《ナタル》に近い頃だった。八ツの年に神童の名を残したまま長崎の二官の店へ去った四郎が六年ぶりでふるさとへ戻り、その聡明な商法によって巨大な富を得てきたという風聞は島民たちの人気をわきたたせた。けれども、実際に四郎の美貌や綽々《しゃくしゃく》たる態度に接した人々は、風聞の上に確信を添えて、無いことまでも誇大に断言するのであった。そして、四郎の顔がサンタ・マリヤに似ていると気付いたときには、四郎の通る道ばたに土下座して拝むことを誇りとする女達まで現れていた。

サンタ・マリヤ。それは日本の切支丹のふるさとであった。切支丹の荒武者達は胸にマリヤの絵姿を秘めて戦場を走っていたし、ミサの讃美歌に恍惚と泣く大衆達はマリヤの顔に更に愁《うれ》いを清めるのだ。それは永遠のあこがれであった。維新の折、キリスト教が復活して長崎の大浦に天主堂が許されたとき、三百年の潜伏信仰をつづけてきた浦上の信徒達がひそかに教会を訪れて、プチジャン神父に最初に尋ねた言葉は「サンタ・マリヤ様はどこ？」という問いであったと記録せられている。神父が彼等をマリヤの像の前へ案内すると、そう、ほんとうにサンタ・マリヤ様、御腕にゼスス様を抱いていらっしゃる、と叫んで跪《ひざまず》いてしまったという。彼らの祈りの対象はマリヤ観音であり、それが切支丹大衆の心の在りかであったのだ。サンタ・マリヤの顔は東洋的な哀愁を宿し、日本のどこかにいつかしら見かけた思いが誰しもの心に必ず起る顔であったし、伏し目の忍従と清浄は日本婦道の神秘自体にも外ならない。四郎の顔はサンタ・マリヤに似ていた。

金鍔次兵衛が飄然大矢野島へ現れて、渡辺小左衛門の地所を借りたのは、その時だ。獣皮のチョッキを着て鳥銃をぶらさげ、五尺に足らない小男のくせに、ひどく大きな声だった。四郎と共に、否、かの妖美なる姿態と共に同じ運命を辿ることは彼の願望であったけれども、彼の真実の願望と余りにも同じことが起ったので、重い地底にどろどろした彼の陰鬱な毒血の中から眠りかけていた希望や諧謔《かいぎゃく》的なキャプリスまで身を起してきた。

まだ長崎の港には、ともかくポルトガル商船が入港だけは許されており、マカオやマニラの教団と彼らを結ぶかすかな糸がともかく残っているのであった。この船も早晩入港を禁止せられるに相違ない。時は今。そして、それが、最後のそして唯一の時機だ。サンタ・マリヤに似た四郎の美貌を利用して天草全島の信徒達を煽動する、一方長崎と島原半島の信徒達に働きかけて同時に反乱を起すなら、九州各地の切支丹武士が合流するに相違ない。有馬、黒田、大村、宗など幕府に迎合して棄教はしたが曽てはいずれも有力な切支丹の保護者であったし、細川はガラシャ夫人の昔には信者ではなかったけれども同情者ではあった。切支丹ならざる諸侯の家臣にも切支丹武士は多かったから、彼らに合流の機会を与えれば全九州の反乱、占領、平定、統治は決して架空の業ではない。反乱は日本全土に波及して幕府は倒れ諸侯は各々勢力を争い混乱の嵐は吹きまくるが、九州を平定した切支丹は諸国に散在する信徒達に働きかけてその統一を次第にひろげて行くのである。ポルトガルやイスパニヤの商船がマカオやマニラから援軍と武器をもたらして陸続《りくぞく》到着するのがその時だ。背後の海に強力な補給をひかえて九州はもう微動もなく、切支丹の勢力は日本全土の統一によって完成するに至るであろう。それが次兵衛の見込であった。なつかしいマニラの街が目に見える。海一杯に日本へ走るマニラの商船の帆の雲が見え、あの神父、あの船乗の陽気な顔まで見えるのだった。走れ。帆よ。彼は夢に叫んでいた。

彼の睡りに必要な牛小屋や納屋はどこにもあった。彼は熊の胴皮を着て鳥銃をぶらさげ、あらゆる場所に現れていた。呼びかけ、そして、ささやいていた。小さな然し逞《たくま》しい彼の身体は疲れを知らない弾力性の鞠《まり》であったが、彼の孤独な魂は、然し、時々、わけの分らぬ発作のために悶絶した。何者に向けるか分らない不思議な憎しみが起るのだった。あらゆる者を憎んでいた。そして、自らの魂すらも憎しみによって刺殺した。劇烈な疲れが涯《はて》の知れない遠い厚さで四辺をとっぷり包んでいた。

彼はレシイナを思いだし、そして、その名を呼んでいた。ふと気がついて飛び上るほど混乱したが、彼の魂は血に飢えた。彼は渡辺小左衛門を本能的に憎悪した。果してそれは恋であったか？　彼はただレシイナの肉体を想像し、それがある人の自由のままであることを考えると、気が遠くなり、彼の感官は分離して、四方八方の予期せざる箇所に苦痛な不安がはばたくのだった。彼はひどくボンヤリし、呻《うめ》き声をだすのであった。みんな死ぬ、みんな死ぬ、彼の重い魂が呟《つぶや》いていた。

その呟きの声が渡辺小左衛門の耳にきこえてくるのであった。あの男はあらゆる平和な人々をみんな殺してしまうのだ。間違いもなくそれを彼が直覚していた。野も山も、人も木も、静かな小さな島よ。どうなるのだろう。神とは何者であるか。そして、四郎は神の子であるか。ああレシイナ、お前だけは私のそばから離れてくれるな。彼は気違いになりそうだった。

天草四郎

天草四郎という美少年は実在した人物には相違ないが、確実な史料から彼の人物を知ることはほとんどできない。

天草島原の乱のテンマツ自体が、パジェスの記事や、海上から原城を砲撃したオランダの船長の書いたものなどで日本の史料を補っているような有様であるが、史料の筆者たる日本人も外国人も、一揆の内部のことには知識がなく、外部の日本人は特に切支丹《キリシタン》宗門の内情に不案内であるし、外国人も間接的な風聞を書きとめている程度にすぎない。

籠城の一揆軍は全滅したと伝えられ、生き残りは油絵師の山田右衛門作《えもさく》ぐらいに考えられているが、だんだんそうではないことが分ってきたようだ。

五島には参謀長格の大幹部が脱出土着してその子孫が現存し、系図や遺品もあるそうで、他にも落武者がかなりあったようだ。幕府の聯合軍《れんごう》たる各藩へ私的な縁故を辿《たど》ったりして降伏して仕えるようになったのもあり、それは幕府の記録に残らなかっただけのようだ。

だいたいこの一揆は、天草島と島原半島と別個に起り、天草は純然たる切支丹一揆だが、島原は領主の苛政による農民一揆であつた。この二ツが合流して原の廃城へたてこもったのだが、天草の切支丹一揆といえども十六の美少年の説教だけで事が起るわけはなく、多くの黒幕の浪人どもが居った。また島原の農民一揆が天草の切支丹一揆に合流するまでにも、天草の黒幕だけではなく島原側にも土着の策師や浪人たちがレンラク談合して渡りがついたものので、この黒幕の策師たちが全て切支丹かどうかもハッキリしないが、切支丹であっても、より多く策師的であったことは十六の美少年を利用してほぼ全島的な叛乱《はんらん》へ持って行った謀略の数々で想像される。

このように参謀格の黒幕に限って己れの保身に長じているのは歴史も現代も語るところで、彼らがひそかに脱出に成功していることがようやく今日に至って判明したところでフシギはない。

その点、生れた土地にだけイノチの根が生えていて落ち行く先の目当てがない農民たちは、全滅以外に才覚も浮かばなかったであろう。戦闘員が全滅してのち、城内の空壕《からぼり》に三千人ほどの女と子供がひそんでいて捕えられた。しかし一人も棄教に応ぜず「喜々として」死んだという。幕府軍の総指揮官松平伊豆守《いずのかみ》の子供（当時十八歳）の従軍日記にそう書いてある。そして信仰の根強さに一驚しているのである。

だが、信仰の根強さだけではなかろう。日本人がそうなのだ。今度の戦争でも、南海北海の島々で、日本婦人の一団がそのようにして、まるで敗戦の儀式のように美しく自害して果てた。

男に比して自主性が低く、かねて与えられた覚悟のほかに才覚がつかないような理由もあろうし、目の前に戦死した親や良人《おっと》や兄弟を見て己れの生を望む心を失うのも当然な理由であろうが、彼女らが己れ自らを美化し、美とともに去る魂の持主であったことも忘るべきではない。

三原山の火口自殺の始祖も幾人かの女学生の一行だったが、死を美とみ、もしくは美しく死ぬという考えは日本の婦人には非常に根強いもののようだ。これは強制されて出来ることではなく、自発的か、追いつめられてなるにしてもすでに夢に酩酊《めいてい》しているか、いずれかであろうが、男子の多くが最後の瞬間まで生きたい才覚と苦闘する率が多いのに比べて覚悟を決した女子の多くが雑念なく、ただ己れの愴美《そうび》に酔い得た俳優のように生き生きと美しく死ぬことができ易いのは確かなようだ。

島原方の農民一揆勢は天草方と合流し籠城してのちに自然に宗門に帰依したもので、その信仰は行きがかりの俄《にわ》かづくりであったし、捕われた三千人の女子供の中にも島原の農婦は少くはなかったであろう。日本の切支丹史では特に切支丹信徒の殉教を日本人にも稀《ま》れな特例と見ているようだが、それは切支丹学者が己れの宗門に偏しての見方で、公平な見解ではない。城を枕に、一族一門の運命に美しく殉じた日本婦人は別に珍しいことではないのである。

原城の落武者組の手記があると一揆の全貌や天草四郎の人物なども相当ハッキリしたであろうが、遺品はあっても、手記はないようだ。

長崎図書館に南高来《たかき》郡もしくは高来郡一揆の記という写本があって、これが一揆側の誰かの手になる手記ではないかという説もあるが、そう断定する根拠もない。

しかし、島原半島の庄屋名主たちが会合して、こう課税が重くては生きる瀬がない、いっそ天草の切支丹一揆に合流しようと相談がまとまるテンマツなど、いかにも渦中の人物が涙ながらに書いたような哀れさがあり、一揆側の様子が主として同情的に書かれていることは事実であるが、史料としてどの程度に信頼しうるものやら、私には見当がつかないし、相当文学的の部分もあるようにも思う。

結局、天草島原の乱でフシギなほど今もハッキリ残っているのは、原の廃城である。昔の原型をほぼ保って、そっくり畑になってるようなもの。三千人の女子供が隠れていて捕われたという空壕までそっくり残って、そのまま畑になっている。幕府軍が大砲をすえた台地のいくつかも昔の姿を今もとどめてそのまま畑になっている。

すべての物が自然に亡びつつあるときに、これはいささか異様きわまる景観であった。

このあたりの農民は乱によってあらかた死滅したので、無住の地となり、荒れるにまかせ、白骨は風雨にさらされて十年の年月がすぎた。十年後に他国から農民を移住せしめたというから、今の住民の先祖はこの乱には関係がないのであるが、全滅した前住民の霊を怖れるような意識がはたらいてか、偶然か、ともかく、ほぼ原型のまま畑になっている。陣立ての図面に合せて攻撃防戦の様子を思い描くのは容易である。

英雄の盛衰を語るツワモノどもの夢の跡とちがって、ここに白骨をさらした多くの人々は悪政に苦しみ、生きる喜びも目当ても失い、のッぴきならぬ暴動にかりたてられた農民たちであった。その白骨をとりかたづけて再び耕やしはじめた人々には、宗門も異り、なんら血のツナガリもないとは云え、土と共に生きる人々の魂に通じて鳴りひびく何かはあろう。英雄の夢の跡は茫々として詩情をたたえているかも知れぬが、ここにはそのように大ゲサなものは何もない。小ヂンマリとした廃城の地形をソックリ残しているとはいえ、実に平凡に、よく耕やされた畑。しかも百坪ほどの空壕までそッくり原型のままに実に、よく耕やされた畑である。

その日は初夏の太陽がまぶしい光をジャガ芋と麦の畑にふりそそいでいた。私は空壕の下に小ヂンマリとよく耕やされた畑を見ているうちに笑いがこみあげてきた。太陽と土とだけで生活している魂の笑いが、私にものりうつったようだった。

「実に平凡な、妙に宿命的なジャガ芋畑だ」

私が見た原城の跡はそのようなものであった。したがって、私がそこで見た天草四郎も、農民の平凡な魂が神の生れ代りと信仰した少年で、そのような少年に具わるものは何だろうか、と考えた。

四郎は非常に美しい特別の装束を身につけていたそうだ。四郎が楼上で碁をうっていたとき、城外から矢がとんできて袖を射ぬいた。天人（四郎をそうよんでいたように書いてる本もある）にも矢が当るというので、籠城の農民たちに甚しく精神的な動揺が起ったという。それが落城のキザシで、急速に戦意が衰えたと云われてもいる。

そのへんまでは史実にちかいものであるらしいが、そのとき射ぬかれた四郎の袖は桜の花か何かの燃えるようにあでやかな模様のものであったというようなのは講釈本の説である。しかし、それが案外天人四郎の真相の一端を巧みにつかんでいるのではないかとも思うのである。

楼上で碁をうっていたという。楼とはどんなものであるか分らない。原城はすでに当時から廃城で、この城をこわして島原城へ移転した。そのとき石垣まで持ち去って地形だけ残ったのみの廃城であった。一揆軍はそこへ木材をはこんで小屋がけし竹矢来《たけやらい》を作って石垣や塀に代えた。だから楼と云っても俄か造りのバラックに相違ないが、とにかく楼上で碁をうっていたというのが、支那の帝王の威風を見るようで、おもしろい。

そこに必要なのは絶対に威風であろうから、紙や板で間に合せた碁盤ではなかったろう。天皇旗と同じように、天人旗だか四郎旗だか知らぬけれども、とにかく四郎の旗というものがあって、それが分捕られて今日に伝わっている。油絵師の誰かが泥絵具《どろえのぐ》で天使とカリスを書いたかなり美しいもので、このような四郎の附属品から見ても、彼の日用品は決してバラック的ではなかったに相違ない。その点にかけては注意が払われ、謀略の主たるものがそこにこもってもいるのだから、すべての人の目をおどろかすにたる凝った品々であったに相違ないと思われる。

楼上で楽器をかなでるなどというと月並だが、碁というのがおもしろいな。なんとなく大人ぶった神童ぶり。利巧で美少年ということから想像される可憐さよりも、実質的に力量のこもった威風の発現に注意が向けられているようで、すでに天人四郎ができあがっているという感じがする。当時は碁というものが、農民に驚異の高級娯楽であったかも知れない。あるいは名将軍師の秘技と目せられていたかも知れぬ。

★

一説によると、四郎は童貞マリヤに容貌の似た美少年であったろうと云われているが、昔の本にそう書かれているわけではなく、今日の一部の切支丹学者の想像によるものである。しかし、うがった説ではある。

当時の切支丹の信仰は童貞マリヤにそなわる魅力がかなり大きな原因であったことも確かであろう。切支丹が実生活に於て特に異教徒に誇ったことは男女関係の正しさで、ひいて童貞や純潔はアコガレの象徴と云うべきものだ。髯《ひげ》ヅラの切支丹武士が胸に十字架と童貞マリヤの絵姿をひめて戦争に出陣した話なども伝わっており、また、その秘仏はマリヤ観音であり、童貞マリヤの信仰はキリストと常に切りはなせない切実なものであった。

童貞マリヤの顔はたしかに日本の美少年にありうる顔である。マリヤに似た美少年ということは天の子四郎という信仰の素地をつくる要素として、また天の子たる所以《ゆえん》の説得力としても、甚だ簡便で有利で明快な属性ではあろう。そんな風に想像してみるのも思いつきであろう。

しかし、黒幕の浪人の手が加って、天人四郎として信徒獲得の遊説にのりだしたときは、童貞マリヤの顔から想像しうる可憐でやさしい美少年四郎ではなかった。

彼は十六の少年ながら、非常に説教がうまかったという。そして、秘密の遊説にもすでに天人たる特別の装束をまとって、特別の威儀ある作法を身につけていたようだ。

村々に密使が走って、天人現る、天人当地に来たる、の秘報を伝え、宣伝は甚だ活潑であり、サクラや手品の術を用いて四郎の奇蹟は衆目の前で実演された。ガンコな反切支丹派と目せられていた男が集会の席へのりこみ、四郎の法力で全身しびれてオシとなり涙ながらにアワレミを乞うたという。

そのような四郎は果してどの程度の神童であろうか。たしかに名演技者であろう。しかし、その名演技の裏側に多くの黒幕たちの甚だ組織的な準備や宣伝が行き届いており、その後における仕上げとしての名演技であることを考えると、名演技者として抜群の才能はあったかも知れぬが、要するによく訓練された名演技者にすぎなかった。

これを今日の教祖に当てはめて云うと、自発的に策をたて自力で術を行う踊る神サマやお光りサマ的ではなくて、参謀の手で神格化されたジコーサマの方にちかい。ジコーサマはすでにウバザクラで、演技力も低く、架空のセンデンにのみたよって自らは衆目を避け隠れているばかりである。それに比べると、四郎は衆目の前に現れて、常に堂々たる演技者であった。そして光を発するような美少年であった。ジコーサマとは段が違う。この段の違うところが四郎の抜群の才能ではあるが、しかし黒幕あっての名演技者であったこと、これが四郎の才能の限界であろうと思う。

四郎は説教が巧みであったというが、巧みな説教といってもいろいろで、特に聴衆の質と相応しているし、宣伝の内容や方法とも相応するものだ。神がかり的の白痴少年でも、宣伝の仕方一ツでその稚拙な特徴を生かすこともできるであろう。四郎が白痴でなく、普通よりも利巧な少年であったことは確かであろうが、それ自身が大芸術家や大宰相となるような才能ではなくて、ジコーサマと段はちがうが、それと同質の才能にすぎなかったと私は思う。演技力抜群の名犬であろう。

四郎の姉が洗礼名をレシイナ（レジナ）といったことは分っている。彼女とその良人の渡辺小左衛門は一揆に加わらず、幕府方に捕えられ、城内の四郎と矢文の交換をしたりした。

レシイナとあるように、彼女が切支丹信徒であることは確かであるし、さすれば良人も切支丹であることは確実だ。この二人はどうして一揆に加わらなかったのだろう？　表て向き、どういう理由を立てているにしても、かなり準備され、すくなくとも五ケ月前から組織的な活動をはじめていた天草の切支丹一揆のことであるから、参加の意思がハッキリとあって不参加というのは腑に落ちないし、籠城軍と呼応して計画的な不参加ならば、こうカンタンに捕えられない用意があって然るべきであろう。

彼女らも望んで刑死したようであるが、かかる大乱となって後は父や弟と死を共にすることを望むことにフシギはなかろう。けれども、一揆の計画されつつあるときには、レシイナとその良人とはそれに反対の意向であったと私は思う。いま私の手もとに史料がないので分らないが、私が以前にこれを小説にする筋を立てたときは、この二人をそのような立場におくつもりであったし、それが史実の解釈としても穏当のように判断したと記憶している。

小左衛門は大矢野島の大庄屋の当主だから、一人のかなり学識ある良識人を想定することはムリではなかろう。弟の四郎が利巧者であったように、姉のレシイナも聡明な女で、嫁して後は良人の良識に同化し、黒幕浪人の策謀や、天人四郎などと大それた知識犬の役を演ずる弟や父について行けなかったのではないかと思う。肉身である故に、よく実際を知る故に、知識犬のカラクリもわかり、一揆の方向について行けなかったことがむしろ自然であったろうと私は想定するのである。

数の観念が欠けているのは昔の日本人の手記の甚しい特徴であるが、四郎の家系を知るについても、年齢や時代については言い合したように無関心で不鮮明なのには困惑せざるを得ないのである。四郎の父の甚兵衛は小西の旧臣で旧領の宇土に土着浪人したというが、年齢は四十七だの五十五ぐらいのことを書いた通俗書もあったようだ。四郎の十六という年齢から考えてそう老人ではなさそうだから、その辺の年齢が適当かも知れぬが、小西が亡びたのは一六〇〇年、天草の乱は一六三七年、千軍万馬を往来した古強者《ふるつわもの》というのは当らないようである。主家滅亡の頃は母と共に留守宅に残っていた子供ではなかろうか。

四郎は小さいとき長崎の支那の小間物を商う店に丁稚《でっち》奉公して神童と謳《うた》われたという説もあるし、父とともに支那の小間物をかついで江戸大坂へ行商していたという説もある。そのころ、三代将軍家光の死を流布する者があり、しかし幕府瓦解の怖れがあって喪の発表をさしひかえ死をヒタ隠しにしている、というような風聞があった。それを信じて陰謀を企らんだという見ていたような説もあるが、当てにならない。

しかし、ともかく黒幕の浪人策師連が一揆へみちびくために、幕府の土台がグラつきだしているというようなことを人々に信ぜしめたのは事実であろうし、いま自分らが立てば、幕府を怖れて表向き棄教のフリを見せていた九州各地の旧切支丹大名が立ちあがり、海の彼方からは神父と神父の国の軍勢を満載した大きな船が何十隻も助けにくるなどと放送していたようである。

しかし旧切支丹大名の応じて立つ者一人もなく、原城へこもって幕府の大軍にとりかこまれて後は、外国から神父とその軍勢の船が救援に来てくれるのを当てにしていた。すくなくとも、事情を知らぬ大多数の農民や婦女子は、軍師の放送を信じてそれを望みにしていたのだろう。

なるほど外国の船が近づいてきた。オランダ船であった。ところが救援の軍勢や食糧をおろすどころか、海上から自分たちに向って砲撃しはじめた。

砲撃による実害は少なかったが、救援の異国船と信じて狂喜した籠城軍にとって、その精神に与えたイタデは甚大きわまるものであったろう。

そして天人四郎にすら矢が当るに至って、神をたのむ農民の心はまったく動揺し、戦意は衰えてしまったのである。だが、それまでの戦争ぶりは見事であった。幕府の大軍は甚しく悩まされたのである。しかしそれは黒幕の浪人軍師の手腕かどうかは疑しいものがある。

島原半島の農民は鳥銃《ちょうじゅう》で狩猟を業とするものが多く射撃の術に長じていた。彼らがまだ原城へこもらぬうち、一揆を起した当夜に代官所や城へ攻めこんだとき銃庫へなだれこんで多くの銃を奪っているのである。かなり計劃《けいかく》的のようだ。

そして原の廃城に竹矢来で陣をかまえ、当時の武士の戦法からは子供の戦争ごッこにしか見えないような竹矢来を活用し、それと銃とのコンビで、ウンカのような大軍の総攻撃を撃退してしまったのである。

徳川時代の武士の智能や思想がいかに貧困をきわめたものであるかは、この戦争が一番よくそれを説明しているようである。

武士は戦争の商売人だが、農民の鉄砲戦術に飜弄《ほんろう》された。しかもそれが拙劣な戦法によることを悟らないのである。

攻めるたび多くの屍体をさらしてひき退るのみであるのに、敵の策に応じて自らの策を立て直すことを知らない。そして初代の総司令官板倉重昌は正月元旦を期して総攻撃を命じ、自ら竹矢来にとりついて戦死したが、結局莫大な屍体を残して退かざるを得なかったのである。

これに代って総司令官に任命されて到着した松平伊豆守は、さすがに智恵伊豆とうたわれ、徳川三百年の最も優秀な頭脳の一ツであっただけのことはあった。彼は落ちついて敵情をさぐり、矢ダマ糧食のつきたのを諸般の事情から見きわめてのち攻略した。敵兵の屍体をさいてその腹に青草をみとめ、すでに食糧も尽きているのを見きわめる等の手がたいやり方であった。忍術使いも忍びこませたが、切支丹の用語や作法を知らないので忽《たちま》ち見破られて遁走したという。智恵伊豆や甲賀者といえども甚しく敵を知らないウラミはどこまでも附きまとっていた。

ともかく智恵伊豆は敵の得手《えて》を封じ策つきたのを見はからって軽く攻略し、味方の損害は甚しく少なかったが、それにも拘《かかわ》らず、攻略に長い日数を要したと云って叱られ、世人には文弱者の戦法はダラシがないと笑い者になったのである。そしてむやみに刀をふりまわして猪突また猪突、無能無策あまたの味方の将兵を殺して自らも戦死した板倉は、豪勇、名将とうたわれ、武功をたたえられた。徳川三百年の悲しい愚蒙だが、今の世にも似たような、思い当るようなことが多いのは悲しいことです。

忍術使いが切支丹の作法や用語を知らなくて見破られたところを見ると、多分毎日ミサのようなことをやり、智恵伊豆の持久戦法に対して辛くも宗教的な感動などで人心の昂揚《こうよう》をはかっていたのであろう。
そして矢ダマがつきてくると竹槍戦法に変り、全員討死《うちじに》戦法に変った。反乱を天下の大罪とみて生きる道なしと観念したであろう農民たちの心事は自然であり悲痛であるが、四郎はすくなくとも農民を救うことはできたのである。伊豆守は矢文を四郎に送って、籠城軍には切支丹でない者も多かろう。切支丹ならば城を枕に宗門に殉ずるのは仕方がなかろうが、そうでない農民まで道づれにするには及ぶまい。農民の帰投する者は罪を許すから城内から放すがよい、という勧告を送ったが、城内からはこれに対して無益な抗戦を宣言したのみであった。

このように無暴でヤケな抗戦ぶりは、竹矢来と鉄砲弓矢のコンビだけで大軍を撃退した頭の良さまで格下げにすること甚だしいものがある。島原の農民一揆はそもそもから鉄砲を活用しているから、農民の実生活で会得した鳥銃の手練《しゅれん》が自然に徳川三百年の愚蒙を制して落城をおくらせただけのことで、軍師の手腕ではなかったように私は思う。

そして竹槍戦法に変り全滅抗戦へと急ぐ頭の悪いところには、黒幕たる浪人たちの思想が認められる。そして、一致して全滅をはかる策として、天人の装束をまとい薄化粧までしてミサを司祭し、熱狂的に説教にうちこんでいる知識犬の美少年を考える。そこに考えられる少年は決して聡明な少年ではない。少年になければならぬ純潔なもの、正義を愛し、そのために己れを軽んじて人にささげるようなマゴコロは見られない。妙に大人じみて、ただ身振りと口振りのみに巧者な知識犬以上のものは決して考えられないのである。

★

はたして誰が策師であったか。講釈本にはいろいろ黒幕浪人の名があげられ、それらのいくつかは史料にも符合するものである。講釈本には現れないが、寿庵（ジュアン）という切支丹の世話役が廻状をもって村々を廻っている。また、講釈本にも史料にも現れてくる休意という浪人のお医者は、黒幕中でも参謀長格の大物であるが、彼はどうやら五島へ脱出土着したようである。

しかし、四郎はたしかに城内で死んだようだ。替え玉ではなかったであろう。頬にシミがあるとかで、それで首実検に見わけがついたという。

とにかく、この一揆によって全滅した農民の運命は悲惨である。決して純然たる切支丹一揆ではなく、島原城主の苛政による農民一揆が半分を占めていることは、つとに幕府にも分っていた。伊豆守はその農民と切支丹を切り離そうと試みてもいる。そして領主松倉氏は乱後責任をとわれて領地を没収されている。

知識犬の技巧にはげみ演技の腕をあげて自己陶酔を深めてゆく弟と、その指導者の一人ではあるが本当の黒幕ほどに利巧でない父の姿を悲しく眺めていたレシイナとその良人の心を想像し、この二人ほど真剣に、またマジメにこの悲痛なテンマツを始めから終りまで見届けていた目はなかった、と私は考えるのである。

ともかく、そのようなマジメで悲痛な目の存在を考えないと、この事件には救いがないように私は思う。ともかく農民と切支丹との分離をはかった伊豆守のやり方にも救いはあった。また切支丹とても降伏棄教するものは許す方針で、事実油絵師山田右衛門作を江戸へ連れ帰っており、そこにも多少の救いはあろう。

救いがないのは、気の毒な農民たちや女子供までみんな殺してしまった黒幕策師のやり方で、その知識犬たる四郎にも妙に不純な大人の垢が暗く感得されるばかりで、どうにも救いがないのだ。四郎の垢や暗さを救ってくれるものは、姉のレシイナと小左衛門とがそのテンマツを切なく見まもっているマジメで真剣な目だけであろう。私はそんなふうに小説を書いてみようと思ったこともある。

しかし、この事件を別のものに扱い、たとえばこの切支丹騒動に幕府政治の批判の意味をもたせ、農民一揆とそれとが正義の根柢に於て不可分のものと見て、四郎を英雄的に取り扱うことも、小説の場合では不可能ではないのである。小説とはそのように自由で、史実よりも作者の主観や思想が主であってもよろしく、作者の思想にかなった史実を探して史実による歴史小説と、作者の思想によってつくられた歴史小説と二ツあっても悪くはない筈《はず》である。

だが、史実から割りだされる四郎の姿というものに、英雄的なところはとても見出せないと私は思う。切支丹の迫害に抗する思想的なものはなくて、むしろ切支丹の悲劇的な運命を利用しての策謀が主であろう。天人四郎が仕立てられて遊説に村々を歩いてから乱に至るまでの期間における策略的なものは、まったく切支丹の悲劇を利用したものとしか見られない。そしてその策謀にのらない正しい切支丹の目は小左衛門とレシイナにあった。私はそう考える。

天草にも明治に至って隠れ切支丹の村が現れているではないか。牛深だの大江などがその例だ。明治までひそかに信仰をつづけてきたそれらの潜伏切支丹は、言うまでもなく原城で全滅した組とは違うもの、その騒動に無関係なものであったろう。四郎らの手がそこまで届かなかったのか、応じなかったのかは不明であるが、どちらにしても全島の切支丹が立ち上っておらぬことは確かで、その事実から考えていいと思われるのは、切支丹にも四郎を批判する目の実在したということであろう。

四郎が伊豆守へ送った返書の矢文に、税がひどくて涙のかわくヒマもないというような文章があるが、それが四郎の直筆だか、四郎自身の考えだか分らなくとも、とにかく、税云々《うんぬん》は島原農民の代弁で、四郎が天人として遊説していたときにはまだ島原農民との交渉はなく、一途《いちず》に信徒の獲得の遊説であった。徳川幕府は亡びて天主の時いたる、というような遊説の内容であったろう。籠城後、島原農民の悲惨な運命を代弁するのにフシギはないが、その高税に苦しんで涙のかわくヒマもないという農民まで切支丹の信仰にもちこみ全滅に至らせたのが、むしろ矢文の文章と合せて奇怪であり、いかにも大人をまねてヘタな政治演説をぶつ中学生の政治狂の弁論のようだ。頭のよい少年の面影ではない。そして、高税に涙のかわくヒマもない農民をなぜ助けるように努めなかったか、それが少年四郎の考えならば、いかにも頭の悪い熱血的テロ少年で、末世に発生しやすい独裁思想のうけうりを、正しくて聡明な少年がやる筈はないものだ。

このように頭が悪くて、妙に演技には長じている知識犬の少年が天人になって衆望を博するような時に、良識は無力であり、良識の目は悲しくそれを見守るのがいつに変らぬ宿命であるかも知れぬ。

とにかく、彼の美貌がたとえ童貞マリヤに似ていたところで、天人という知識犬になって後の四郎は、妙に大人の垢にまみれて、威丈高《いたけだか》で、熱狂的で、祖師をも食ろうという末世の坊主にも甚だ似ているようにしか考えられぬ。レシイナと小左衛門が事実に於て私の想定するような思想や目の持ち主ではなかったにしても、天人四郎と対照的にレシイナと小左衛門のような思想や目の持ち主を想定しなくては、どうしても救いのつけようがないのが私の考えである。そのような正しくて静かな目がともかくいつの世にもいてくれなくては困るであろう。

しかし、十六歳の少年四郎が存在しなければ、あの大乱は起らなかったであろうか。そういうことを考えると、歴史は一切分らない謎になるばかりである。

だが、こういうことは言える。戦争の商売人の戦法が、全然戦法などに縁のない農民の実生活の必要から修得した手法によって問題なく打ち破られると同じように、愚蒙な時代に於ては利巧とはバカの異名にすぎないこともありうるであろう。

今でも農村などで頭がよいということはカンがよいというような意味に用いられている場合が多い。四郎は幼少にして書をよくしたという。読み書きだけが物を言う昔には、書をよくするというので、神童ともなり得たであろうし、記憶力がよいというだけでも頭脳優秀をうたわれたであろう。伊豆守の才覚が笑い物となり、猪突板倉が名将とうたわれる蒙昧な時代に、神童四郎の神童たる内容が何を指していたか、これは大いに疑ってよかろう。

末世の坊主によく似たような美少年が案外にも神童とうたわれる時代があってもフシギではないのだ。現に当時がそれよりも判断の規準が狂っていたフシギに蒙昧な時代であった。歴史あって以来、いかなる過去にも見ることのできないような愚昧な時代であったと言えよう。

そのように愚昧な時代が再びくることがないと思うのは軽率であろう。そして、それが起りうると想定せざるを得ないのは、これも悲しいことである。原形のままよく耕やされた廃城のあとがいたるところに出来ないようにただ祈るのみである。

勝夢酔

勝海舟の明治二十年、ちょうど鹿鳴館時代の建白書の一節に次のようなのがある。

「国内にたくさんの鉄道をしくのは人民の便利だけでなくそれ自体が軍備でもある。多く人を徴兵する代りに、鉄道敷設《ふせつ》に費用をかけなさい」

卓見ですね。当時六十五のオジイサンの説である。当時だからこうだが、今日に於てなら、国防と云えば原子バクダン以外には手がなかろう。兵隊なんぞは無用の長物だ。尤《もっと》も、それよりも、戦争をしないこと、なくすることに目的をおくべきであろう。海舟という人は内外の学問や現実を考究して、それ以外に政治の目的はない、そして万民を安からしめるのが政治だということを骨身に徹して会得し、身命を賭して実行した人である。近代日本に於ては最大の、そして頭ぬけた傑物だ。

明治維新に勝った方の官軍というものは、尊皇を呼号しても、尊皇自体は政治ではない。薩長という各自の殻も背負ってるし、とにかく幕府を倒すために歩調を合せる程のことに政治力の限界があった。

ところが負けた方の総大将の勝海舟は、幕府のなくなる方が日本全体の改良に役立つことに成算あって確信をもって負けた。否、戦争せずに負けることに努力した。

幕府制度の欠点を知悉《ちしつ》し、それに代るにより良き策に理論的にも実際的にも成算があって事をなした人は、勝った官軍の人々ではなく、負けた海舟ただ一人である。理を究めた確実さは彼だけにしかなかった。官軍の誰よりも段違いに幕府無き後の日本の生長に具体的な成算があった。

負けた大将だから維新後の政治に登用されなかったが、明治新政府は活気はあったが、確実さというものがない。それは海舟という理を究めた確実な識見を容れる能力のない新政府だから、当然な結果ではあった。

維新後の三十年ぐらいと、今度の敗戦後の七年とは甚だ似ているようだ。敗戦後の日本は外国の占領下だから、明治維新とは違うと考えるのは当らない。

前記明治二十年の海舟の建白書に、

「日本の政治は薩長両藩に握られ、両藩が政権を争ってるようなものでヘンポである」

とあるが、つまり薩長も実質的には占領軍だった。薩長政府から独立しなければ、日本という独立国ではなかったのである。維新後は三十余年もダラダラと占領政策がつづいていたようなもので、ただ一人幕府を投げすてた海舟だけが三十年前から一貫して幕府もなければ薩長もなく、日本という一ツの国の政治だけを考えていた。

つまり負けた幕府や旗本というものは、今の日本で云うと、旧軍閥や右翼のようなものだ。軍閥や右翼は敗戦後六七年で旧態依然たるウゴメキを現しはじめたが、明治の旗本は全然復活しなかった。いち早くただの日本人になりきってしまった。海舟という偉大な総大将が復活の手蔓《てづる》を全然与えなかったのだ。明治新政府の政治力によるものではなかったのである。

海舟は彼にすがる旗本たちの浅薄な輿論《よろん》に巻きこまれたり担ぎ上げられたりしなかった。

彼には人に担ぎ上げられるような不安定さがミジンもない。彼の理を究めた確実な目に対しては、取巻き連も取りつく島がなかった。

海舟の政治心得第一条は「高い運上（税金）は国を亡ぼす」ということだった。また「形式をはるな」ということだ。彼の目は実質的なもの、積極的なプラスでなければ取りあわないという点では精密な機械のようなものであった。ただ時代的な幼稚さに相応せざるを得ないから、そこに発した狂いはまま有るだけの話である。

こういう偉大な傑作は歴史がなければ生れない。彼を生んだものは、時代もあるし、天分でもあるが、もう一ツ彼の場合には親父があった。本篇の主人公、勝夢酔《むすい》である。捧腹《ほうふく》絶倒的な怪オヤジであるが、海舟に具わる天才と筋金は概《おおむ》ね親父から貰ったものだ。

少年時代のガキ大将は珍しくないが、このオヤジは一生涯ガキ大将であった。剣術使いだから、他流試合にでかけて腕自慢を叩きふせて家来にしたが、ヨタモノの親分とは違う。コブンにたよる根性がない。いつも一人で暴れていた。威勢を見せて大いに顔をうって嬉しがっていたが、それを渡世にしてお金をもうけているわけではなく、そのためにお金がかかって貧乏のしつづけだった。御家人のお給金では家族も満足に養えないし、剣術の師匠もお金にならないから、彼のあみだした本業は主として刀剣のブローカーであった。夜店の道具市には必ずでかけて、せッせとメキキして、買ったり売ったりした。折にふれて病人の憑き物を落してやって謝礼を貰ったり、意趣返しのついでに二百両ほどくすねたりしていろいろのミイリを編みだしたが、遊んだり顔を売るのに金がかかるから、大いに稼ぐけれども、貧乏直しに百日間の水行《みずぎょう》などをやらなければならなかった。

河内山のようなユスリタカリにも工夫や発明は必要であるが、ユスリタカリは得てして月並なものである。

ところが夢酔が悪所で顔をうって遊ぶために金モウケに精根かたむけて精進し、折にふれて編みだした工夫に富んだ発明というものは涙ぐましいほど独創的で計画的であったが、収支がつぐなわなかった。

つまり月並な悪党が月並な方法で彼の何十百倍稼ぎうるのに、彼はイノチを張って精進練磨し、熟慮し、また霊感を得て、鬼神をも驚倒せしめる秘策を編みだしたけれども、その収穫は小悪党の月並な稼ぎにも及ばないのだ。つまり、彼は人生の詩人であった。

「おれほどの馬鹿な者は世の中にもあんまり有《あ》るまいと思う故に孫やひこの為に話してきかせるが、よく不法もの馬鹿もののいましめにするがいいぜ」

これは彼が自分の無頼の一生を叙述して子孫のイマシメにするために残した「夢酔独言」という奇怪にして捧腹絶倒すべき自叙伝の書き出しの文章である。

しかし彼は子孫が真人間になるようにといくらか考えたが、自分自身が真人間になることは考えなかった。まだ天罰がこないのはフシギだといぶかりつつ純粋に無頼の一生を終ったのだ。

「孫やヒコのイマシメのために」とあって、子供のイマシメ、と書いてないのは、子供の出来がよかったからである。つまり海舟やその妹が子供ながら出来がよくて、オヤジがイマシメを言うところは何もなかった。仕方がないから、まだ生れない孫やヒコを相手に、世にも異様な怪自叙伝をイマシメとして書き綴ったのである。序文の文句は次のように結ばれている。

「先にも言う通りおれは之《これ》までなんにも文字のむずかしいことはよめぬから、ここにかくにもかなのちがいも多くあるからよくよく考えてよむべし」

引用の部分は読み易いが、本文は彼がふだん用いているベランメー口調のまま勝手な当字で書いてるから、彼の保証通り難解をきわめ、よくよく考えても一通りでは分らない。しかし彼の一生は一見単純明快で、もっと難解をきわめている。子供に於て完成した詩が、オヤジに於ては未完成で、体をなしていないからである。

★

彼は剣術使いのウチに生れたせいか、生れて歩けるようになると近所の子と秘術をつくしてケンカにはげみ近隣に名をとどろかしたが、正規の剣術の稽古はまだるッこくて身を入れなかった。

十四の年に彼が思うには、男は何をしても一生食えるから、上方《かみがた》へかけおちして一生そこで暮そう、と志を立てて家出した。かけおちとは単に家出という意味だ。モモヒキをはき七八両盗みだして出たが小田原でゴマノハイに金をすられ、宿屋の亭主にすすめられて手にヒシャクをもち乞食をしながら旅をすることになった。

お伊勢参りを完了した直後に熱がでて松原に二十三日ほど寝倒れていたが近所の坊主が親切にしてくれ、様子を見に来てはカユなぞ恵んでくれた。ようやく動けるようになったから、坊主に礼を云って、杖にすがって一日に一里ぐらいずつ歩き、疲れると乞食の穴へ入れてもらって六七日休息したが、食べ物は自分で貰いにでる必要があるから村へ物乞いに行くと、番太郎の六尺棒にブン殴られて村の外へつまみだされるというように、乞食生活も病気になると楽ではない。とはいえ、時にはウチで奉公しろとか、ウチの子供になれ、とか言ってくる人もいたが、五六日いると窮屈で、長逗留《ながとうりゅう》はできなかった。また乞食になってはブラブラ歩くうちに崖から落ちてキンタマを打って気絶したのが元でキンタマが腫れて膿《うみ》がしたたるようになり閉口して江戸のわが家へ戻ったが、キンタマがくずれて起居もできぬようになり、二年間外出できなかった。

よくよくキンタマにたたられた親子で、海舟も九ツの年に病犬にキンタマをかまれた。狂犬病は治らんというから、これは狂犬ではなかったのかも知れん。しかし死の手前をさまよい七十日間床についた。外科の医者がふるえて海舟のキンタマを縫えないから、オヤジが刀を子供の枕元へ突ッ立てて大いに力んでキンタマを縫ってやったら海舟も泣かなかった。しかし命は今晩にも請け合わぬと医者が云うから、家の者は泣くばかりで何もできない。オヤジは大いに怒ってその日から毎日毎晩水を浴びて金比羅《こんぴら》サマへ裸参りをし、始終海舟を抱いてねて誰にも手をつけさせず、毎日毎日あばれたから（但し、あばれたのはオヤジ自身の方である。なぜ暴れたか意味不明）近所の者はあの剣術使いは子供が犬に食われてオヤジ気が違ったと云った。狂犬病の発狂状態をオヤジが引き受けたせいか、海舟は七十日ねて治ったのである。「夢酔独言」に曰《いわ》く「それから今になんともないから病人は看病がかんじんだよ」

十六の年から起きて出勤するようになった。彼は養家の勝姓を名乗ったが、実は生れた家で育っており、勝家の方が彼の生家にころがりこんでいたのだ。なぜなら、勝家はババアと小さな孫娘（それが彼の女房たるべき娘だが）だけで両親は死んでいたからである。だから勝家へ養子となってそこの娘と結婚した以外には、勝家から薫育されたものは一切なかったのである。

彼がケンカの修業を本格的にやりだしたのは、これからである。つまり正規の剣術にも身を入れはじめた。

兄の子供の新太郎に忠次郎といって彼には甥《おい》に当る相棒がいたが、ある日忠次郎を相手に剣術を使ったら、出会い頭に胴をぶん殴られて目をまわしてしまった。そこで大いに発奮して、忠次郎から評判をきいて団野という先生に弟子入りした。

また、新太郎と忠次郎のウチの用人の源兵衛が剣術使いで、これが夢酔に向ってケンカは好きかと訊くから大好きだと答えると、

「左様でございますか。あさっては蔵前《くらまえ》の八幡の祭りでありますが一ケンカやりましょうから一しょにいらッしゃいまして一勝負なさいまし」（文字を書き変えた以外は原文のまま）

こういう次第で、この源兵衛という用人が夢酔と新太郎と忠次郎をつれて八幡の祭礼へでかけてケンカの手ほどきをしてくれた。壮烈をきわめたケンカ指南であった。

相手を物色して祭礼の人ごみを歩いていると向うから利いた風な奴が二三人で鼻唄をうたってくるから、まず忠次郎がそいつの顔へツバをふっかけた。と、野郎が立腹して下駄でぶッてくるのを、夢酔がゲンコをかためて横ッ面をぶん殴り、あとの奴らがかかってくるのを盲めっぽう殴りつけて追いちらした。

ブラブラしていると二十人ほどの奴がトビ口をもって四人をとりかこんだから、刀を抜いて斬り払っていると指南番が大声で、

「早く門外へ出るがいい。門をしめるとトリコになるぞ」

と訓令する。そこで四人並んで斬りたてながら八幡様の門外へでた。するとまた新手《あらて》の加勢が三十人ほど駈けつけて敵は五十人ほどになった。並木通りの入口のソバ屋かなんかの格子《こうし》を後にして一生けんめい叩き合って四五人に手傷を負わせると敵にややヒルミが見えたから、ここだ、と見こんでムヤミに斬りちらしてトビ口十本ぐらい叩き落した。

すると、また新手の加勢がきた。新手はハシゴを持ってきた。四ツのハシゴを使って抜き身の暴漢をかこんで捕るのは捕手の術の一ツで熟練すると有利なものだそうである。そこで指南の源兵衛は、

「もはやかなわぬから、あなた方三人は吉原へ逃げなさい。あとは私が斬り払って帰りますから」

と云う。

「お前一人は置けないから一しょに逃げることにしよう」

「いいえ、お前さん方にケガがあるといけないから是非はやくお逃げなさい。はやくはやく」

と言う。そこで、夢酔は源兵衛に自分の刀を渡した。なぜなら源兵衛の刀は短いからだ。それから四人いきなり大勢の中へ斬りこんだら道があいたから一目散に逃げだして、雷門で三人落合うことができた。いったん吉原へ行ったが、源兵衛が気づかいだから、新太郎らのウチへ戻ってみると、さすがに指南番で、ちゃんと戻っていて、玄関でお酒をのんでいた。そこで四人は又々何食わぬ顔で八幡サマへ行って自身番できいたら、四人の侍と六十名のトビと小揚《こあげ》の者の聯合軍《れんごう》との大ゲンカがあって十八人の手負いがでて、いま外科で縫っているという話であった。

この時から源兵衛を師匠にしてケンカの稽古に身を入れた。また、ケンカの時源兵衛にかしてやった関の兼平《かねひら》が鍔元《つばもと》から三寸上で折れていた。刀は侍の大切なものだから、こいつは

気をつけなくちゃアいけないと気がついて、それ以来刀のメキキも稽古した。これが後日の役にたって、彼の生計を支える主たる収入になるのである。そのとき夢酔は十六であった。

正規の剣術に身を入れてからは、同流の道場のみならず、他流の道場へむやみに試合にでかけた。夢酔の同流では車坂の井上伝兵衛が最も上格の先生らしいが、夢酔はその門人の重立ったのをみんな叩きふせて配下同然にしたそうだ。当時他流試合ははやらなくなっていたが、おれが中興だと夢酔は威張っている。神田お玉ケ池の千葉周作は同時代の人だが、その名は彼の自叙伝中には一度も現れてこない。

彼の兄が信州や越後水原《すいばら》などの代官をやっていたので、兄について巡見に行って納米《のうまい》の割当をやったから、百姓についても知識を持ったし、その道中でも折あればケンカの腕をみがいて見聞をひろめた。

二十一の年に江戸を食いつめて、また家出をした。事があったら斬死《きりじに》するつもりでいたから何も怖いことはなかったし、田舎へ戻って一家をなしている相弟子が大事にしてくれたから、その門人に稽古をつけてやったりして江戸へ帰る気がなかったのだが、兄貴の子で彼の相棒の一人たる新太郎が迎えにきたから、仕方なしに帰ることにした。

帰ると親父によびつけられて、すでに用意されていた座敷牢へ入れられた。一ケ月たたぬうちに二本の柱をぬけるようにしていつでも脱けだせる準備ができたが、考えてみるとみんなオレがわるいから起ったことだと発心して、二十一の秋から二十四の冬まで、まる三年あまり座敷牢の生活を我慢した。そのとき手習いをして、軍談本など読み、友だちも毎日きてくれるから牢屋の内と外で世間のことをきいて楽しんだ。

海舟は夢酔二十二の年に生れたから、彼もオヤジの座敷牢生活の産物であるかも知れん。これがオヤジ一世一代の神妙な三年間で、その間に手習いしたり海舟をこしらえたりしたのであった。

ところが、座敷牢はこの一度ではすまず、三十七というよい年になって、また座敷牢へ入れられようとした。そのとき長男海舟は十六、貧乏暮しの不平も云わずシシとして勉学に励みオヤジには篤く孝行をつくし弟妹をいたわってよく面倒をみてやるという大そうな模範少年に育っていた。

今回の夢酔はハイと云って座敷牢には入らない。

「私も昔とちがって今では人に知られた顔になっていますから、ここへ入ればもう出ません。断食して一日も早く死にます。私が長生きすると息子がこまるばかりだから、死んだ方がマシのようだ。生きていてはとても改心の見込みはありません。また改心いたそうなぞとは毛頭考え及びません」

という返事で、どうしても断食して死ぬツモリらしいから、座敷牢へ入れられずに家へ帰された。すると夢酔はその足で吉原へ遊びに行った。

十六の息子と位置を取りかえた方がいいぐらい三十七のオヤジは強情なダダッ子にすぎな

いようだが、息子の海舟にとっては、たのもしい力のこもったオヤジであったろう。

人の目から見れば放蕩無頼で、やることと為すことトンチンカンで収支つぐなわざるバカモノにすぎないが、このオヤジの一生にはチャンと心棒が通っていた。トンチンカンのようで、実は一貫した軌道から全心的に編みだされている個性的な工夫から外れていることがない。社会的には風の中のゴミのようにフラフラしている存在だが、彼の個性にジカに接触した者には、誰よりもハッキリと大地をふみしめてゆるぎのない力のこもった彼の人生がわかるはずだ。

そういうデタラメ千万な、全然行き当りバッタリだが、その個性と工夫にとんだお金モウケや処世の秘術のいくつかを御紹介いたしましょう。

★

妙見様へ参詣の帰りに友達のところへよると、殿村南平《とのむらなんぺい》という男がきていた。その男が、

「おまえ様は天府《てんぷ》の神を御信心と見えますが、左様でござりますか」

ときくから、そうだ、と答えると、

「左様でござります。御人相の天帝にあらわれております」

面白いことを云う奴だと思っていると、友達の親類の病人の話になった。すると、

「それは死霊がたたっております」

と云って、その死霊はこれこれの男でしかじかの死に方をした人だと見ていたようにその死にざまをツブサにのべるから、友達に向って本当かときくと、その通りだと云う。

そこで夢酔は大きに怖れて、

「オレがお前の弟子になるが法を教えるか」

「よろしゅうござります。ずいぶん法を教えて差上げましょう」

と南平が承知したから、自分のウチへつれて帰って、伝授をうけ、まず稲荷を拝む法から始めて、加持《かじ》の法、摩利支天の鑑通の法など、その他いろいろ二ケ月に残らず教えてもらった。

そのお礼に着たきり雀の南平に四五十両の入費をかけて祈禱所をもたせ、たくさん弟子を世話してやった。

ある日、神田の仕立屋でカゲ富《とみ》の箱をしている奴がきた。ちょうど今日は富の日だというので、それから大勢の人を集めて寄加持《よりかじ》をすることになった。

南平がミコをよんでヘイソクを持たせておいて、ゴマをたいて祈って神イサメをすると、ミコが口走りはじめて、

「今日は六の大目、富は何番何番がよろし」

と云う。一同はこれをきいて大いに嬉しがっている。それをジッと見ていた夢酔が、ちょッ

と待て、と進みでて、

「はじめて寄加持を見て恐れ入った。しかし、これはずいぶん出来ることだろう」

するとと南平がまだ答えないのに、仕立屋が口をだして、

「寄加持には特別の法があるから、勝さまが威張ってもダメでござんす」

「良くつもッてみろ。どこの馬の骨だか分らない南平にできることだから、あれと同じことを旗本のオレが一心不乱にやれば神が乗りうつらぬ筈《はず》はない。南平の言葉もきかずに、オヌシが出すぎたことを云うな」

「それはあなた様が御無理だ。神様の法というものは旗本だからどうという物ではありますまい」

「よろしい。論は無益だから、オヌシもここへでてこい」

と夢酔は部屋のマンナカへ出て、

「オヌシはオレの前へでてタタミに額をつけて礼をしてみろ。オレが許すと云わぬうちにオヌシの額がタタミから上ることができたらオレはオヌシの飯タキになろう」

その見幕が大変だから人々が間へはいって取りなした。仕立屋の件はそれでおさまったが、

「お前がそれほど出来ると思うなら、ただちに寄加持をやってみろ」

と大勢の者が云う。

「よろしい。やってみせるから、見ていろ」

夢酔はまず裸になって水を浴びてきた。それからミコをよんで、南平がした通りの仕方で祈ったら、ミコがいろいろのことを口走りはじめた。

「どんなものだ。ザマア見ろ」

と夢酔は散々高慢を云って帰った。

大勢の者はこれに驚いて、それ以来、南平にたのむと金がかかるから、夢酔にたのんで加持をしてもらうようになった。

徳山という友だちの妹が病気で南平に加持をたのんだら生霊《いきりょう》がついてる。生霊を落すには五両かかると言う。あんまり高く吹ッかけるから夢酔に話をすると、

「よろし。オレがタダで落してやる」

三晩かかりきって、とうとう生霊を落してやった。そういうことが重って南平は夢酔を恨み二人は仲がわるくなったが、夢酔はカゲ富に寄加持の手を用い、五両、十両、二十両というようにそれから何度ももうけた。南平につぎこんだ伝授料は元をとり返してオツリが来たのである。

★

夢酔が地所を借りていたのは岡野という千五百石の旗本であった。

千五百石といえば相当の大身《たいしん》だが、代々の放蕩つづきで貧乏で有名なウチだった。当主はまだ若いが、名題《なだい》の貧乏で嫁をくれる者がなかったのを、夢酔が世話をしてやって知行所へ談じて出ない金をださせて格式以上の婚礼をさせてやったのである。

ところが結婚後追々と酒をはじめ、酒の相手の町人どもが奥へ入りびたるようになり、親類の者が当主をだまして遊ぶ金をかりる。毎晩が酒宴つづきで、せっかく夢酔が知行所へかけあって工面してやった金も婚礼用に買った品々もみんななくなってしまった。

そこで当主にたかっていた仙之助という親類の一人が、大川丈助という小金持を連れてきて用人にスイセンした。仙之助は大川丈助から五両の鼻グスリをもらってスイセンしたのである。

知行所の者どもがこの用人抱え入れに反対で、夢酔に止めさせてくれと頼んだから夢酔がかけあってやると、たった五両の鼻グスリに目がくらんで、地主にいらざることを云う奴は地所を立ち退けと言う。勝手にしやがれ、と夢酔は仕方なく見て見ぬフリをしていた。

鼻グスリをきかせて貧乏旗本の用人を志願するぐらいだから、丈助には考えがあったのである。用人に抱えられると、主人から金を貸してくれと云われるままにハイハイと立て替えてやる。相当立て替えさせたからこのへんで丈助をクビにしようと追い出しにかかったところが、もとより丈助の方が役者が数枚上なのである。

「ただ今までのお立替えが利をつもってこれだけになっております」

勘定書を差出した。それが合計三百三十九両である。

このベラボーな、しかし明細な計算書をいったん主人に渡しておいて、主人が酒に酔った晩を見すまして盗み返して焼きすてた。

こうしておいて丈助は老中太田備後守《びんごのかみ》にカゴ訴《そ》をしたから事メンドウになった。丈助は用人志願の時から考えていた企らみでこの仕事に命を張っている。穏便に払えばよし、払わなければ、旗本千五百石の岡野家もつぶれるが、丈助の命もない。

老中も事穏便にと心掛けてやったが、知行所からしぼるだけしぼり、借りるだけ借りつくしたあとで一両の金も出させることができない。

すると、丈助の女房が代ってカゴ訴をやり、次にまた丈助がカゴ訴をやり、女房もまたカゴ訴をやった。

ギリギリのところへ来てしまったが、岡野は全く金策がつかず、丈助夫婦の命と一しょに家名断絶の瀬戸際となった。

ちょうど倅《せがれ》海舟の柔術の相弟子で名題の剣士の島田虎之助が夢酔のところへ遊びに来ている時であった。

丈助が外出しようとしたのを見張りの町役人が止めたことから刀をぬく騒ぎとなり、応援にでた丈助の女房に縄をかけたから、侍の女房に縄をかけたというので、丈助がたけりたって大騒ぎとなった。

そこで岡野の親類の者がたくさん揃って夢酔のもとへやってきて、どうか一ツ口をきいていただけませんかとたのんだ。すると夢酔が答えて、

「お前様のゴタゴタはかねて知らないではありませんが、丈助をお抱えになるとき、それはいけません。よくないことが起りますと申上げたところ、よけいなことを云う奴は立退けと仰有《おっしゃ》るから、それからは見て見ぬフリ、いまさら口をきいてあげるワケには参りません」

「そのことは幾重にもお詫び致すから、どうぞ御尽力ねがいたい」

「あの丈助はこの仕事に命をはっていますから、私には大敵で、とてもこの掛合いはできません」

島田虎之助が中にはいって、

「先生は今までいろいろ人を助けておやりだから、この一件もぜひ尽力してあげていただきたい」

と頼んだから、

「よろしい。それでは引受けてやりましょう。丈助と掛合ってきっと話をつけてあげるが、その代り、万事私の一存にまかせるという一札を入れなさい」

一札をとっておいて、

「さて丈助と話をつけるには二ツあるが、金を残らず払って事を済ましましょうか、または一文もやらずに、話をつけましょうか。あなた様方のお望み次第に致します」

こう大きく出られると親類一同薄気味わるくなって、相談のあげく、

「無事勘定をすまして事穏便にすませるに越したことはありません」

「無用な金をやるにも及ばないと思いますが、ではそう致しましょう」

「一文も金をやらずに済む方法がありますか」

「その方法はお話し致すわけに参りません。それをきいて、目をお廻しになるといけませんから」

岡野の知行所は武蔵と大坂在にあった。まず武蔵の知行所の庄屋をよんで、夢酔名儀の借用として大坂行きの旅費四十両、岡野の家には食べる米もなくなってるから、その年の暮までの食べ料をだすように段々と理解を申渡して、ようやく承知させた。

それから丈助をよんで十五両の手金だけ渡し、大坂の知行所に金を調達させてくるから十二月まで待つように誓約書を交した。

そこで夢酔は岡野の家来等お供を四人つれて大坂在の岡野の知行所へついた。

代官の家へ逗留して村の者をよびよせて金策を申渡したが、ここは五百石高の知行所であるのに、すでに用立てた金は七百両もあり、この上は一文といえども出来ません、という返事である。ムリを承知で来た夢酔だから、あせらない。

夢酔はわざとノンビリ代官所に逗留し、村をブラブラ歩いたり、夜は代官の子供に軍談などを語りきかせて喜ばせてやる。

ところが江戸から連れていった猪山勇八《いのやまゆうはち》というのが事をあせって内々村方へ借金の強談判《こわだんぱん》に行ったから、村中が評議したのち竹槍を手に手に宿舎をとりまいて雑言《ぞうごん》をあびせる。その後も時々寺の鐘を合図に、集合しては押し寄せてくる。供の者はふるえ上って江戸へ帰ると言いだした。

夢酔はそれを叱りとばして、一同が押寄せるたびに紋服をきて百姓どもの列の中を一廻りしてくる。一しょに連れてきた侍の横田というのに命じて毎日の午前中は四書の講義をさせる。午後は伊丹の小山湯というのに入浴に行く。

大坂の町奉行の用人を知っていたから、それを訪ねて帰ると、大坂の奉行所から追っかけ使者がきて酒肴《しゅこう》を届けて行った。その肴を村の者に配給してやったから、奉行所の肴だというので、いただいて食ったという。

もう大丈夫とにらんで、能勢《のせ》の妙見さまへ参詣するから、村の者数名にお供を命じると云って、鐘をついて竹槍さげて押寄せた大将分らしい奴だけ選んでお供を命じた。

当日に至って一同が集ったから、夢酔は紋服で現れ、代官に命じて、

「一同の雨具を用意いたせ」

「いえ、この節は日和《ひより》がよろしゅうございますから、五六日は雨は降りませぬ」

「オレが妙見さまに祈ると必ず雨が降ることになってるから、是非とも用意しなさい」

シブシブ雨具をもってきた。池田で休んだときに、

「コレコレ。カゴにかける雨具がないから取ってきなさい」

またメンドウなことを云って、シブシブ持って来させた。

能勢の山へのぼり茶屋でカゴから降り、ここより二十五丁の山径《やまみち》を歩いて頂上へ登る。それから裸になって水行をとって妙見さまへ静々と参拝する。御紋服をきているから、他の参拝人は逃げだしてしまった。門の外の茶店でゆっくり休息する。

なかなか雨雲が現れないな。しかし、どうやら現れた。現れなかったら、彼はどうするつもりだったろう。その時はその時の何かの策はあったろうが、とにかく、こういうところは賭というものだ。賭がはずれれば、おのずから天来の打開策にたよるだけだし、すべてこれらの成行きは、偶然のサイコロがどう出ようと、実は彼の腹の底にできている覚悟が支配するものであろう。

六甲山から雨雲が現れてきたから、夢酔は合羽持《かっぱもち》に向って、

「お前は仕合せ者だな。今に雨が降るから、荷が軽くなるぞ」

「いいえ、たとえ雲がでても雨にはなりません」

百姓一同が異口同音に云う。夢酔はトンチャクなく、

「下のハタゴへ着くまではこの雨を降らせたくないものだな。それ、みなのもの急げ」

と、渋る奴どもムリに急がせる。二十五丁の降り道を急いで、あと三丁という時に本当に大雨が降ってきてドシャ降りになった。

夢酔一行は代官所へ戻ってきた。

「雨の御利益で金を出しそうになったかどうか見てこい」

それとなく人を派して村方の様子を探ると、百姓どもがビックリして帰った当日はどうやら出しそうになったが、その翌日の形勢ではもう半々になり、日がたてばすぐゼロになるのが分った。

夢酔は翌日お供をつれて大坂見物に行き、ゆっくり女郎屋へ滞在などして帰ってきた。それから、村の者をよんで用立金の返答をきいたが、

「いろいろ骨を折っていますが、とてもできません」

と云う。

翌朝、代官をよんで、

「今日はオレの悦びがあって村方一同に酒を振舞うから、酒肴の用意をしておけ」

と入費を渡した。それから伊丹へ行き、白子屋という呉服屋で、諸麻《もろあさ》の上下三具と白ムクなど買ってきた。

百姓どもが集ったから、上下なく打ちとけて酒をのませ、夢酔が真ッ先に吉原で覚えたハヤリ唄をうたってきかせるから、百姓どもは飲めや歌えや大いに酔いがまわった。湯づけを食べさせて宴を終り、一同を次の間に控えさせて、座敷に法の通りの切腹の仕度をととのえさせ、彼は庭へ降りて手桶の水を三杯あびて白ムクに着かえ、その上に平時の服装をつけた。

さて一同を着座せしめて、

「長らく滞在にも拘《かかわ》らず下知《げち》の趣《おもむ》ききいれざる段は不届きである。金談は断るから、左様心得ろ」

「ハイ。ありがたくお受けいたします」

「しかしながら鐘をうちならし竹槍とって押寄せた段上《かみ》を恐れざるフルマイ、大坂奉行に命じてきッと詮議致すから左様心得ろ」

こう云うと百姓どもは涙を流して詫びを述べるから、これも聞き許してやる。

「しからば最後に申しきかせてつかわすことがある。その方らがこれまでに地頭の用立て金があまたあって迷惑の段はその理なきにしもあらんが、地頭家の家名に及ぶという際にこれを見捨てるとは思いがけざる仕儀である。オレの顔で千両二千両用立てるのはワケはないが、知行所の用立金で急場を救ってもらいたいという岡野の頼みによって、オレが引受けて用立金を下命に参った。約束して参った用向がかなわぬから、オレはここで切腹いたす。勇八らは帰国致して妻子へこの一条を話し、これをカタミに致すように」

と上に着ていた平服をぬいで手渡す。下から白ムク姿が現れた。するとお供の者がかねて江戸を出発する時から用意してきた首桶《くびおけ》を静々と持って現れる。夢酔が差料《さしりょう》をとって、

「これにてカイシャク致せ」

と渡す。それを受け取った喜三郎がサヤを払うと、百姓どもは、

「ゴメン、ゴメン」

と云ってフトンのまわりへ集って、

「先だってより仰せの儀は家財を売り払っても調達いたします」

と言いだした。そこでカイシャクの喜三郎が涙ながらに刀をサヤにおさめると共に、それでは仰せの儀承知の旨一札だすように、とその場で連名の一札をとった。

こうして五百五十両の用金を差しださせ、江戸へ帰って丈助の三百三十九両を払ってやり、あとは岡野の費用に当てさせ、夢酔は旅費をださせただけで、一文も取らなかった。

もっとも幕府へ無断で大坂へ行ったのが知れて禁足を命じられたから、禁足中ちょうだいできない月給分月に一両二分四人扶持《ぶち》ずつ岡野に出させた。

世間の人が百両ぐらいお礼をとれと云ったが、彼はどういうわけだか一文も取らなかった。岡野はお礼に木綿一反持ってきた。

彼のお金モウケその他の着想は万事かくの如く個性的で工夫に富んでいた。しかし収支つぐのわなかった。ただ彼自身は我がまま一パイに自分の人生をたのしんだ。風の中のゴミのような人生に生命の火を全的にうちこんでいたのである。

息子の海舟はもッと立派なことに生命の火を打ちこんだだけの相違であった。

安吾下田外史

ハリスが通訳ヒュースケンを従え米国総領事の資格で下田に上陸したのは一八五六年九月三日（日本暦では八月五日）のことだ。なぜ下田に上陸したかというと、前にペルリが日本と薪炭条約を結んだ際、もしも後日両国合意の上領事を置くような場合には下田におくという取りきめがあったからである。

下田と江戸の陸上交通は山また山で非常に不便であるが、その不便なのが幕府の狙いで、外蛮の風俗を都に近づけないためという毛ギライから起っている。オランダのカピタンを九州長崎に封じこめて近づけなかったのもその為であるし、仙台の伊達政宗が支倉《はせくら》を船出させた牡鹿《おしか》半島の月ノ浦というところは他日通商を開く場合にここを港と政宗が予定していたところで、仙台と月ノ浦ではちょうど江戸と下田のような距離と不便さがあるのである。通商はしたいが、外蛮の風を膝元に近づけたくないという神経は鎖国日本の特色で、下田選定はその神経のタマモノであった。

当時日本と同じように鎖国していた支那では、イギリスが武力で開国を迫って阿片戦争を起した直後である。アメリカの輿論《よろん》も支那と同様日本も武力で開国させるというような意見がかなり強力であったようだが、たまたまアメリカの大統領が変り、外交に平和政策をとるようになったことと、尚その上にハリスという人が独自の見識と抱負をもった稀《まれ》な人物であったために、日本は恵まれたのである。

ハリスは外交官出身ではなく、東洋を股にかけて歩いていた商人であった。いわば西部劇的な冒険児の半生を歩いてきた人であったが、その気質はいわゆる東洋を股にかけた船員や商人とはだいぶ違っていた。第一、酒をのまないし、バクチをやらない。酒をのまなかったのは持病の胃カイヨーのせいもあるが、だいたいに本来身持ちのよい人物で、一生独身であった。ただ甚だ商売熱心で、外国貿易というものに独特の見解と抱負をもっていたのである。

ペルリが日本と薪炭条約を結び通商の可能性がひらけたので、ハリスは自分を日本の初代領事にしてくれという自セン運動を起し、大統領をうごかして目的を達することができた。その時は大統領に対して、自分はワシントンで要職につくよりも日本で精神的と社会的な孤独の中で働くことを選ぶと述べ、文明国からの最初の公認された代表として日本にのりこんで平和的に開国通商させ、アメリカのためにも日本のためにも歴史に名誉ある記載をのこすような仕事をしたいとの鉄石の決意を訴えるところがあった。

その決意と抱負は彼の日記にさらに生々しく読みとることができる。彼は下田へ到着する二日前からその抱負のために眠ることができないのである。そして、日本とその将来の運命について書かれる歴史に自分の良き名が記載されるように身を処したいと念じ、精神的と社会的な孤独こそ自分のなつかしいものだということをここでも繰返しているのである。

むろん商人出身だからアメリカに有利な商売をすることは彼の第一の目的ではあったが、支那の阿片戦争の如き愚をさけ、日本の運命のためにも自分の良き名を残したいというのが彼の野心であり念願であった。

しかし日本側には彼の誠意や人柄は理解されなかったので交渉は進まず、下田で一年の余ももたついた。唐人お吉が登場するのは翌年五月のことで上陸後九ケ月目だ。

ハリスは当時胃カイヨーで重態であり、日本側に看護婦をもとめた。しかしその交渉に当った通訳のヒュースケンは同時に自分の妾をもとめ、その要求をいれないと自分に考えがあるというようなことを云って威嚇した事実はあったようだ。

そこでハリスにはお吉、ヒュースケンにはお福という妾がでることになったが、ハリスのもとめていたのは看護婦で、妾ではなかったところへ、お吉の方は妾と思いこんで荒れた気持で出かけているから、うまくいかない。お吉は三日でお払い箱になった。

お吉の写真は今も残っているが、小股のきれあがった美人である。勝気の気性が顔に現れている。下田奉行組頭黒川の記録によると彼女は当時芸者もしくは淫売だったようで、しかし相当な美人だから下田では名の売れた娘だったろう。まだ十七であった。ハリスはお吉に腫物《はれもの》があるというのを理由に三日で宿へ下らせた。お吉から腫物が治ったし、いったん異人館の門をくぐった以上人が相手にしないからという理由で重ねて奉公を願いでたが、ハリスは拒絶して、三ケ月分の給料三十両を与えて手を切った。二十五両の支度金と三十両、合せて五十五両、奉行所へだしたお吉の受取りは今も残っている。三日の勤めに五十五両を払ってやったハリスも立派であったと云えよう。お吉の代りに他の女を欲しがった様子はなかったから、ハリスは女色の慾望は少なかった人のようだ。

ヒュースケンとお福はうまくいった。つまりラシャメン一号はお福の方で、お吉はラシャメン落第生だったのである。しかし唐人お吉の名だけが残ったのは、その性格人柄によるのであろう。ハリスは看護婦をもとめ、お吉は妾のつもりで乗りこみ両者食いちがっていたから是非もないが、両者ともにバガボンド的で魂の孤独な人たちだから、心がふれあえば温く理解し合ったかも知れない。ハリスは当時五十一であった。

後日ハリスが公使になって後、ヒュースケンは攘夷の浪士に殺された。英仏露等の公使がそれを機に日本を武力で屈服させようとしたとき、ハリスだけは日本の肩をもった。長い鎖国から開国したばかりの日本に外国人を憎む分子がはびこるのは当然であるし、日本を開国させた自分は開国後の日本を助け指導する義務がある。日本を苦しめることはできない、と云ってただ一人反対した。そのために英仏露は立場を失い窮したことがあった。

むろんこれはハリスの外交手腕でもあるけれども、ヒュースケンという自分の片腕とたのむ人物、そしてわが子のように愛していた若者を殺されて、しかもその人情よりも外交の仕事や義務の方を大事にしたハリスは偉大な人物といえよう。自分の野心や抱負のために、かくも畏しく人情を押えることのできたハリスは、お吉や女色に対しても情を押え得た人物であったろうことは想像できるのである。ハリスは甚だ個性的な独特の冒険児であり紳士であった。唐人お吉の物語はハリスの側からも書かれる必要があるだろう。その方がむしろ文学的興味をそそるもののように私は考えている。

安吾武者修業　馬庭念流訪問記

立川文庫の夢の村

　私たちの少年時代には誰しも一度は立川《たつかわ》文庫というものに読みふけったものである。立川文庫の主人公は猿飛佐助、百地三太夫、霧隠才蔵、後藤又兵衛、塙《ばん》団右衛門、荒川熊蔵などという忍術使いや豪傑から、上泉伊勢守、塚原卜伝、柳生十兵衛、荒木又右衛門などの剣客等、すべて痛快な読み物である。子供たちはそれぞれヒイキがあった。私は猿飛佐助が一番好きであったが、剣術使いの方では主人公ではなしに馬庭念流《まにわねんりゅう》という流派にあこがれていたのである。

　立川文庫の馬庭念流は樋口十郎左衛門が主人公である。けれども、この主人公の物語よりも、他の剣術使いの物語の中に現れてくる馬庭念流の扱われ方のほうが甚だ独特で面白いのである。

　剣の諸流派の中で、馬庭念流だけが一ッ別格に扱われている。馬庭という片田舎の小村に代々その土地の農民によって伝えられてきた風変りな剣術がある。その村では村民全部が剣術を使う。むろん村民は百姓でふだんは野良を耕していることに変りはないが、かたわら生れ落ちると剣を握って念流を習っているから、それぞれ使い手なのである。

　諸国の腕自慢の輩《やから》が武者修業の途中にちょッと百姓剣法をひやかしてやろうというので馬庭村へやってくる。野良の百姓に村の道場はどこだと尋ねて、この村の先生はクワの握り方と剣の握り方の区別ぐらいは心得ているだろうな、なぞと悪態をついて百姓をからかう。すると百姓がやおら野良から上ってきて棒きれを探して握りしめて、

「お前さんぐらいならオレでも間に合うべい。打ちこんできなさい」

というような挨拶をのべる。何をコシャクなと武者修業が打ってかかるとアベコベに打ちのめされて肥《こえ》ダメへ墜落するようなウキメを見てしまうのである。

立川文庫の場合に於ては、一般に風変りなもの、たとえばクサリ鎌や小太刀や宝蔵院の槍など、別格視されるとともに、異端視され、時には敵役《かたきやく》に廻されたり負け役に廻されたり、あまりよい扱いを受けないのが普通で、子供たちの多くもクサリ鎌使いなぞは好まないのが普通であるし、また好まなくなるのが当り前の取り扱いを受けてもいるのである。ところが馬庭念流はそうではない。甚しく別格に扱われているけれども、常にひそかな親愛をもって扱われているようで、いわば万人がそのふるさとの山河に寄せる愛情のようなものが常にこの流派にからんで感じられるような気がするのである。馬庭念流を使う敵役なぞは出てこない。それを使うのは善良温和な百姓なのだ。頭ぬけた使い手には扱われていなくとも、どんな剣の名人もこの村で道場破りはできないのだ。

村の農民によってまもられ伝えられてきた剣法。日本の講談の中で異彩を放っているばかりでなく、牧歌的な詩趣あふれ、殺伐な豪傑の中でユーモラスな存在ですらある。

私は馬庭という里は架空の地名ではなくとも、百姓剣法馬庭念流はいわば講談作者のノス

タルジイの一ツで、立川文庫の夢の村にすぎないのだと思っていた。まさに少年時代の私にとっても愛すべく、また、なつかしい夢の村であった。そして、夢の中でしか在りえない村だと思っていたのだ。

たまたま私は一昨年から上州（群馬県）桐生に住むようになり、郷土史を読むうちに、馬庭が実在の地名であるばかりでなく、馬庭念流が今も尚レンメンと伝えられ、家元樋口家も、その道場も、そして剣を使う農民たちも、昔と同じように今もそうであることを知って茫然としたのである。

今の呼び方では群馬県多野《たの》郡入野村字馬庭。字である。戸数は二百戸ほど。高崎から上信《じょうしん》電鉄でちょッとのところである。

上州には今から千何百年前の石碑が三ツある。多胡碑《たごのひ》、山上碑《やまのうえひ》、金井沢碑と云って、いずれも歴史上重要なものであり、私にとっては一見の必要あるものであったが、呆れたことにはこの三碑がまるで馬庭をとりまくように散在していた。多胡碑の里から火事がでて馬庭へ飛び火したこともあるそうだ。馬庭の旧家高麗《こま》さんは頭をかいて、

「隣り村の火事と安心して見物にでかけた留守に私の家の屋根が燃えはじめていました。上州のカラッ風は油断ができません」

そして、こう教えてくれた。

「私の父も念流の目録まで受けた人ですが、私は剣は使いません。馬庭で一番古いのが私の

家で、その次に樋口家が移住して、ごらんのように隣り合って家をたて村をひらいたのだそうですが、そんなわけで私の家だけは無理に剣を習わなくてもよいのだと父が言っていました。他の家は必ず剣を習わなければならない定めになっていたのです。戦前まではそうでした」

一村すべて剣を使うということも架空の話ではなかったのである。樋口家の馬庭移住は天正のころ、織田信長のころだ。今から三百七八十年前である。したがって附近の三碑ほど大昔からひらかれた里ではなかった。しかし、樋口家が土着した瞬間から、この里は剣の里であった。野良を耕す人々の剣を使う里。そして今もそうだ。立川文庫の夢の里は昔そのままの姿で実在していたのである。

名人又七郎

例年の一月十七日が樋口道場の鏡開きで、門弟すべて参集し、また客を招いて型を披露するという。つまり寒稽古の始まる日だ。その終るのが三月十七日で、まる二ヵ月の長い寒稽古だが、昔からの定めだという。要するに農閑期でもある。そして重《おも》だつ門弟はとにかくとして、一般の里人が剣を習うのはこの期間なのである。

関東平野の一端が山にかかろうとするところ。倉賀野《くらがの》から下仁田《しもにた》をへて信州の八ケ岳山麓へ通じる非常に古い街道。この街道筋には上州の一ノ宮や大きな古墳なぞが散在して、いかにも太古からの道という感が深い。

この街道をちょッと行って、小さな丘の陰、こんなところに道があったかと思うようなところで街道をそれる。するとキレイな川が流れていて、その川の向う側が馬庭なのだ。竹ヤブが多い。

道場の門をくぐると村の子供たちが群れている。そして門内にアメ屋、フーセン屋、オデン屋、本屋、オモチャ屋など七ツ八ツの露店が繁昌しているのである。全然村のお祭りである。道場びらきなぞという厳《いか》めしさとは全く縁のない村祭りの風景であった。それも門前でなしに門内に店が並んでいるのだから、田舎の子供の園遊会のようなものだ。道場がせまいので、庭で武技を行うのである。

念流の伝授以来二十四代もうちつづいて、里人すべてを門弟にしている旧家だから、大豪族、大教祖の大邸宅を想像するのは当然だが、立派なのは道場だけで、実に質素なただの百姓屋である。ただの中百姓屋だ。

何百年の武の伝統と里人すべての尊敬をうけながら、終始一貫里人と同じ小さな百姓屋にただの百姓ぐらしをしてきたとは痛快じゃないか。これこそは馬庭念流というものの真骨頂であろう。まさに夢の里だ。道場以外は百姓用のものばかりで、どこにも武張ったところがなく、威厳を見せているところもない。痛快なほど徹底的にただの百姓屋である。村の旦那の風すらもないただの百姓屋であった。しかも、それにも拘《かかわ》らず、村をあげてのお祭りだ。門弟や里人の念流と樋口家に対する態度は、まさしく教祖や神人《しんじん》に対するそれで、村の誇りであり、彼らの生き甲斐ですらもあるように見うけられるほどだ。実質的にかくも大きな尊敬をうける教祖や神人がこんな質素な住居にいるのはこの里だけのことであろう。

樋口家は木曽義仲の四天王樋口次郎兼光《かねみつ》の子孫である。次郎兼光の妹は女豪傑巴《ともえ》だ。もっとも、樋口の嫡流は今も信州伊奈の樋口村にあって、馬庭樋口はその分家である。

足利三代義満のころ、まだ南北朝の抗争のうちつづいていたころであるが、奥州相馬の棟梁に相馬四郎義元《よしもと》という剣の名人があった。この人が後に入道して念和尚《ねんおしょう》と名を改め、諸国を行脚《あんぎゃ》して剣を伝えて歩いたが、行く先々で鎌倉念流、鞍馬念流、奥山念流なぞと諸国に念流を残し、最後に信州伊奈の浪合《なみあい》に一寺を造って定着し、ここで多くの門弟に剣を伝えた。この浪合で印可皆伝《いんかかいでん》をうけたものが十四名あって、その一人に樋口太郎兼重《かねしげ》があり、これが馬庭念流の第一祖である。

三世のころ、上杉顕定《あきさだ》に仕えて上州小宿《こしゅく》へ移ったが、八世の又七郎定次《さだつぐ》のとき馬庭へ土着し、ここから百姓剣法が始まるのである。今は二十四代である。

したがって、馬庭念流という独特のものは八世又七郎に始まると見てよい。彼はまた馬庭念流二十四代のうちで最も傑出した名人でもあったようで、念流本来の極意書が樋口家に伝わるようになったのも又七郎の時からである。

又七郎が馬庭に土着して道場をひらいたころ、高崎藩に村上天流斎という剣客が師範をつとめていた。どっちが強いかという評判が高くなって、ついに藩の監視のもとに烏川《からすがわ》の河原で試合することとなった。天流斎は真剣、又七郎はビワの木刀で相対したが、又七郎の振下した一撃をうけそこねて天流斎は即死した。天流斎のうけた刀と、又七郎の打ちこんだ木刀とが十字形に組んだまま天流斎の頭を割ってしまったので、これを十字打ちと伝えている。ちょうど宮本武蔵と佐々木小次郎が巌流島で勝負を決したのと同じころの出来事である。

又七郎は諸方から仕官をもとめられたが一切拒絶して土に親しみ、独特の百姓剣法がここにその性格を定めたのである。又七郎が天流斎の頭をわったというビワの木刀が今も樋口家にあるが、ひどく軽くて、短い。宮本武蔵が重い木で五尺にちかい木刀を振りまわしたのに比べて、全くアベコベの木刀だ。近年、門弟の一人が振り廻して遊んでいるうちに石に当って折れてしまった。

「惜しいことをしたなア。若い者はノンキな奴ばかりで」

と四天王の老人が笑いながら折れた木刀を見せてくれたのであるが、別に惜しそうな顔ではない。むしろノンキな若い者を慈しんでいる笑顔であった。

類型絶無の剣法

立川文庫によると、野良から上ってきた百姓が棒キレを探してヘッピリ腰で身構えるので、この土百姓めと武者修業がプッとふきだしてただ一打ちにと打ってかかるとヒラリと体をかわされ、のめるところを打たれて肥ダメへ落ちてしまう。百姓剣法とはいえ、ヘッピリ腰の構えなんてあるはずがないと考えていたが、事実がまさにそうだから、おどろいてしまった。

これを馬庭念流で「無構え」という。他流の構えと雲泥の差がありすぎる。これを説明するには写真を眺めていただく以外に手がないのである。

右足を前へだして膝をまげ、左足を後へひいて踵《かかと》を浮かして調子をとっている。これだけで存分に風変りなところへ、剣を横ッチョへ寝かせてブラブラ調子をとっているのだから、武者修業がプッとふきだすのは無理がない。まるで肥ビシャクを汲みあげたところといった構えである。

しかし、シサイに見物していると、これぐらい実用向きの怖ろしい剣法はないということが段々とわかってくるのである。彼らはいつも四五間の間をとって構えている。突然とびだして一撃で勝負を決しようというのだ。真剣勝負専門の構えなのだ。

突然とびだすに一番調法な構えである。両足を前後いっぱいに開いて膝をまげたこの構えは、疾走するランニング選手の疾走しつつある瞬間写真によく似ている。疾走する姿を定着させ、全身にハズミをみなぎらせて瞬間の突撃をもくろんでいるのである。横ッチョに寝てブラブラしている剣が突然敵の頭上へおどりかかるのだ。その一手である。突きもないし、横なぐりも殆《ほとん》どやらない。たぶん、真剣勝負とはそういうものなのだろう。馬庭念流には真剣勝負専門の一手あるのみで、余分の遊び手やキレイ事が全然ない。百姓剣法なぞとは大マチガイで、これぐらい真剣勝負に徹した剣法は類がなかろう。

弟子が打ちこむと、先生がうけとめて、打ちこんだ木刀をさらにグッと押させる。打ちこむごとにこれをやらせる。打ちおろした力の強さ、押しつける力の強さをはかって上達を見わけるのだが、打ち下した木刀をさらに力いっぱい押しつける稽古など、真剣専門の稽古でなくて何であろうか。竹刀《しない》でパチパチなぐりッこの他の剣術とは類がちがうのだ。だから、高弟二名が真剣をふるって行う型は最も見事である。

江戸のころ、剣術使いをヤットー使いと云ったものだが、馬庭では今でもヤットーというカケ声を用いている。ヤットー。ヤヤヤ、トトトー。エー。オー。実戦さながらに勇ましい。面小手《こて》も昔のままの珍妙なもので、袴《はかま》も普通の袴をつけ一々モモダチをとってから木刀を構える。試合がすんで礼を終えて後に至っても油断しない。自席に戻りつくまでギロリと目玉を光らせて敵の卑劣な攻撃にそなえていなければならないのである。これが馬庭念流の特別の心得で、これを「残心」と称し、残心を忘れて試合終了後にポカリとやられても、やられた方が未熟者だということになるのである。これも実用専門である。徹底的に実用一点ばりの剣法を農民が伝えてきたのだから痛快だ。しかもこの農民たちは剣をたのんで事を起したことが一度しかない。ただ先祖伝来の定めとして、田畑を耕すことと剣を学ぶことを一生の生活とし天命としているだけのことだ。

見るからに畑の匂いをプンプン漂わしている老翁たち。八十をすぎた門弟たちも数名いる。八十すぎの老翁たちはそろって剣法がそれほど上手《じょうず》ではないようで、五十、六十がらみの高弟から太刀筋を直されて、わかりました、とうなずいている。しかし七十余年も太刀を握って育ったのだから、いったん太刀を握って構えるや、野良の匂いのプンプンする老農夫が、突如として眼光鋭く殺気みなぎる剣客に変るから面白い。曲った腰がピンと張るのが実感されるのである。

私は剣をとった老翁たちの眼光が一変して鋭くなるのに打たれた。たしかに殺気横溢《おういつ》の目だ。しかも殺気横溢ということがこんなに無邪気であることを、これまでその例を知らなかった。実に鋭く、そして無邪気な眼。馬庭念流の眼だ。

この流儀は間をはかって突如打ちかかり打ちおろす一手につきるようであるが、その訓練はゴルフの訓錬によく似ている。

ゴルフは固定しているボールをうつのであるから、ボールを最も正確に最も強く打つ最良のフォームというものが理想型としてほぼ考えうるのである。各人の体形に合せてその理想型を消化し会得しなければならないのだが、一流のプロになるには一日少くとも五百回打撃の練習をし、さらにコースをまわり、一日中ゴルフで暮して少くとも二十年、十四五でクラブを握って四十前後に最盛期に達し技術も完成すると云われている。しかし、技術的にはついにフォームの完成しないプロの方が多いそうだ。静止しているボールを打つだけで、そうなのである。

打たれまいと用心している人、そして隙あらば打ってかかろうとしている人に決定的な一撃を加えることは、それよりも困難にきまっている。馬庭念流が打ち下す一手に一生の訓錬をかけているのは少しもフシギではない。手だけが延びすぎた、アゴがでた、腰が浮いたと一打ごとに直され教えられて、八十の老翁が歯をくいしばって打ち下した太刀を押しつけている。それは他の道場の練習風景とはまるで違う。そして老翁の稽古が終ると見物の人たちからパチパチパチと拍手が起る。しかし老翁は例の残心の心得によってまだ目の玉を光らせ、相手を睨《にら》みつけながらモモダチを下して自分の席へもどる。そこでやっと元の百姓にもどって汗をふくのである。

「ウム。何々さんも腕が上ったなア」

と見物の中でささやく声がきこえる。腕が上ったとほめられてるのは頭のはげた六十五六の老人なのだ。

四天王筆頭の使い手がナギナタを相手に戦う。ナギナタの婦人は死んだ先代二十三世の妹である。四天王は立つや否や足をバタバタ間断なく跳ねてナギナタの足払いに備えている。そしてナギナタの足払いはそれによって概《おおむ》ね外すことができるけれども、時々ハッシと斬られて、

「参った。完全に、やられた」

ひどく正直である。私は剣道については知らないから、他流との比較を知るために、講談社の使い手の一人K君に同行を願ったのである。私は訊いた。

「他流でも、あんなことをやりますか」

「とんでもない。何から何まで類型なしです。ちょッとだけ似ているものすらもありませんよ」

間断なく足をバタバタ跳ねて走りまわりながら斬ったりよけたりしているから、てんで剣術らしい威厳がない。満場ゲラゲラ大笑いであるが、なるほどナギナタと戦うには、こんなことでもしなければ女の子に易々と斬り伏せられるに相違ない。イノチの問題だから見栄や外聞は云っていられない。ただもう実用一点ばりの剣術だ。

馬庭念流の門弟中で名高いのは堀部安兵衛だ。越後の新発田《しばた》から上京すると、馬庭が順路に当るから、自然念流の門を叩くようになったらしく、三年間内弟子の修業をしたそうだ。だから、高田《たかた》の馬場の仇討《あだうち》も、無構えのヘッピリ腰でやった筈《はず》で、さだめし相手も面くらったに相違ない。

この村が一度喧嘩をした話

馬庭の里があげて一度だけ騒動を起しかけたことがあった。その相手は千葉周作とその門弟だ。

千葉周作がまだ血気のころのことらしく、当時彼は高崎在、引間《ひきま》村の浦八《うらはち》の家に泊り、そこで剣術を教え門弟を集めていた。集まる門弟の中には念流を破門された連中も加わっていて、馬庭念流を尻目に天下一の名人千葉周作の名を宣伝してまわった。あげくに千葉一門は伊香保温泉へ赴き薬師堂へ額を奉納したのである。

念流の人たちは千葉一門の行動をかねて不快に思っていたが、額奉納で怒りが爆発した。他郷の者が薬師堂に奉納額をかけるとは馬庭念流を侮辱するものだと、その額をひきずり下して念流の額をあげるために、師匠には隠して門弟一同馬庭を脱出、伊香保に向ったのである。赤堀村の本間道場からも六十余名の助勢がくる。また諸所の村里からも念流の門弟が伊香保をさして馳せ参じ、総勢七百余名になった。

伊香保には大屋と称する湯宿が十二軒あったが、その一軒の木暮武太夫《こぐれぶだゆう》旅館に千葉一党が宿泊し、他の十一軒は念流の一党で占領してしまったのである。

岩鼻の陣屋から役人が出向き、千葉の奉納額を止めさせて事は一たん落着したが、今度は千葉一党がおさまらない。引間村の浦八方《かた》に全員集合し伊香保へ攻め登る用意にかかる。伊香保の念流一党はこれを知って夜戦の符号や合図を定め山林中に鉄砲を構えて敵を待つ。この騒動が十日つづき代官が説得に一週間もかかってようやく伊香保の念流一党を解散帰村させることができた。結局本当の衝突には至らなかったのである。

これが馬庭の里人の仕でかしたたった一度の騒動であるが、これも念流と師家に対する尊敬の厚きがためである。馬庭の土と念流とが彼らの人生の全てなのだから、代官が説得に一週間もかかったのは無理もなかろう。千葉周作の講談では千葉一党が勝ったように語られている由であるが、これは全くのマチガイで、実際の衝突には至らなかった。そして馬庭の里人にとって千葉周作の講談ほどシャクにさわるものはないらしく、四天王も立川文庫の千葉周作をちゃんと読んでいるのである。

「その立川文庫に樋口十郎左衛門というのがありましたね」と訊いてみたら、

「ハ？　存じません。当家は代々十郎右衛門でして、十郎左衛門はおりません」

とフシギそうに答えた。立川文庫の馬庭念流は全然読んでいないらしい。そういう本の存在も知らない様子であった。作中人物その人は自分の物語を読まないらしい。自分の人生が念流そのものであり、それに尽きているらしい。夢の里の人物には夢みる必要がないのかも知れない。

源氏の剣法

頼朝が諸国の源氏を集めたころ、そのころの源氏の豪傑たちはいずれも各々の地で百姓をしながら武技の鍛錬を怠らなかった里人であった。後世の武士とは全く異り、いわば馬庭の里人の如きものが武士の原型であり、源氏の豪傑本来の姿でもあった。だから、一撃必殺を狙う剣法が農民の手で伝えられても、必ずしも怪しむには当らない。

しかし、この剣法が余りにも風変りで、また実用一点ばりであるから、私も考えこまずにはいられなかった。今日に伝わる剣法の諸流の中で、念流は最も古いものの一つであるが、源氏の豪傑の剣法がこんなものであったかも知れないと思ったのである。

樋口家には十数巻の奥義書があり、虎の巻、獅子の巻、竜の巻、象の巻、犬の巻なぞと名がついていて、これは一子相伝で、高弟といえども見ることのできなかったものであった。この巻物の中には非常にコクメイに術について説かれたものもあり、それはゴルフの教本のように基本を説いているものもあったが、私が何より興味をひかれたのは「虎の巻」の一巻、本名を「兵法秘術の巻」と称するものであった。

およそ念流の剣法とは何の関係もないものである。八幡太郎義家時代の兵法とすらも関係はなかろう。もっともっと古いものだ。なぜなら、この秘術とは全部が咒文《じゅもん》だからである。たとえば、敵を組み伏せても刀が抜けない時には南方を向き次の咒文を三べん唱えると刀がぬけるなぞとある。また、敵と戦い刀が折れた時にはどんな仕ぐさをしてどんな咒文を何べん唱えると刀が手にはいる、というのもある。

敵を組みしいたり、敵を前においたりしてやおら向きを変えて、妙な仕ぐさをして咒文を何べんも唱えるようなノンキな戦争は、源平時代にもすでに有り得なかったであろう。

敵の目に姿が見えなくなるという忍術同様の秘法もあり、敵に殺されない咒文、矢に当らない咒文、神様をよぶ咒文、傷を治す咒文等々、およそ念流という実用一点ばりの術の精神にも反するものである。念流そのものとは何らの関係もないものだ。

しかしながら、このような仕ぐさや咒文が真に兵法の秘法として信じられ、実用されていた時代も確かにあったに相違ない。

たとえば神功《じんぐう》皇后や竹内宿禰《たけのうちすくね》なぞの時代、犯人を探すにクガタチと称し熱湯に手を入れさせ、犯人なら手が焼けただれる、犯人でなければ手がただれないと称して、これが公式の裁判として行われていたような時代である。

当時ならば出陣に当ってまず咒文を唱えて神様をよび、事に当って一々咒文を唱え、雲をよび、風を封じ、刀が折れては敵の眼前に於て咒文を唱えて刀をよび、傷をうけては咒文を唱え、傷の手当をするようなことも実際に行われていたかも知れないのだ。

立川文庫によると、忍術の咒文は「アビラウンケンソワカ」というのであるが、念流虎の巻四十二の咒文もすべて「ソワカ」で終っている。もっとも「アビラウンケンソワカ」という咒文はない。その咒文は主として梵字《ぼんじ》のようなものと、少数は漢字を当てて書かれており、これにフリガナがついているのである。一見したところダラニ風だが、私にはむろん意味がわからない。

この秘法は人皇九代開化天皇の時に支那からわが中つ国に伝わり、十五代神功皇后がこの法を用いて戦勝したが、その御子の応神天皇があまりにも秘法のあらたかのため他人に盗用されるのを怖れ、暗記の上で紙をさいて食べてしまった。このためにいったん絶えたが醍醐天皇がこの秘法をもとめて支那へ大江惟時《おおえのこれとき》をつかわし惟時は朱雀《すざく》天皇の世にこの書を探し求めて戻ってきた。しかし世上には偽書七十二巻を作って流布し、正書は誰にも見せなかった。八幡太郎義家が奥州征伐にでかけるとき、はじめて天皇が正書を義家に授与された、ということになっている。

むろんこの由来記をそのまま信じるわけにはいかないが、すくなくともこの秘法は念流の秘法ではない。実用一点ばりの念流の精神に全く反しているからだ。

何かの理由があって、念流の開祖念和尚の家に伝わっていたのかも知れない。念和尚は俗名相馬四郎義元と云い、奥州相馬の棟梁だったというから、この巻物を伝えるような何かのイワレがあるのかも知れない。ともかくこれを剣の技術的な奥義書とならべて加えたのには別の意味があったのだろう。念流そのものは、およそこの秘咒に縁のない剣法だ。

この巻物に示されている念流の伝統は、樋口家の口伝《くでん》のものとは異っていて、樋口家にとっては口伝よりも不利である。寛永御前試合に活躍したという定勝の名も、虎の巻の伝統には現れてこないのである。寛政のころ複写されたものらしいが、樋口家にやや不利であったり、講談の豪傑が出てこなかったりするので、かえって信用できるような気がするのである。これは一子相伝で、最高の高弟ですら見ることができなかったものであるから、ここには装飾の手が加わらなかったのではあるまいか。弟子が見ると摩利支天の罰が当り、目がつぶれると云われていたそうだ。

他の奥義書はよく見ていないから分らないが、技術的なものを説いたものは、これはまた甚しく具体的にコクメイに書かれていて、およそ奥義書風でなく、むしろ現代の何かの教本の如きもので、これこそは実用一点張りの念流にふさわしいものであった。全部をシサイに見れば貴重で多くの興味ある文献が含まれているのかも知れない。

私は虎の巻を見ているうちに、現代を忘れた。馬庭念流すらも忘れた。諸国の源氏が一族郎党をひきつれて急を知って馳せ向う大昔を思いだしていたのだ。馬庭念流を百姓剣法と云うのは、半分は当っているが、半分は当らない。むしろ源氏の剣法だ。諸国の源氏が野良を耕しながら武をみがき、時の至るを待っていたころの姿が、そっくりこうだったに相違ない。違っている一事といえば、馬庭ではもう時の至るを待っていないだけだ。それだけに、畑に同化するように、剣にも同化し、それを実用の武技としてでなく天命的な生活として同化しきった安らぎがある。一撃必殺を狙う怖るべき実用剣を平和な日々の心からの友としているだけなのだ。全身にみなぎりたつ殺気はあるが、それはまたこの上もなく無邪気なものである。終戦後は村の定めも実行されなくなって、寒稽古にでる若者の姿が甚しく少くなってしまった。

「みんなスケートやスキーを面白がりまして、そっちへ行きたがりますな」

四天王はこれも天然自然の理だというような素直な笑顔で云った。馬庭の剣客は剣を握って立つとき以外は、温和でただ天命に服している百姓以外の何者でもない。まったく夢の村である。現代に存することが奇蹟的な村だ。この村の伝統の絶えざらんことを心から祈らずにいられない。

読者の皆さんも道場びらきのお祭り風景を写真で味っていただきたい。他流の道場にみられる武芸者のいかめしさは全く見当らない。村の園遊会なのだ。ただほほえましいだけである。

花咲ける石

群馬県の上越国境にちかい山間地帯を利根郡という。つまり利根川の上流だ。また一方は尾瀬沼の湿地帯にも連っている。

この利根郡というところは幕末まであらゆる村に剣術の道場があった。村といっても当時は今の字《あざ》、もしくは部落に当るのがそれだから、山間の小さな部落という部落に例外なく道場があって、村々の男という男がみんな剣を使ったのである。現今では只見川とか藤原とかそれぞれダムになって水の底に没し去ろうという山奥の人々がどういうわけで剣を学んでいたか知らないが、あるいは自衛のためかといわれている。関所破りの悪者などがとかく山間を選んで横行しがちであるから、たしかに自衛の必要があった。また上野（コウズケ）というところは史書によると最も古くから武の伝統ある一族が土着していたところで、都に事があると上野の軍兵が大挙上京したり、また都に敗戦して上野へ逃げて散ったりしている記録などがある。察するに、そういう一族がこの山間に散じ隠れて剣を伝承するに至ったのかも知れないと考えてみることもできる。ダムの底に沈もうとしている藤原などという部落は特に剣のさかんだったところだが、言葉なぞも一風変っているそうだ。

沼田から尾瀬沼の方へ行く途中に追貝（オッカイ）という里がある。赤城山と武尊山《ほたかやま》にはさまれた山中の里であるが、この山中ではこの里が中心のようになっている。

いつの頃からか追貝に風の如くに現われて住みついた山男があった。剣を使うと、余りにも強い。村民すべて腕に覚えがあるから、相手の強さが身にしみて分るのである。しかも学識深く、オランダの医学に通じて仁術をほどこし、人格は神の如くに高潔であった。ただ時々行方不明になる。そのとき彼は附近の山中にこもって大自然を相手に剣技を錬磨しているのであるが、その姿は阿修羅もかくやと思われ、彼の叫びをきくと猛獣も急いで姿を消したと伝えられている。

彼の名は楳本《うめもと》法神。金沢の人。人よんで今牛若という。十五にして富樫白生流の奥義をきわめ、家出して山中に入り剣技をみがいた。人体あっての剣技であるから、その人体を究めるために長崎にでてオランダ医学を学び、遂には術を求めて支那に渡り、独得の剣技を自得してこれを法神流と称した。諸国の剣客を訪うて技をたたかわしたが、敵する者が一人もなかったので、はじめて定住の気持を起した。そして山中尚武の地、上野を選んで住んだ。上州に土着しての名を、藤井右門太という。天保元年、勢多《せた》郡で死んだが、年百六十八という。多分に伝説的で、神話化されているけれども、天保といえば古い昔のことではない。墓もあれば門弟もあり、その実在は確かなのである。

法神の高弟を三吉と称する。深山村の房吉、箱田村の与吉、南室村の寿吉である。これに樫山村の歌之助を加えて四天王という。この中で房吉がずぬけて強かった。

房吉は深山村の医者の次男坊であったが、小さい時に山中で大きな山犬に襲われた。犬の勢いが鋭いので、逃げることができないが、手に武器がない。犬の身体《からだ》は柔軟でよく回るから、素手で組みつくと、どう組み伏せても嚙みつかれて勝味がない。小さいながらも房吉はとッさに思案した。敵のお株を奪うに限ると考えて、やにわに犬のノド笛にかみついたのである。そして犬のノドを食い破って殺してしまった。血だらけで戻ったから家人がおどろいて、

「どうしたのだ」

「これこれで、犬を嚙み殺してきました」

「ケガはないのか」

「さア、どうでしょうか」

身体の血を洗い落してみると、どこにもケガをしていなかった。祖父の治右衛門は法神の指折りの門下であったから、孫の剛胆沈着なのに舌をまき、剣を仕込むことにした。上達が早くて自分では間に合わなくなったから、法神に託したのである。

この房吉、ただの腕白小僧と趣きがちがって、絵や文学を好み、それぞれ師について学ぶところがあり、若年のうちから高風があった。しかも剣の鋭いことは話の外で、彼の剣には目にもとまらぬ速度があった。師の法神は房吉の剣を評して、

「彼は白刃の下、一寸の距離をはかって身をかわす沈着と動きがある。これはツバメが生まれながらに空中に身をかわす術を心得ているように天性のものだ。凡人が学んでできることではない」

といっていた。しかし彼には天分があったばかりでなく、人の何倍という稽古熱心の性分

があった。免許皆伝をうけて後も怠ることなく、師の法神が諸国の山中にこもって剣技を自得した苦心にならい、霊山久呂保山にこもってまる三年、千日の苦行をつんだ。苦行をおえて戻った時に、彼の筋肉は師の法神のそれと同じくあらゆる部分が力に応じて随意に動くようになっていた。つまりどこにも不随意筋というものがない。下の話で恐縮だが、男の例の一物は随意に動くものではない。ところが彼はこれすらも随意に収縮することができた。これを小さくおさめて敵の攻撃を防ぐことができた。武技だけでは、こうはいかぬ。意馬心猿の境地ではおのずから裏切られてしまう性質のものであるから、つまり彼は剣聖の境に達したのである。法神はこれを見てことごとく賞讃し、秘訣の全てを伝えて跡目に立て、加賀之助の名を与えた。後に星野家へ養子となったから、星野加賀之助とよぶわけだが、一般に昔のまま須田房吉で通っている。村人にとっては、その方が親しみがあるのだ。

この山中に知行所をもつ旗本の代理で毎年知行を取り立てにくる男に犬坂伴五郎という御家人があった。貧乏御家人だが剣では名のある使い手であった。ちかごろ江戸では田舎侍に腕の立つゴロツキが多くなって、吉原なぞでもとかく旗本は気勢があがらない。田舎侍に一泡吹かせてやりたいものだとかねて思っていたが、この伴五郎が房吉に目をつけた。とにかく滅法強い。法神流はそもそも剣の使い方が根本的に他流とちがっている。身体全体が剣であり武器である。場合によっては頭でも突く、足でも蹴るで変幻自在、機にのぞみ変に応じてきわまるところがない。したがってその練習量は他流の何倍何十倍とかけられているから、こころみに伴五郎が立合ってみると、房吉一門では下ッパの方の門人に手もなくひねられてしまった。

伴五郎も江戸では剣で名のある男だ。それがこの有様であるから、房吉を江戸へつれて行けば、どこの大道場の大将だって相手にならないことは明らかだ。しかし、房吉はその師に似て至って物静かな人物で、かりそめにも道場破りを面白がるようなガサツ者ではないのであるから、伴五郎の思うように田舎侍をぶん殴ってくれる見込みはないが、江戸へ連れだしさえすれば、そこにはまた手段もある。とにかく、なんとかして江戸へひッぱりだそうと考え、同志をつのって師匠の法神の方を訪れた。

「我々江戸表に於ては多少は剣客の名を得た者でござるが、法神流にはことごとく恐れ入り申した。特に大先生ならびに師範代の房吉先生の御二方は人か鬼かまた神か、まことにただ神業と申すほかはない。房吉先生を江戸へお招きして旗本一同教えを乞いたいとの念願でござるが、若先生を暫時拝借ねがいたい」

法神も江戸へでるのは一興と思った。そこには諸国の名手が集まっているから、房吉に見学もさせたい。

「よろしかろう。拙者もついでに江戸へでて一服いたすことにしよう」

「大先生まで。ヤ、これは、ありがたい」

御家人の悪太郎ども、大いによろこんだ。諸方にゲキをとばし無心を吹っかけ、金をあつめて、江戸木挽町と赤坂の二カ所に道場をつくった。そして、法神と房吉をまねいたのである。

★

二人が江戸へでてみると、まことに立派な道場だが「天下無敵法神流」という大そうな看板がでているから、さすが物におどろかぬ山男も辟易《へきえき》して、

「天下無敵は余計物だ。とりなさい」

「その儀ばかりは相成り申さぬ。天下の旗本が習う剣術だから、天下無敵。この江戸に限ってただの法神流では旗本の顔がつぶれるから、まげて我慢ねがいたい」

大ザッパな山男のことだから、こういわれると、こだわらない。なるほど江戸はそういうところかと至極アッサリ呑みこんでしまった。

御家人の悪太郎ども、この大看板をかかげておいて尾ヒレをつけて吹聴したから、腕に覚えの連中が腹をたてた。毎日のように五人十人と他流試合につめかける。相手になる房吉は、事情を知らないから、さすがに江戸の剣客は研究熱心、勉強のハリアイがあると大いに喜んで、毎日せっせとぶん殴っては追い返す。

むかし、宮本武蔵は松平出雲守に招かれ、その家中随一の使い手と立合ったことがあった。

松平出雲は彼自身柳生流の使い手だったから、その家中には、武芸者が多かったし、また剣の苦手は何かということを彼自身よく心得ていた。彼は武蔵の相手として、棒の使い手を選んだのである。

棒、もしくは杖《じょう》というものは甚だしく有利な武器なのである。これは実際にその術の妙を目にしないとその怖るべき性質が充分には呑みこめない性質のものであるが、棒はその両端がいずれも相手を倒す武器であり、いずれが前、いずれが後という区別がない。いずれからともなく現われて打ちかかり、一点を見つめていると逆の一点が思わぬところから襲いかかってくるのである。打つばかりでなく、突いてくる、払ってくる、次にどの方向からどこを目がけて飛びだしてくるか見当がつきかねるという難物で、これを相手とする者は敵が百本の手に百本の棒をふりまわしているような錯覚を感じる。武蔵も夢想権之助の棒には手を焼き、一般にこれを相打ちと称されているが、実際には武蔵が一生に一度の負けをとっている事実があるのだ。

庭前で試合をすることになり、武蔵が書院から降りようとすると、相手はすでに書院の下に控え、殿様の眼前だからやや伏目に頭を下げて坐っている。見ると、相手は棒使いだ。八尺余の八角棒が彼の前におかれていた。

とっさに武蔵はマトモでは勝味のない敵だと思った。夢想権之助の棒は四尺二寸で円く軽いが、今日の相手のは八尺の八角棒。長短いずれが有利かは立合ってみなければ見当がつかないが、いずれにしてもマトモでは剣はとうてい歯がたたぬ。

みると相手は隙だらけだ、当り前の話だ。まず向い合って一礼し、しかる後ハチマキをしめハカマの股《もも》ダチをとり、武器をとって相対するのが昔の定法であるから、まして殿様の眼前のことだ、相手はあくまで礼儀専一に、つつましく控えて武蔵との挨拶を待っているだけの構えにすぎない。

武蔵はまだ階段を降りきらぬうちに、左の長剣をヌッと突きだして相手の顔をついた。礼も交さず突いてでたから相手がおどろいて棒をとろうとすると、武蔵は左右の二刀を一閃、バタバタと敵の左右の腕をうち、次に頭上から長剣をふり下して倒してしまった。この試合は卑劣だという当然の悪評を得た。

しかしながら、昔の剣法は実戦のために編みだされたもので、いわゆる御前試合流の遊事ではなかったから、剣の心構えというものも実は甚だしく切迫していたものだ。したがって徳川以降の御前試合剣道とちがって昔の実戦用剣法は各流に残身などと称し、控え室を一歩でて立合の場へ一足はいればもう戦場、どの瞬間にどう打たれても打たれ損という心構えにできており、試合を終って礼を交して後もユダンができない。試合の場を完全に離れ去るまでは寸分の隙なく襲撃にそなえていなければならない心構えの定めがあったものである。婦人の使うナギナタにすらこの心構えのきびしい定めがあったものだ。

法神流はむろんこの心構えが厳格だ。相手にユダンあれば挨拶前でもコツンとやる。房吉にしてみればそれが剣の定め、そのユダン、その不覚ぐらい未熟千万なものはないと思っているから、相手にユダンがあると、まことに人ごとながらもナサケなく、苦々しい気持になって、挨拶前でもコツンとやる。相手が怒って剣をとって打ってかかると、尚さらコツンと今度は念入りに一撃して、不浄の物を片づけたような切ない気持で引ッこんでしまう。相手の身になると、これぐらいシャクにさわることはない。さればといって、卑怯者といきりたち、今度は要心専一に立向ってみても、尚さら手もなく倒されるばかりで、どうにもならない。

噂をきいて、江戸の剣客という剣客、腕に覚えの連中はあらかた他流試合に乗りこんだが、一人としてよい勝負になった者がない。格段の差、順々にゴミのように打ち捨てられてしまったのである。師の法神はこの結果に満足し、房吉を江戸において帰村した。

房吉は木挽町と赤坂二ツの道場を掛け持ちし、主として御家人はじめ多くの門弟をとって非常に繁昌したが、ある夏の晩、帰宅の途中、不意に暴漢に襲われた。敵は十四、五人であった。何者とも分らないが、剣の遺恨であるに相違ない。名人房吉と知って斬りかかった一団だから、いずれも腕はたつ。暗夜に房吉をかこんで一時にジリジリと迫った。

房吉は自然に両刀を握っていた。臨機応変は法神流の持ち前だ。彼の身体が一閃して動きだした瞬間から、その動きは彼自身にも予測のできないものであった。敵の動きに応じる変化があるだけなのだ。走った。斬った。逃げた。斬った。敵の大部分が負傷して追う者がなくなったので、房吉は難なくわが家へ帰ってきた。彼自身は一太刀も傷をうけていなかった。

留守をまもっていた儀八と太助は彼が村から連れてきた高弟で、師範代であった。

「何者がどういう遺恨で斬りかかったのであろうかなア」

「それは先生が御存知ないだけで、当然こんなことがあるだろうと世間では噂していたほどですよ。江戸の剣術使いは負けた恨みでみんなが先生に一太刀ずつ浴びせたがっているそうですよ」

「それは物騒だな。江戸というところも案外なところだ。教えを乞うほどの大先生がいるかと思ったに、まるでもう子供のような剣術使いばかりでアキアキした。その上恨まれては話にならない。オレはもう村へ帰ろうと思う」

「そうなさいまし。江戸のお弟子はダラシのないのばかりだから、私たち二人でけっこう務まりますから」

「その通りだ。江戸の剣術師範ならお前らで充分だな。それではよろしく頼むぞ」

あとを儀八と太助にまかせて、房吉は山へ戻った。そして追貝の海蔵寺と平川村の明覚院に道場を構え、星野作左衛門の娘をめとって定住した。

★

薗原《そのはら》村の庄屋に中沢伊之吉という剣術使いがあった。この山中では名代の富豪であるが、若い時に江戸へでて、浅草田原町《たわらまち》に道場をひらく神道一心流の剣客山崎孫七郎につき、免許皆伝をうけた。故郷へ帰り、金にあかして大道場をつくり、天下第一の剣術使いのつもりで弟子をとって威張っていたが、近在一帯に法神流全盛で、伊之吉のところへ習いにくるのは小作したり借金したりの義理のある連中だけにすぎない。

房吉が江戸を風靡《ふうび》して帰村したという評判が高く、伊之吉の存在なぞは益々太陽の前のロウソクぐらいにしか扱われないから、ついに堪りかねた。門弟をよび集めて、

「ちかごろは田舎者の世間知らずめが威張りくさって甚だ面白くない。法神流なぞというのは山猿相手の田舎剣術だ。江戸は将軍家のお膝元。天下の剣客の雲集するところ。気のきいた名人上手が山猿などを相手にするはずはない。その理由をさとらず、井の中の蛙、大言壮語して田舎者をたぶらかすとは憎い奴だ。道場破りを致すから、用意するがよい」

正月に門弟をひきつれて房吉の道場を訪れ、対抗試合を申し入れたが、さて、やってみると、話にならない。伊之吉の門人は出ると負け、すべて一撃に打ち倒されて、師匠同士の対戦となったが、これも同前、ひとたまりもなかった。

未熟者は身の程をわきまえない。相手を侮って不覚をとったと考え、日を改めてまた試合を申し込んで、これも惨敗に終ったのである。

「ウーム。残念千万だ。憎ッくい奴は房吉。是が非でも奴めを打ち倒さなくては気がすまないが、オレ一人ではダメらしいから、江戸の大先生に御援助をたのもう」

「それがよろしゅうございます。大先生にたのんで打ち殺してもらいましょう」

使者がミヤゲ物を山とつんで江戸表へ立ち、山崎孫七郎の出馬を乞うた。

「法神流の房吉か」

「ヘエ、左様で」

「それは容易ならぬ相手だぞ。拙者は試合を致さなかったが、彼に立ち向って勝った者は江戸にはおらぬ」

「それは本当の話で」

「ま。仕方がない。伊之吉の頼みとあれば聞き入れてつかわすが、薗原村に鉄砲はあるか」

「それはもう山中は野良同様に猟が商売ですから、鉄砲はどこの家にもあります」

「それならば安心だ」

腕のたつ高弟十数名をひきつれて伊之吉のもとに到着した。剣のほかに弓、槍、ナギナタに腕のたつ者を選んでつれてきたのであるが、伊之吉方からは鉄砲に熟練の者十数名を選び集めて合計三十余名、これだけの人数で房吉を討ちとる策をたてた。

房吉の家を訪れて試合を申しこんだところが、当日房吉は女房同行で湯治にでており、尚当分は帰らないという留守の者の言葉だ。

「どこの温泉だ」

「それが私どもには分りません。先生は山中がわが家同然、今日は東にあるかと思えば明日は西にいるという御方で、しかもこの山中いたるところ温泉だらけですから」

「仕方がない。帰宅次第、伊之吉方へ出頭せしめよ。命にたがうと、斬りこむぞ」

追貝村の名主久五郎にも、房吉帰宅次第薗原村の伊之吉宅まで出頭せしめよという命令を伝えた。また人を雇って諸方に房吉の行方を探したところ、彼は川場の湯に湯治していることが判ったのである。

房吉が帰途についたという報をうけたので、一同は小遊峠に待ち伏せた。鉄砲組は物陰に伏せ、門弟十六名と峠の茶店で待ち構えていると、そこへ房吉が女房を同行してやってきた。

孫七郎が進みでて、

「その方は房吉だな」

「左様です」

「余は江戸浅草に道場をひらく神道一心流の山崎孫七郎だ。門弟中沢伊之吉が大そう世話になったげな。一手勝負を所望いたす」

「いえ、めっそうな。私は未熟者。どうぞゴカンベン下さいまし」

「江戸表に於ての評判も心得ておる。ただの百姓とは思わぬ。その方の高名を慕って、わざわざ出向いて参った。用意いたせ」

茶店のオヤジ、これも法神の門弟だ。この山中で茶店をひらくからには、腕もたち、よく落着いた人物で、腰低く進みでて、

「武芸者が勝負を所望するにフシギはございませんが、ごらんのように相手はただいま湯治から帰宅の途中。おまけに女房まで連れております。いろいろ申し残すこともありましょう。後々までの語り草にも、日を定めてやりましたなら、一そうよろしいようで」

「房吉は逃げはすまいな」

「はばかりながら法神大先生の没後、法神流何千の門弟を束ねる房吉先生です。定法通りの申込みをうけた立合いに逃げをうつようでは、第一法神流の名が立ちません。私も法神流の末席を汚す一人、流派の名にかけても、立ち合っていただきます」

房吉先生も覚悟をきめた。法神先生の眠るこの土地で勝負を所望されて逃げるようでは地下の先生にも申訳が立たない。敵は卑劣な策を弄してまでも勝をあせっている様子、それを承知で立ち合うのも大人げないようではあるが、所詮剣をひいてくれる見込みのない相手のようだ。こういう相手に対しては結着をつける以外に仕方がない。そこで心を定め、

「茶店の主人の申す通り、定法にのっとり、日時を定めての上ならば御所望通り試合に及びましょう。明日はいかがでしょうか」

「しからば明日夜分の八時と定めよう。中沢伊之吉の邸内に於て試合いたそう」

「承知しました」

「そうときまって結構でした。私のような者の言葉をききいれて下さいましたお礼に、皆様に一杯差上げたいと存じますが、房吉先生は一足先におひきとり下さいまし」

茶店のオヤジの巧みなとりなしで房吉夫婦は無事帰宅することができた。噂はたちまち村々にひろがり、伊之吉方には弓、槍、ナギナタのほかに十数丁の鉄砲まで用意があるということが知れ渡ったから、房吉の親類門弟参集して、

「法神流の名も大切だが、狂犬のようなものを相手に無益に立ち向うこともない。ここは一時身を隠して、彼らの退散を待つ方がよい」

「せっかくですが、今度だけは腹をきめました。何もいって下さるな」

房吉、強いて事を好むような人物ではなかったのだが、誰しも虫の居どころというものがあって、損得生死にかかわらぬ心をきめてしまえば、これはもう仕方がない。

剣を真に愛する者は、剣に宇宙を見、またその剣の正しからんことを願うものだ。剣を使う心の正しからんことを願う。我も人もそうあらんことを願わずにいられないものだ。

上州では諸村に村民が剣を使うけれども、ただ剣技を無二の友とする風が古来から定まっているだけのことで、かりそめにも腕をたのんで事を起すというようなことはこれを厳につつしむ風があり、たまたま出来そこないのバクチ打ちなぞがダンビラをふりまわすだけであった。事を好む輩は容赦なく破門せられる掟がきびしく行われており、村と村とが対立して他流試合に及ぶことなども、親睦の目的のほかには行われない例になっていたのである。

上州には古くから馬庭念流という高名な流派が行われている。その馬庭は高崎から二、三里の近在で、上州一円に門弟一万と称するほど流行し、土地から生まれた独得の剣として土

民に愛されていたものだ。

その上州に法神流がすごい勢いで流行するようになったから、馬庭の高弟で新井鹿蔵という男、これは自宅が勢多郡で法神流流行のまっただなかに在るものだから、我慢ができなくなった。そこで房吉の道場を訪ねて他流試合を申込み、房吉にしたたか打ち倒されてホウホウのていで戻ったのである。

これが馬庭の師匠、樋口善治に知れたから、善治は非常に恐縮した。

「きくところによれば深山村の房吉という人は剣技も抜群であるばかりでなく、その人柄も万人の師たる高風があり、里人に厚く慕われている立派な人だそうだ。さればこそ法神流が流行するのだ。自らの至らぬことをタナにあげて人を嫉《ねた》んではならぬぞ」

鹿蔵をきびしく戒め、自身房吉を訪ねて門弟の不埒《ふらち》を深謝したことがあった。剣ではこの土地で別格の名門たる念流の当主ですらこのように謙虚な心で剣に仕えている。これが上州の百姓剣というものだ。その太刀はあくまで鋭く、その心はあくまで曇りなきものでなければならなかったものなのだ。

この土地では剣客の心がこのように謙虚に結ばれているのが例であるのに、伊之吉と山崎孫七郎の無理無法、房吉自身の仕える剣とは余りにも相容れない邪剣邪心、腹にすえかねたから、かかる邪剣の横行を許して剣の聖地を汚してはならぬと房吉は堅く心に決するところがあった。この決意を妻と舅《しゅうと》には打ち明かして、

「敵は剣客の名を汚す卑劣漢、弓矢鉄砲を用いても私を討ち果す所存でしょう。私は一死は覚悟いたしております。ただ卑劣漢に一泡ふかせ、弓矢鉄砲も怖れぬ正剣の味を思い知らせてやるだけで満足です。小さな人間一匹がむやみに大きな望みをもつのを私はむしろとりません。剣に神を宿らせたいと願うような大志も結構ではありますが、小さな死処に心魂をうちこむこと、これも人の大切な生き方だろうと思います。好んで死につくわけではありませんが、満足して小さな死処についたつつましいところを地下の法神先生もよろこんで下さるかと思います」

その決心は磐石《ばんじゃく》のようだ。とうてい房吉の決意をひるがえす見込みはないから、先方をうごかす以外に仕方がない。そこで薗原村の大庄屋惣左衛門にたのんで、伊之吉をうごかすために仲裁の労をたのんだけれども、あくまで心のねじけている伊之吉はてんで耳をかそうとしない。惣左衛門も呆れて、

「私の村からお前さんのような悪者がでては、私はもう世間様に顔向けできない気持だね。そんな奴がのさばるぐらいなら私はさっさと死にたいから、私の首を斬っておくれ」

「そんな薄汚い首と引き換えにコッちの首が落ちては勘定が合わないね。しかし、せっかくの頼みだから、お尻でも斬って進ぜようか」

「なんという失礼な奴だ」

「アッハッハ。剣と剣の勝負、あなた方が余計な口だしは慎しんでいただきたい」

仲裁の見込みもなかった。

★

天保二年、三月十一日、夜八時。房吉は従者二名をしたがえて、薗原村の伊之吉宅に出向いた。庭前には竹矢来《たけやらい》をめぐらして試合場の用意ができていたが、実は竹矢来の外、屋上や樹上に弓矢鉄砲を伏せ、房吉を狙い討ちにしようという作戦だ。

山崎はまず房吉を座敷に招じ入れた。そのフスマの陰には槍ナギナタの十数名が隠れていて、合図に応じて房吉を庭へ追い落す手筈になった。

山崎は房吉に盃をすすめ、二杯重ねさせたのち、

「さて、お礼の肴を進ぜよう」

立って刀をぬき房吉の鼻先へ突きだした。もとよりユダンはしていない房吉、そのときはもう飛び退いて立っており、

「かたじけなく頂戴しましたが、さて、次のお肴は?」

悠然と四方をうかがっている。この時山崎の合図によって、一時にフスマをあけ放たれ、槍ナギナタの十数名が現われて房吉に迫ってきたが、房吉は彼らを制し、

「慌てることはござるまい。逃げも隠れもいたさぬ。だが、その肴を頂戴いたすのはこの房

吉一人のはず。従者に肴はモッタイない。二名の者を帰させていただき、ゆるりと肴を頂戴いたしましょう」

二名の従者を邸外へ去らしめ、自身は庭へ降りて、刀も抜かずに突っ立って相手を待った。

山崎は槍ナギナタにまもられて庭へ降り、

「房吉。用意はいいな。師弟の縁によって、伊之吉の無念をはらしてつかわす。神道一心流の太刀、受けることができるかな。それ、存分に食うがよい」

太刀をふりかぶり、まだ房吉が刀も抜いていないから、これ幸いといきなり打ってかかった。その瞬間に房吉の刀はサヤをぬけて走った。

房吉が先に刀をぬいて相手の出を待てば、弓鉄砲の洗礼が先に来たかも知れぬところ。運を天にまかせ、わざと刀をぬかずに出を待った房吉苦心の策。しかし、神技怖るべし。構えた刀をふり下した山崎よりも、刀をぬいて斬り返した房吉の剣が速かった。山崎の肩を斬った。山崎は肩から血をふいて、よろめいたのである。ただマがちょッとあきすぎていたから斬りつけたのは剣先で、致命傷には至らなかった。

槍とナギナタが一斉に迫ってきたが、房吉が要心を怠らぬのは、それではなくて弓鉄砲だ。竹矢来の外、そして頭上などに伏せてあるに相違ないのは大方見当がついている。その攻撃をそらすには竹矢来の外へでるのが何よりであるから、彼の心は刀をぬかないうちから竹矢来を越す方策に集中していた。房吉は逃げるとみせて、かいくぐり、敵の後へ走って竹矢来をとびこした。実に見事にとびこしたのだが、運のない時には仕方がない。とびこした竹矢来の外側が深田であった。すっぽりはまって進退の自由を失った。そこへ屋上から鉄砲の狙い射ち。一弾を股にうけ、益々進退の自由を失ったところを足軽組の竹槍なぞでメッタ突きに突き殺されてしまったのである。深田にはまらなければ、鉄砲の射程外へ逃れて存分に一泡ふかせ、あるいは房吉の勝利となったかも知れない。惜しむべき失敗であった。時に房吉四十二である。

山崎らは房吉の屍体を片品川に投げこみ、何食わぬ顔、酒宴に興じていたが、藩の役人には手をまわしておいたから、案ずることもない。房吉の舅が訴えを起したけれども、藩の裁判では敗訴になった。

そこで江戸の奉行所に出訴し、再審の結果は山崎ら一味全員の有罪と決したが、山崎は肩の傷が元ですでに牢死していたから死罪に及ばず、伊之吉その他大多数が死罪となって落着した。

この事件は江戸で大評判となったが、そのとき改めて話題となったのは房吉の剣の強さということだ。死んだ房吉の味方となって江戸の再審に尽力を惜しまなかったのは御家人の悪たれどもであったが、彼らは房吉の非業の死をいたむよりも、

「あの鬼神も、人間だった」

というおどろきの方が大きかったそうだ。

「なんしろ、お前、キンタマを小さくちぢめて腹の中へおさめてから、おもむろに立ち合いができたてえ人物だからな。竹矢来に手をかけたとたんに物の見事に五、六間も外の方へ跳びこしていたてえのだが、そこが深田とは因果の話じゃないか。しかし、なんだな。めっぽう強すぎても風情がない。房吉も斬り殺されて花を添えたというものだ。石に花を咲かせたな。ヤ、これもまた近来の佳話だわさ」

伴五郎らはこんなことをいって手向けの酒をのんだが、房吉の剣をなつかしみ、死をいたんで、角の師匠にたのみ、意気な流行歌に仕立ててもらって唄った。そしてこれが当時八百八町に大流行したということである。

解説

七北数人

最終巻は豊臣秀吉の若き日を描いた「真書太閤記」と、戦国時代以外を題材にした安吾の歴史小説すべてを集めた。古代から始まり、鎌倉時代、戦国、江戸初期、幕末へと辿る構成になっている。

各巻の中心作品をすべて信長と秀吉が占めたのは、少し意外な結果だった。安吾が最も好きだった戦国の二大巨人だから不思議ではないのだが、他の時代の作品ももっと多くあるように感じていた。

それは多分に、安吾のエッセイにも歴史に関する記述が頻繁に出てくるせいだろう。特に日本各地を取材して回ったルポルタージュ「安吾の新日本地理」では、その半分以上の回に地理よりも歴史の真実を掘り下げる意図があった。なかでも圧巻は「飛鳥の幻」の回で、古文書に残る意味ありげな虫食いのアトを分析した結果、衝撃的な結論に至る。いわく蘇我氏が天皇を「僭称《せんしょう》」したとされるのは日本書紀のウソで、「一時ハッキリ天皇であり、民衆がそれを認めたのだ」と。

「歴史探偵」を自称した安吾の古代史読解には強烈なインパクトがあり、その方面での「小説」が少ないのが惜しまれる。早逝していなければ、古代はもちろん、もっと多くの時代にわたって長篇でもなんでも書いただろう。

安吾が最初に発表した歴史小説は一九四〇年の「イノチガケ」だが、書こうと思ったのは「道鏡」のほうが早かったかもしれない。初めて刊行された長篇『吹雪物語』が不評で茨城県取手に引きこもっていた一九三九年春のこと。かつての同人誌仲間や囲碁仲間たちが遊びに来て、おそらく安吾を元気づける意図もあって、新しい同人誌発行の計画に誘った。野上彰の回想によると、安吾は大いに乗り気で、道鏡をモデルにした作品を執筆すると言い、プロットまで話してきかせたという。同人誌計画は早々に潰《つい》えてしまうが、プロットを語れるほど構想を進めていたのが本当なら、最初の歴史小説の試みは古代史のほうにあったと言うことができる。

短篇「道鏡」は、流行作家となった安吾が一九四七年一月の各誌新年号に十数篇にのぼる傑作群を一挙に発表した、そのうちの一篇である。

発表後、河盛好蔵《かわもりよしぞう》が「白痴」「女体」よりも「道鏡」のような歴史小説に安吾の真骨頂があるとし、「従来まで春本の材料でしかなかった道鏡」の人間性について、凜冽な「女帝の魅惑に幼児の如く素直で、純一であるという作者の解釈」を高く評価した。「スタンダールの『イタリヤ年代記』を思わせるところがあるなどと云うのは褒めすぎであろうか。文章も立派だと思った」と大絶讃している。

「春本の材料」といわれた道鏡には巨根伝説がついてまわり、孝謙天皇は愛欲に溺れて正道を見失った女帝、という評価が通説だった。安吾はこれを根底からくつがえし、二人を純真無垢の正義派として描いている。だから、その先の愛欲の営みすらも一途な修行のように没我的で、崇高な輝きを帯びて映る。

これほどの清純さは一面異常なものだが、安吾は単に通説否定の目的でこうしたわけではない。歴史にはウソが付き物なので、誰が、何の目的で、誰に向けて書いた史書であるか、まずそれを見極めなければ始まらない。特に古代史にはウソや謎が多い。当時の陰謀政治家たちの思惑や行動パターンのすべてを総合して、安吾は二人の清純を導き出したが、愛欲に没入したか否かはまた別の問題である。

五年後発表の「道鏡童子」（一九五二年「安吾史譚」の二）では、この点が大きく変わった。陰謀政治のダイナミズムから読み解いていく安吾の文章には強い説得力があり、こちらを読んでいると二人はプラトニックだったかもしれない、と思えてくる。途端に、いや、でも人間はそんなものじゃないだろう、と私の中のロマンチシズムが反論を始める。歴史の真実はいずれか、読者各人に判断をゆだねられた形だ。

続く「柿本人麿」（同年「安吾史譚」の三）「源頼朝」（同年「安吾史譚」の七）は、同じ「史譚」シリーズだが、少し毛色が違う。歴史上の偉人二人ではあるが、生活する人間としてはダメなところが多かったという感じに、面白おかしく描かれている。史実がどうだったかよりも、ちょっとしたファルス（笑劇）として読んだほうがよさそうだ。

「真書太閤記」（一九五四年八月〜五五年四月）は、河出書房の雑誌『知性』に七回連載された。大好きな秀吉の生涯を書けるというので、安吾は興に乗って執筆を進めたが、一九五五年二月十七日、脳出血で急逝したため、連載第六回と第七回は没後の掲載となった。奇しくも長篇「信長」と同じ桶狭間の戦いまでで終わっている。

信ずべき史料に現れる以前の若き秀吉を描くのだから何でもありのようだが、そこは〝真実〟が知りたい安吾のこと、明らかに後世の創作とみられるエピソードは採用していない。最もありうべき秀吉像を選びとって肉づけしているから、ユーモラスに語られるさまざまなエピソードの中に、本当にいそうな秀吉がいる。小猿のあだ名にふさわしく、けたたましく喋りまくり、ホラを吹き、猛スピードで走り回る。そうこうしているうちに、あらゆる難題が手品のように解決している。

私も少年時代には御多分に漏れず「太閤記」の大ファンで、何度も何度も読み返したものだ。手品の城普請など、期限が迫る中で人たらしの作戦が成功するか否か、ワクワクしながら読みふけったが、その頃の感動がそのままに甦る。

文章は講談調というか、むしろ漫才調とでも言うべき掛け合いが随所にあり、思わず噴き出してしまう。文章そのものの軽快さとスピード感が本作いちばんの取り柄だろう。この書き方なら桶狭間以降も長く続けられたはずで、ついでに「信長」の続きにもなると、おそらく安吾は張り切っていただろうが、まるで図ったように逝ってしまった。

一九五五年四月、河出新書で刊行された際、あとがきを書いた檀一雄は「これから信長と秀吉が接触すると云う、もう一息のところであった」と作者の死を惜しみ、同年六月から翌年四月まで、自ら「真書太閤記」の続篇を同じ『知性』に連載した。

よく安吾調と称してやみくもにカタカナを多用したり、わざと卑俗な口調を使ったり、いろいろ勘違いをする作家は多く、高木彬光による「復員殺人事件」の続篇なども、その文体は痛々しい限りだった。それに比べると、もともと安吾の文章に似たところがある檀一雄の続篇は、これ以上はないというぐらい見事に安吾らしさを演出している。それでもなお、安吾はこうは書かないなと白ける部分はどうしても出てきてしまう。続篇の定めだ。内容もそこそこ面白いが、回が進むほど史実をなぞる部分が多くなって、いまひとつ乗り切れないまま、本能寺の変で終わってしまった。

続篇も一九五六年に河出新書で単独刊行されたが、檀没後の全集には収録されなかった。その後、一九八二年に安吾と合作の形で六興出版から刊行され、それを最後に世に出ていない。檀の安吾調文章を楽しむだけでも価値があると思い、当初は本巻に収録を考えていたが、諸般の事情により割愛することとなった。コレクションの純粋性を保つためには現状が最良の選択だったと今は思う。

最初の歴史小説「イノチガケ」発表後、安吾はキリシタンものの帰結点として、長篇「島原の乱」の構想にとりかかった。

翌一九四一年には大観堂から刊行の約束をとりつけ、五月に島原・天草へ取材旅行、手始めにルポルタージュ風の作品を二篇発表した。「島原一揆異聞」および「島原の乱雑記」がそれである。

取材旅行で得られた情報をかいつまんで記していく中で、乱の起こりが簡潔明瞭に語られ、長篇のおおよその構想も透けてみえる。幕府側だけでなく一揆側の史料をなんとしてでも見たい。官軍につごうよく書かれたウソの史伝ではない、本当にあった乱の顚末が知りたい。生真面目で熱心な探索が続いた。

一九四一年秋、安吾は満を持して一冊のノートに長篇を書きはじめる。表紙に「島原の乱第一稿／九月九日午後八時半起筆」と記し、小さな字で本文を書いていった。しかし、本巻に収録したわずか二十数枚（原稿用紙換算）が第一稿の全部である。

第一巻で記したとおり、「二流の人」の構想のほうが面白くなったせいもあるだろう。それでも「島原の乱」への執着は長く続いた。一九四二年二月および三月には『現代文学』の広告欄に「『島原の乱（仮題）』上下」の予告と以下の宣伝文を載せている。

「徳川幕府へ最初の反抗ののろしを放ちながら、交易を代償とする憎むべき和蘭陀《オランダ》の砲撃に、数ヶ村の老若男女が屍《しかばね》を重ねしかも武器に訴えたが故に殉教の徒ともみなされなかった島原の乱、『文學界』連載『イノチガケ』により切支丹物への抱負の一端を窺わせし惑星坂口安吾が、斬新な人間創造と奔放な設定を駆使し、いまぞ期待に応える会心の傑作。スタンダールを彷彿しメリメの香気高く、まさに歴史文学のジャンルを拡充するもの」

おそらく安吾自身の文章と思われ、相当な意気込みが伝わってくる。『現代文学』同年六月号の大井広介による編輯後記には「坂口の『天草四郎』の遅れたのダケは残念だった」とある。大井は後に回想で、当時のことをこう記している。

「醜い裏切り的人物も、その前にでると思わず拝跪《はいき》するように、天草四郎がこうごうしい美少年にかかれていた。拝跪する側はよくかけているが、天草四郎の秘密的にみえるものの、内的秘密はなんだと、無遠慮にいうと、不機嫌になり、その次、あの原稿は川に流したと語っていた」

その「川に流した」原稿が第一稿ノートと同一内容だったかどうかはわからないが、大井の意見に照らすと、ノートの内容にそれらしい描写は確かにある。このノートを読んできかせたかと考えられるが、大井の意見はやや手厳しすぎた。

第一稿の段階から、四郎が天人ではないと知る姉とその婿の渡辺小左衛門が主人公として登場しており、乱の黒幕の一人と目される寿庵を憎む小左衛門の心も描かれている。つまり、当初から四郎は担がれて首謀者に仕立てられていく設定だったのである。

「猿飛佐助 草稿」(一九四三年頃)は、「島原の乱 第一稿」を記したノートの裏表紙側から書かれたもので、この中にキリシタンになりすます忍者の例が語られている。佐助もまた部下を連れて「長崎」へ赴く。つまり、真田幸村や猿飛佐助らも何らかの形で「島原の乱」篇中に登場させようという意図があったのかもしれない。

一九四二年秋、エッセイ「青春論」の後半が宮本武蔵論になったのも、やはり武蔵が島原の乱に参戦したという史実に引かれての成り行きだったように思う。「島原の乱」構想の段階から、安吾は妖術使いの金鍔次兵衛に大きな役を振りたいと考えていたが、天草四郎も妖術使い、猿飛佐助は忍術名人、宮本武蔵は剣の達人、彼ら一人一人の活躍をとりこんだ列伝体小説を構想していたのではないかと想像すると、俄然たのしくなってくる。思えば「二流の人」も一種の列伝体小説であった。

「わが血を追う人々」(一九四六年)は、何度も書き直した「島原の乱」の最終稿。ついに小説内に妖術使いの神父金鍔次兵衛が登場する。あらゆるものを憎み、絶望と破壊衝動を秘めた悪魔として。こいつが天草四郎に決定的な影響を与える、つまり悪魔の血を追わせる、という設定だ。思いもかけぬ方向からグイグイ迫っていくドラマチックな構成だが、残念ながらこれも第一章のみで未完に終わった。

「天草四郎」(一九五二年「安吾史譚」の一)での四郎は、最も手ひどく引きずりおろされ「頭の悪い熱血テロ少年」とされる。小説になりにくい題材をいかに小説化するか、視点の問題などもここには入ってきて、第一稿当時からあった構想が改めて回想されている。「勝夢酔」(一九五二年「安吾史譚」の五)「安吾下田外史」(一九五四年)「花咲ける石」(同年）の三篇は、ずっと時代をくだって幕末の話になる。幕末の偉人たち、と言いたいところだが、夢酔の場合は息子の勝海舟と違って、全然偉くない。ゴロツキである。

そうでありながら「勝夢酔」の文章は「安吾史譚」全七篇の中でも「直江山城守」と並んで最高に熱がこもり、精彩を放っている。いつでも死ねる覚悟をもって、豪快に、やりたいことを思うがまま天衣無縫にやりとおす。このゴロツキに安吾は理想の人間を思い描いているようだ。

先述の「青春論」の中で、何が何でも生き抜く宮本武蔵の剣術と、その精神の底にドッカと腰をすえた「いつでも死ねる」覚悟を讃え、同時に同じ精神の持ち主として勝夢酔を描きたいと安吾は書いていた。十年たって念願がかなったといえる。

「安吾武者修業 馬庭念流訪問記」（一九五四年）冒頭で、少年時代に立川文庫の講談を読みふけったことが語られ、猿飛佐助などお気に入りの忍者や豪傑、剣豪の名前が十余人挙げてあるが、挙がった以外にも宮本武蔵など早い時期に刊行されたし、秀吉に至っては活躍年代を区切って何度も刊行されていた。少年時代からのヒーローへの憧れは晩年まで消えることなく、さまざまな形で自分の作品に取り込んでいったわけで、言ってみれば安吾は死ぬまで少年だったということにもなろうか。

馬庭念流の元祖を描いた『武士道精華 樋口十郎左衛門』というのも立川文庫にある。安吾は群馬県桐生市に引っ越してまもなく、お気に入りの念流が現存し、毎年一月に道場の鏡開きがあると知り、二年続けて見学に出かけた。「馬庭念流訪問記」は一種のルポルタージュだが、もともと好きな剣法だけに、その奇怪な構えや「勝つ」ことだけに主眼を置いた剣技の冴えを描くとき、文章は剣豪小説の様相を帯びる。

「花咲ける石」は安吾最晩年の剣豪小説で、これも群馬発祥の剣法、法神流の達人須田房吉を描く。法神流も宮本武蔵の剣や馬庭念流同様、イノチガケの実戦剣法だ。房吉が卑劣な闇討ちにあったとき、自然に二刀を握り「走った。斬った。逃げた」と、一瞬ごと変幻する動きで敵を打ち負かすシーンなど、宮本武蔵映画さながらの躍動感がある。

「安吾下田外史」は、初代駐日米国総領事ハリスの話。唐人お吉が仕えたことでも有名だが、実際は三日でお払い箱になっていたという。ハリスとお吉「両者ともにバガボンド的で魂の孤独な人たちだから、心がふれあえば温く理解し合ったかも知れない」と、安吾は親しみをこめて書いている。

少年時代の憧れから始まった安吾の歴史小説には、さまざまなヒーローが登場したが、町のゴロツキから、太閤、天皇、名もなき殉教者、剣豪、悪魔に至るまで、時代は変わっても皆、イノチガケの闘士だった。絶体絶命のピンチに立っても、自分一人の判断で突き進むことのできる孤絶のバガボンドたち。「堕落論」の小説化というなら、「白痴」などの現代小説よりも、本コレクションに収めた歴史小説群のほうに、より強い結びつきが感じられる。

本書は、『坂口安吾全集』（一九九八〜二〇〇〇年 筑摩書房刊）収録作品を底本としました。

全集収録時、旧仮名づかいで書かれたものは、新仮名づかいに改めました。

難読と思われる語句には、編集部が適宜、振り仮名をつけました。

本文中には、今日の観点からみると差別的、不適切な表現がありますが、作品の発表当時の時代的背景、作品自体の持つ文学性、また著者がすでに故人であるという事情を鑑み、底本の通りとしました。

（編集部）

坂口安吾歴史小説コレクション 第三巻
真書 太閤記
二〇一八年 一二月五日 初版第一刷 発行
著 者 坂口安吾
編 者 七北数人
発行者 伊藤良則
発行所 株式会社 春陽堂書店
〒一〇三―〇〇二七
東京都中央区日本橋三―四―一六
電 話 〇三―三二七一―〇〇五一
装 丁 上野かおる
印刷・製本 惠友印刷株式会社
乱丁本・落丁本はお取替えいたします。
ISBN978-4-394-90340-6 C0093